AF378041

LE JOUR OÙ

tu es arrivé

MYCHELE S.

LE JOUR OÙ
tu es arrivé

ALBERTA ROAD — 2

Dépôt légal – Bibliothèque et Archives nationales du Québec, 2018
Dépôt légal – Bibliothèque et Archives Canada, 2018

ISBN version imprimé : 978-2-9816889-5-8
ISBN version numérique : 978-2-9816889-4-1

Certificat inscription des droits d'auteur de l'OPIC numéro 1143825
Émission : 27 septembre 2017

Correction : MA Porte-Plume
Conception graphique : Virginie Wernert
Images originales de couverture : Fotolia / Pixabay
Mise en pages : Emmanuelle Rousseau

*« Il n'y a rien de plus précieux en ce monde
que le sentiment d'exister pour quelqu'un. »*

Victor Hugo

Chapitre 1

Cole

C'est étrange, après quatre années de cohabitation sur la route, d'observer la silhouette de Will qui disparaît dans le miroir de mon camping-car. Même si, pour la première fois depuis que je le connais, j'ai enfin l'impression de le voir réellement à sa place. Pour ma part, je n'ai effleuré ce sentiment d'appartenance qu'une fois dans ma vie, et tout a fini par m'exploser au visage comme une grenade jetée dans la mauvaise direction. Dans mon cas, la fuite signifiait plutôt bon débarras !

Josh me suit dans le pick-up de Will quand nous franchissons le portail du ranch Parker. Le mois de juillet vient à peine de débuter que nous repartons déjà vers un nouveau lieu d'embauche, où nous devrions rester au moins jusqu'en novembre. Lucas m'a dégotté un emploi chez un propriétaire près de Banff, qui cherche deux aides pour le seconder dans le travail saisonnier. Josh ne sera bien sûr pas très utile avec son épaule blessée, mais au moins nous aurons un endroit où loger Dexter et Fire… et l'un de nous deux aura un revenu. Avant le départ, j'ai entré les coordonnées de notre destination dans mon vieux GPS. Pas question de traîner, plus d'une heure de route nous sépare du ranch *Heaven's*.

Songeur, j'observe un instant mes mains couvertes de tatouages, posées sur le volant. Je n'ai pas toujours mené cette vie de bourlingueur. À l'âge de vingt-deux ans, j'étais même plutôt sédentaire… je possédais mon propre commerce, une petite amie avec laquelle je prévoyais de me fiancer. Ma boutique de tatouage me manque, mais je n'ai pas choisi de tout laisser derrière moi, bien que Chicago se soit installé dans mon rétroviseur par ma faute. Certains choix que j'ai faits, certains de mes actes n'ont pas été les bons.

Je secoue la tête pour chasser la nostalgie qui pointe toujours son nez quand je repense qu'à vingt-six ans, j'ai perdu ma plus grande fierté, que toute ma vie s'est écroulée comme un château de cartes. Aujourd'hui, à presque trente et un ans, je parcours les routes en compagnie de la seule chose qui me soit encore importante. *Ma liberté*. M'aventurer toujours plus loin dans le présent pour éviter de penser à ce que j'ai laissé derrière moi, là-bas.

J'ignore si Will avait raison en me disant que cette perpétuelle fuite en avant n'est vraiment pas une vie. Déciderai-je un jour de tout abandonner aussi pour mener une existence bien rangée auprès de la femme de mes rêves ? Il faudrait déjà pour cela que je la trouve, évidemment ! Pour l'instant, j'aime ce mode de vie. Passer de petit boulot en petit boulot me permet de ne pas m'établir ailleurs que dans mon camping-car. Aucune attache, sauf mon cheval. Ce lien que Will possède avec les Parker, je ne l'ai jamais éprouvé, pas même au sein de ma propre famille. Fils unique d'un couple divorcé, j'ai été baladé entre ma mère et mon père toute ma jeunesse. Difficile d'établir des liens durables dans de telles conditions. Alors très vite, j'ai tracé la route… seul. Avec soi-même, on est rarement déçu !

Ma « musique de dingue », comme Will aimait à l'appeler, en fond sonore, je laisse l'asphalte défiler sous mes roues. *State of my head* de *Shinedown*. Ce n'est pas ma faute si le rock et le métal ont toujours stimulé ma créativité. Pour l'instant, je dois bien avouer que ce voyage au Canada me fruste un peu, je trouve l'Alberta bien fade par rapport à certaines régions des États-Unis. Mon seul divertissement depuis mon arrivée ici aura été Abbygael Hamilton, la petite furie rousse avec qui j'ai vraiment passé du bon temps durant ces deux semaines au ranch des Parker. Malheureusement, elle s'est volatilisée il y a trois jours, sans même un au revoir, un merci ou laisser un numéro de téléphone. C'est moi qui fais ce coup-là aux femmes habituellement, pas le contraire ! Je me demande si nos routes se recroiseront pendant mon séjour dans le coin.

Près d'une heure plus tard, nous passons le grand portail en bois du *Heaven's Ranch*, notre nouveau domicile pour les cinq prochains mois. Jusqu'à ce que Josh soit tout à fait guéri et que nous reprenions la route des États-Unis pour l'hiver.

Une femme aux cheveux auburn traverse la cour devant le camping-car et nous fait de grands signes pour nous indiquer où aller garer nos remorques. Habilement, je fais faire demi-tour à ma maison mobile de façon à ce que le van se retrouve dans la bonne position pour sortir les chevaux. Josh se gare près de moi et coupe le moteur. Le silence envahit d'un coup l'habitacle lorsque ma musique et le grondement du camping-car s'arrêtent. Quand je roule, je ne me rends jamais vraiment compte à quel point ce tas de ferraille est bruyant.

Ma casquette de base-ball à nouveau vissée sur le crâne, je descends en claquant la porte derrière moi, au risque qu'elle finisse par tomber complètement, et rejoins Josh près des remorques au même moment que notre hôte.

— Bonjour messieurs ! Je suis Tara Ridley, la propriétaire du *Heaven's Ranch*. Je peux dire que Lucas a eu une riche idée de vous recommander à moi, vous arrivez à temps… je suis surmenée cette année. Toi, tu dois être…

Elle me tend la main. Je la serre fermement, un peu surpris que notre nouvel employeur soit une femme et que Lucas ne m'en ait rien dit.

— Cole. Cole McKnight, Madame Ridley.

— Appelle-moi Tara ! C'est un plaisir de te rencontrer, Cole.

Elle se tourne alors vers mon compagnon.

— Et tu es donc… Joshua, si ma mémoire est bonne ?

— Josh Walker. C'est exact, Madame ! acquiesce-t-il en lui serrant la main de son bras valide.

— Lucas m'a expliqué que tu allais devoir faire de la physiothérapie pour cette épaule, c'est bien ça ?

— Oui. Mauvaise chute.

Un bruit sourd provenant de ma remorque nous pousse à nous retourner. Les chevaux commencent à en avoir assez d'être à l'arrêt sans pouvoir sortir. Avec cette chaleur, je les comprends !

— Il y a des box libres dans l'écurie, nous annonce Tara alors que son téléphone portable sonne. Excusez-moi… je reviens vous montrer ça !

Josh me dévisage, légèrement perplexe. Je souris, cette femme semble avoir de l'énergie à revendre !

— Tu ouvres ?

Il opine et défait le loquet de la remorque pour faire basculer la grande porte. Je commence par Fire. Le hongre recule doucement et, une fois dans la cour, semble heureux de retrouver le grand air et son propriétaire. Josh me prend la longe des mains avant de se diriger vers l'écurie.

À peine ai-je détaché Dexter qu'il recule comme un forcené et déboule littéralement hors du van dans un nuage de poussière. Le regard inquiet, il cherche son compagnon de route. Ne le voyant nulle part, mon cheval hennit à pleine puissance dans mes oreilles. Et après, on me dit que ma musique n'est pas supportable ?! La bonne blague. Une main sur l'oreille, je marche en grommelant jusqu'à la grange. Les installations du *Heaven's* me paraissent plus modernes et plus vastes que chez les Parker. Une longue allée de box s'étend devant moi, je suis surpris par la taille du bâtiment. J'installe Dexter près du box que Josh a choisi pour Fire, lui retire son licol, vérifie que l'abreuvoir automatique fonctionne et referme la demi-porte derrière moi.

— Je suis désolée, les garçons, je devais prendre cet appel ! s'exclame Tara qui nous rejoint alors que nous revenons dans la cour. Laissez-moi vous montrer où se trouve l'aile des invités. Tous les repas se prennent dans la salle à manger de la maison, pour le reste, vous faites comme chez vous.

L'aile des invités ? Je lance un regard compatissant à mon vieux camping-car… dommage pour lui.

— Laisse tante Tara ! Je me charge de leur faire faire le tour du propriétaire !

Une voix féminine nous pousse à nous retourner dans un même mouvement. La vision qui s'offre à nous me donne presque envie de rouler des yeux en soupirant, mais ce genre d'attitude serait probablement malvenue le jour de notre arrivée. La jeune femme qui s'approche en souriant est vêtue comme l'une de ces pseudo *country girls* que l'on peut voir dans les magazines et qui traînent aux abords des circuits de rodéo. Ses cheveux blond platine flottent librement dans son dos et une paire de lunettes de soleil trône sur sa tête. Sa chemise légère est attachée en un nœud au-dessus de son nombril, exhibant un ventre plat et bronzé où le soleil fait briller un piercing. Son short en jean, à la *Daisy Duke*[1], ne laisse pas vraiment de place à l'imagination. Elle a complété sa tenue d'une paire de bottes de cow-boy sans la moindre trace d'usure. On est loin, très loin, de la classe de Becca Parker ici. Je tourne ma casquette à l'envers sur ma tête et jette un coup d'œil à Josh qui se tient le bras. Il est vraiment temps que mon ami aille voir ce physiothérapeute.

— C'est très aimable à toi, Megan, mais je vais m'en charger, répond Tara d'un ton sans appel.

Une vague de dégoût me traverse quand je vois la jeune inconnue me détailler de la tête aux pieds avant de faire glisser ses lunettes de soleil sur son nez. En voilà bien une qui n'est pas vraiment mon type ! Je préfère de loin les femmes qui ont un minimum de personnalité. Cette Megan est certes très jolie, mais c'est le genre de filles que les mecs des circuits utilisent pour la nuit et jettent après ! Très peu pour moi. Lucas m'a parlé d'un bar sympa non loin d'ici, peut-être y rencontrerai-je quelqu'un avec qui passer de bons moments durant ces quelques mois ? Ou pas ! En tout cas, pas question de faire mes courses ici…

Tara nous fait longer l'habitation principale, et nous découvrons à sa droite une agréable petite annexe, en retrait, bâtie entre la maison et le manège. L'entrée donne sur un coin repas très fonctionnel à gauche et un petit salon lumineux qui lui fait face, meublé de deux canapés et d'une table basse. Un couloir mène ensuite aux trois chambres et à la salle de bains, nous indique la propriétaire des lieux. Le tout est à notre disposition, si nous préférons prendre nos repas entre nous. Elle nous annonce qu'un troisième cow-boy se joindra à notre équipe d'ici un jour ou deux.

— Tara, je me demandais si vous… tu pourrais m'indiquer l'itinéraire pour me rendre jusqu'à cet endroit, demande alors Josh en lui tendant un bout de papier sur lequel il a griffonné une adresse.

— Sans problème, suis-moi.

---

1   « Shérif, fais-moi peur », série culte des années 80

Tous deux s'éloignent en direction de la maison. Génial, c'est donc ma petite personne qui sera de corvée de bagages ! Monsieur Walker a semble-t-il mieux à faire. Eh bien, j'aurai au moins l'opportunité de m'installer comme je veux. Après deux voyages de sacs en tout genre, je dépose mes affaires, dont ma précieuse mallette de tatouage et mon cahier à dessins, dans la première chambre. La musique de mon portable en fond sonore, je file prendre une bonne douche chaude, luxe qu'il nous aurait fallu oublier si l'on n'avait pas été si bien logés... puisque je n'ai toujours pas fait réparer le chauffe-eau de mon vieux camping-car. Je me demande soudain s'il ne va pas finir à la ferraille, il ne tiendra jamais le coup un hiver de plus sur les routes. Il tombe en miettes !

Quand je sors de la salle de bains, avec pour seul vêtement une serviette nouée autour des hanches, je sursaute découvrant Megan plantée au milieu du couloir. Un sourire narquois étire ses lèvres rose vif.

— Ma tante tenait à ce que ton ami et toi ayez des draps propres, m'informe-t-elle en pointant la pile de linge posée sur le dossier du canapé.

Je me détourne, gêné par son regard, un peu trop inquisiteur à mon goût, qui s'attarde largement en dessous de ma taille. Je ne suis pas du genre pudique, mais cette fille me dévisage comme si elle allait me bouffer.

— Merci, c'est gentil. Je vais aller mettre un jean, lancé-je, avant de claquer la porte de ma nouvelle chambre derrière moi.

Nom de Dieu ! Mais où est-ce que j'ai atterri ? Lucas m'a fait une mauvaise farce en m'envoyant ici, ou quoi ?! J'ouvre rapidement l'un de mes sacs de voyage et en sors un jean élimé et un boxer. Jamais je ne me suis vêtu aussi vite de toute ma vie. Je tends l'oreille, à l'affût du moindre bruit de pas dans le couloir ou le salon. Rien. Toutefois mon ouïe n'est peut-être plus ce qu'elle était avec la musique que j'écoute. Mal à l'aise, je prends le risque de sortir en silence. Personne. Mes yeux sont attirés par le triangle de tissu bleu qui devrait servir d'écharpe au bras de Josh, posé sur la table. Ce type est un idiot ! J'enfile rapidement un tee-shirt et retourne à l'extérieur. La maison des Ridley est immense. Construite de plain-pied, elle occupe une grande partie du périmètre de la cour.

Le bois rond et vernis de ses façades est mis en valeur par une toiture vert foncé et de larges baies vitrées. Une galerie la parcourt de part en part, à l'abri du toit, et des chaises Adirondack[2] en chêne massif y sont installées au milieu de quelques pots de fleurs colorés.

Au loin, je peux apercevoir le troupeau de quarter horse de madame Ridley. Je m'aperçois alors que le pick-up rouge a disparu de la cour… et Josh avec lui. Mais où est-il encore parti, celui-là ?!

Je sors mon portable afin d'appeler Will, avant de me raviser et de simplement lui envoyer un texto pour lui dire que nous sommes bien arrivés. Je n'ai pas envie de lui annoncer que j'ai déjà perdu la trace de Josh. Will n'est pas ma mère après tout ! Et je suis tout à fait capable de gérer notre ami tout seul, non ?! Il doit être parti repérer le cabinet du physiothérapeute qu'il devra consulter sous peu. Enfin, j'espère…

Tentant de me faire aussi discret qu'un ninja, je me rends jusqu'à l'écurie pour voir si tout va bien pour Dexter et Fire. Je soupire en découvrant la grange déserte, je n'ai jamais été aussi soulagé de me retrouver seul. Je reste un long moment auprès de mon cheval, dernier vestige de ma vie passée. Il est désormais la seule chose qui ait vraiment de l'importance pour moi.

Le rugissement d'un moteur se fait entendre dans l'allée. Je sors en vitesse, persuadé de voir arriver Josh et prêt à lui passer un savon… et manque de me faire percuter par un pick-up lancé à pleine vitesse. Le conducteur s'arrête non loin de moi dans un tourbillon de poussière. Pendant quelques secondes, je n'y vois plus rien.

En toussant, je fais aller et venir ma main devant moi pour dissiper le nuage de sable. Et quelle n'est pas ma surprise de voir peu à peu une tignasse rousse apparaître derrière le volant du pick-up ! J'éclate de rire. La voilà donc, la raison du petit sourire en coin de Lucas, quand il m'a annoncé qu'il m'avait trouvé un nouveau travail près du centre de physiothérapie de Josh !

---

2   Elle doit son nom à la chaîne de montagnes des Adirondacks, située au nord de l'état de New York. Cette chaise a été popularisée grâce au style gentleman farmer, présent chez les familles riches de la côte est des USA, puis dans toute l'Amérique du Nord.

La femme qui m'a laissé en plan dans son lit trois jours plus tôt sort de l'habitacle telle une furie.

— Content de te revoir, petite sirène !

— Mais qu'est-ce que tu fiches chez moi, toi ?!

Mon séjour au Canada ne sera peut-être pas si fade que ça, finalement, songé-je en détaillant la flamboyante Abbygael Hamilton.

Se pourrait-il donc que l'océan ne soit pas si vaste ?

Abby

En ce premier samedi de juillet, je roule à contrecœur en direction de la maison. Trois jours que je suis partie de chez Becca et j'en ai déjà marre d'être là. Qu'est-ce que je ne ferais pas pour quitter cet endroit pour de bon ! Mais je m'en voudrais trop de laisser ma mère seule ici. Si l'on omet Athéna, elle est la dernière chose qui me rattache encore à l'Alberta, malgré nos relations houleuses. Quand je pense à la chance qu'a eue Will ! À sa place, je ne serais sans doute jamais revenue. Peu m'importe qu'il soit rentré à cause de son amour fou pour ma meilleure amie – même si je suis heureuse pour eux –, pour moi, la liberté l'emporte sur tout ! Cette liberté que je n'ai pas ici…

Et puis, il y a Ghost… ce foutu cheval me cause trop de problèmes. C'est bien la première fois que l'une de mes montures m'effraie par sa fougue et sa puissance. McKnight avait raison en disant que je le freine. Même si son intrusion dans ma vie nous a valu une belle engueulade derrière l'écurie chez les Parker !

« Tu ne peux pas brider son envie de courir ! Ce serait comme si je te privais d'oxygène. C'est quelque chose d'instinctif chez Ghost, comme ça l'est chez toi d'être chiante ! »

Quel petit con ! J'ai plié bagage le lendemain à l'aube. Voilà comment je me suis toujours débarrassée des indésirables. Cole aura été une agréable parenthèse durant ces deux semaines passées chez Becca, seulement je déteste qu'un inconnu me mette de façon aussi brutale face à mes défauts. J'ai grandement conscience de ne pas être parfaite ! Mais quand rien ne me force à endurer un affront, je préfère prendre le large. C'est lâche comme solution, pourtant elle me convient très bien. Et cela a eu le mérite de m'éviter jusqu'ici bien des déceptions !

Ghost n'est pas Athéna, il est là, le seul vrai problème ! Ma jument est une perle, et une championne dans sa discipline. J'ai une confiance aveugle en elle lors des rodéos, et j'ai le sentiment que jamais je ne trouverai une autre monture à sa hauteur. Malgré ses dix-sept ans, elle est aussi fougueuse que lorsqu'elle en avait trois.

Ma mère me l'a offerte pour mes douze ans. Mon premier cheval à moi. Une pouliche téméraire, comme moi. Qu'est-ce que mes parents ont pu se disputer à ce sujet ! Pourtant elle a été le point culminant de mon adolescence. Et même si aujourd'hui, mes relations avec ma mère sont tendues à l'extrême, jamais je ne pourrai oublier les nombreux moments de complicité qui nous ont unies grâce à Athéna.

Je rentre du centre-ville de *Black Valley*, le pick-up plein de sacs de grain pour les chevaux. Depuis mon retour, ma mère m'a surchargée de corvées ! Sa façon à elle de me punir d'avoir pris le large pendant des mois en me réfugiant chez ma tante en Colombie Britannique… avant de rentrer pour une journée et repartir chez Becca dès le lendemain !

Peu pressée de réintégrer le ranch familial, je roule tranquillement, bien décidée à profiter de cette belle journée. Peut-être m'autoriserai-je une séance d'entraînement avec ma jument en arrivant… si Tara le tyran n'a pas d'autres exigences pour la journée, cela va sans dire !

Un coup d'œil sur l'heure me pousse néanmoins à accélérer sur les derniers kilomètres. Je suis partie depuis bien trop longtemps déjà…

Mes doigts bougent au rythme de la musique de *Keith Urban*, diffusée par la radio, alors que je pénètre à tombeau ouvert dans la cour. Une silhouette en contre-jour sort brusquement en courant de l'écurie, juste devant mes roues ! Je freine de toutes mes forces et fais un écart. Les mains serrées sur le volant, je ferme les yeux, priant pour ne pas entendre de choc. Quand j'ouvre les paupières, la poussière se dissipe lentement autour de mon pick-up. Mon cœur bat à tout rompre dans ma poitrine.

Une silhouette massive se dessine à travers le nuage. Nos regards se croisent un instant, et là, je reste clouée sur place, ulcérée. *C'est quoi, cette blague ?!* J'ouvre rageusement la portière de mon véhicule après l'avoir mis au point mort et prends appui sur le marchepied.

— Content de te revoir, petite sirène ! me lance en riant ce fumier de Cole McKnight.

C'est un cauchemar ! Il n'y a pas d'autre explication. Comment se fait-il que ce type que j'ai décidé de rayer de ma vie quelques jours plus tôt se tienne maintenant debout devant moi. *Chez moi ?!* Et cet arrogant personnage se permet en plus d'afficher ce petit sourire satisfait qui m'a un tantinet – beaucoup – fait craquer durant mon séjour chez Becca.

— Mais qu'est-ce que tu fiches chez moi, toi ? m'exclamé-je, mortifiée.

À nouveau, ce petit sourire condescendant. J'ai envie de le frapper !

— Je suis heureux de te revoir, moi aussi, ironise-t-il, une main posée sur le cœur.

Comme une furie, je sors complètement de mon pick-up et m'avance dans sa direction. Il m'ouvre les bras – comme si j'allais lui faire un câlin, tiens ! – tandis que je me plante devant lui, les poings sur les hanches. Horrifiée, je m'entends supplier :

— Par pitié, dis-moi que tu n'es pas l'un des nouveaux employés de ma mère ?!

— Si Tara Ridley est bien ta mère, alors je suis désolé de t'annoncer que… si, ma douce Ariel, murmure-t-il en se penchant vers moi.

Ses yeux verts prennent une couleur ambrée lorsque son visage se rapproche du mien. Oh non, qu'il n'essaie surtout pas de jouer au plus malin ! Tout ce qu'il pouvait obtenir de moi, il l'a eu. Nous nous fixons un instant, nous défiant du regard. Quand je tourne finalement les talons, je fais en sorte que mes cheveux lui fouettent le visage. Dans mon empressement à m'éloigner, je prends néanmoins le temps de pointer le coffre de mon véhicule.

— Très bien, alors commence par décharger ces sacs au lieu de me reluquer, McKnight. Ils vont dans ce hangar, ordonné-je en indiquant négligemment l'emplacement du doigt.

Et sans lui donner l'occasion de répliquer, je me dirige d'un pas rapide vers la maison. Ça ne peut pas être vrai ! Pas lui ! Pas ici ! Je l'entends rigoler dans mon dos, à l'instant où je croise Megan sur le perron. Je passe près d'elle sans détourner les yeux, bien décidée à ne pas lui adresser la parole, mais sa voix résonne derrière moi.

— C'est un joli spécimen que ta mère a engagé là.

Je fais volte-face et découvre qu'elle étudie Cole d'un regard gourmand. Ne connaissant que trop bien sa façon d'agir avec les hommes, je serre les poings et les mâchoires.

— Je crois que je vais bien m'amuser avec celui-là, ajoute ma cousine.

— N'y compte pas trop !

Les mots ont franchi mes lèvres sans même que je puisse les retenir. Qu'est-ce qui me prend, enfin ?! Je veux seulement qu'il fiche le camp d'ici ! Megan se tourne vers moi, un sourire narquois sur les lèvres, en arquant les sourcils. Elle a toujours été plus séduisante que moi, j'en suis consciente. Néanmoins, ma remarque a allumé quelque chose de différent dans ses yeux cette fois. Elle est partie en chasse, elle veut ce qu'elle a compris que j'ai eu… comme toujours. Elle hausse les épaules et je la regarde, impuissante, s'éloigner vers Cole qui transporte les sacs d'un point à l'autre de la cour. Une étrange colère m'envahit quand elle l'apostrophe en riant et qu'il lève son regard vers elle. Me détournant du spectacle qu'ils m'offrent, je m'engouffre dans la maison, de plus en plus furieuse.

— Maman ! crié-je en claquant la porte derrière moi.

Ma mère apparaît, le visage inquiet.

— Que se passe-t-il, Abby ?!

— Qu'est-ce que l'employé de Mitch fiche chez nous !

La lassitude envahit ses traits.

— Tu m'as fait une de ces peurs en hurlant de la sorte, Abby !

— Réponds à ma question, Maman ! Pourquoi diable Cole McKnight est-il chez nous ?!

— C'est Lucas qui m'a conseillé d'engager Cole et Joshua. J'ai besoin d'aide sur le ranch, et franchement, on ne peut pas dire que ce soit toi qui mettes le plus de cœur à l'ouvrage ! s'exclame-t-elle en me pointant du doigt.

C'est reparti pour un tour !

— Cesse de m'accuser de ne pas participer à la vie de *ton* ranch, Maman. Je ne vis pas pour l'élevage de chevaux. Ma passion, c'est la course de barils !

— Change d'attitude tout de suite, Abbygael ! C'est moi qui vous nourris et vous entretiens, Athéna et toi. Ta jument provient également de cet élevage, dont tu te fiches éperdument. Songes-y un peu, ajoute ma mère avant de sortir telle une furie.

Mais c'est quoi, cette journée de fou ?! Je tourne un moment en rond dans la maison, me demandant comment gérer le cas McKnight. Cet homme, je l'avais laissé en arrière, car je n'aime pas m'éterniser auprès des gens qui commencent à voir trop clairement en moi. Pourtant, ça n'a pas été facile ! Ce type… c'est un concentré de *sex-appeal* pur et dur. Comment ne pas être tentée de retourner m'y brûler les ailes ? Ce n'est même pas une question de sentiments, juste une incroyable attirance physique.

Dès le premier regard, chez Becca, ça a fait tilt entre nous. La mèche s'est allumée, pour ensuite nous consumer. Sauf que nous ne sommes plus chez les Parker, ici, tout est différent. S'il poursuit ses investigations, je ne pourrai pas prendre la fuite ! Je ne pourrai pas non plus rivaliser avec cette peste de Megan, si je souhaite à un moment ou à un autre remettre le couvert.

Il faut que j'aille prendre l'air !

Une fois dans l'écurie, je fonce vers la stalle de ma jument, qui me regarde avancer vers elle, les oreilles dressées. Un rayon de soleil passe par la fenêtre de son box et fait briller sa robe baie. Je caresse tendrement l'étoile blanche qui orne son front, juste sous son toupet. Ce geste seul suffit à m'apaiser. Athéna me suit alors paisiblement dans l'allée centrale. Une fois ma jument attachée devant son box, je fais volte-face pour aller chercher son équipement quand Cole me percute de plein fouet.

— Mais regarde où tu vas, nom de Dieu !

— Désolé, princesse, mais je bosse, moi… contrairement à d'autres, réplique le tatoueur en m'écartant de son chemin pour récupérer une nouvelle botte de foin.

Décidément, cette journée vire au cauchemar… À croire que tout le monde a quelque chose à me reprocher aujourd'hui !

Les dents serrées, je récupère dans la sellerie de quoi panser ma monture, ainsi que ma selle et sa bride. Quelques minutes plus tard, Athéna est harnachée. Après avoir passé mes rênes de part et d'autre de son encolure massive, un pied dans l'étrier, je me hisse sur son dos au milieu de la cour. Elle ne bouge pas d'un poil pendant que je relève mes cheveux en un chignon désordonné. Enfin, d'un claquement de langue, je la fais avancer vers le manège extérieur. Le soleil, déjà haut dans le ciel sans nuages, fait scintiller sa crinière.

Nous marchons longuement. Je prends grand soin de l'échauffer avant chaque entraînement car, malgré sa fougue, elle n'est plus toute jeune. Quand je la fais passer au trot, je remarque Cole qui m'observe, accoudé à la barrière de la carrière. Je fixe mon attention sur Athéna, pressant légèrement l'allure. Je repense encore à mon humiliation avec Ghost. La bile me monte aux lèvres. Quelle piètre cavalière je dois faire à ses yeux ! Je sens ma confiance en moi faiblir sous son regard de feu. Pourtant je n'en montre rien et poursuis ma préparation, la tête haute.

L'homme à la clôture ne dit pas un mot, il se contente de nous scruter avec intensité. J'enchaîne les exercices d'assouplissements, et ma belle Athéna répond immédiatement à mes aides. Alors enfin, je me perds dans l'espace et le temps. Je me laisse emporter par sa foulée. Ce n'est pas un cheval comme les autres. Elle et moi ne formons qu'un. Où je regarde, elle va. Nos respirations se calent l'une sur l'autre. Une légère brise soulève sa crinière, et me caresse le visage l'instant suivant. Quand je passe au galop, plus rien d'autre n'existe qu'elle et moi. Le monde s'efface, les trop nombreuses humiliations et les cicatrices qui meurtrissent mon âme… tout s'envole. Ne reste que le souffle régulier de ma monture qui résonne à mes oreilles. Elle est mon âme sœur. L'unique amour de ma vie.

Lorsque nous repassons au pas, la Terre se remet à tourner et ma carapace reprend sa place, m'entourant de cette cage inviolable, forgée au fil des années. Ma monture est à peine essoufflée, toutefois je prends tout mon temps pour laisser refroidir ses muscles sollicités. Le regard de Cole est toujours posé sur moi, et je n'aime pas cette sensation.

Je m'arrête finalement au centre du manège et mets pied à terre. Le cow-boy vient me rejoindre. Il passe l'une de ses mains tatouées sur la croupe d'Athéna et m'observe, encore, tandis que je dessangle un peu ma jument.

— Elle est à toi ? me questionne-t-il.

J'acquiesce d'un hochement de tête.

— Pourquoi n'es-tu pas aussi… fusionnelle avec Ghost ?

Cole a lentement fait le tour de la jument et s'arrête devant moi à l'instant où il me pose cette question. Impossible de l'esquiver.

— Ghost n'a rien à voir avec Athéna, soufflé-je en caressant l'encolure de ma monture.

Le tatoueur fixe ses yeux de braise sur moi, tout en passant une main dans sa fine barbe, comme s'il cherchait un sens à mes mots.

— Je déteste que l'on m'impose quelque chose, McKnight.

— Comment peut-on *imposer* un cheval à quelqu'un ? s'étonne-t-il.

Je sors du manège en soupirant et il m'emboîte le pas.

— Ghost est un cadeau… que je ne pouvais pas refuser.

Je n'en dis pas plus, après tout, cela ne le regarde en rien. J'entre dans l'écurie, espérant en avoir fini avec cette conversation, mais Cole me stoppe net en se dressant devant nous, avant de poser ses mains sur mes épaules. Je me dégage vivement de sa prise et recule d'un pas.

— Tu ne peux pas détester un animal juste parce que tu ressens de l'amertume pour celui ou celle qui a eu le malheur de te l'offrir, avance-t-il.

Ma respiration s'accélère. Comment… Je reste figée sur place.

— Ne crois pas tout savoir de moi juste parce qu'on a couché quelques fois ensemble, Cole. Et ne fais surtout pas l'erreur de penser y parvenir grâce à ta psychologie de tatoueur à deux balles ! Tu ne sais absolument rien ! Maintenant, dégage, ajouté-je en le poussant brusquement pour passer.

Je progresse d'un pas assuré vers la stalle de ma jument, non sans jeter un coup d'œil par-dessus mon épaule. Je l'entrevois qui me fixe toujours, puis il se détourne et quitte la grange. Athéna devient tout à coup nerveuse, ce qui me pousse à expirer lentement pour retrouver mon calme. S'il savait… il ne dirait pas de telles choses. Ou peut-être suis-je juste stupidement bornée ? C'est possible…

Après avoir dessellé ma monture, je décide d'aller passer un moment avec Ghost. Je ne déteste pas ce cheval, simplement on ne se comprend pas, lui et moi. *Je* ne le comprends pas. Pendant de longues minutes, je m'applique à passer la brosse sur son corps massif sans plus penser à rien. Les minutes défilent, et je suis toujours dans l'écurie quand Megan apparaît dans l'embrasure de la porte coulissante. Les talons ferrés de ses santiags immaculées résonnent sur le sol en béton. Elle arrive à ma hauteur au moment où je referme le box de Ghost.

— Le dîner est prêt, Abby. Ta mère te fait dire que ce n'est pas bien vu de faire attendre notre invité, minaude-t-elle en me tournant autour.

— Cole n'est pas un invité, mais un employé. Ma mère le paie pour être ici.

Je détache mon chignon en sortant dans la cour, quand sa main manucurée m'agrippe violemment l'avant-bras. Elle me force à me tourner vers elle.

— Tu ne feras pas le poids face à moi, Abbygael, tu ne l'as jamais fait ! Et surtout pas avec cette dégaine, ricane-t-elle avant de s'éloigner avec nonchalance.

Il est vrai que je n'ai pas fière allure. Mes boucles rousses retombent n'importe comment sur mes épaules, mon jean est maculé de poils et de foin. Mon tee-shirt noir est aussi élimé que mes bottes de cow-boy. Pourtant ce qu'elle ignore, c'est que cela n'a jamais repoussé Cole, au contraire ! D'accord, Megan est plus jolie, plus mince, plus confiante, en un mot bien plus attirante que moi, mais…

Mais quoi ? Bien sûr qu'il la préférera à toi, arrête de te faire des films, songé-je, la gorge serrée, en la suivant dans la maison.

À côté d'*elles*, j'ai toujours été la moins que rien. Cela ne date pas d'hier ! Au lycée, j'étais déjà celle qu'*elles* laissaient loin derrière. Celle dont *elles* ont fait la risée de l'école en moins de temps qu'il n'en faut pour le dire. Tout ça à cause de ma naïveté et de ma confiance aveugle en *elles*. Seulement, j'ai bien retenu la leçon.

Maintenant, ma confiance, je ne l'offre plus qu'à ma jument !

Une odeur délicieuse m'accueille dès mon entrée dans le hall… Ma mère a cuisiné l'un de ces succulents petits plats dont elle a le secret. Je suis surprise de ne pas trouver Josh installé avec les autres dans la salle à manger. Et beaucoup moins que ma cousine ait pris place tout près de Cole, dont elle ne cesse de toucher l'avant-bras à la moindre occasion.

Le repas terminé, notre nouvel employé sirote tranquillement une bière, tandis que je débarrasse la table. Ma mère et moi ne nous sommes pas adressé une seule fois la parole. Qu'aurions-nous à nous dire de toute façon ? Une énième dispute ne servirait à rien. Et puis, elle doit quitter le ranch pour aller participer à un encan[3] de chevaux, non loin de la Saskatchewan[4]. Elle ne sera de retour que demain après-midi. Cela laissera le temps à notre rancœur de s'apaiser.

Je jette un dernier coup d'œil dans la salle à manger avant de prendre le couloir pour regagner ma chambre. Cole a disparu et Megan est assise sur le canapé devant la télévision. Un bon bain, voilà ce qu'il me faut après une telle journée ! Je retire lentement mes vêtements que je lance au hasard en direction du panier à linge sale tandis que l'eau brûlante remplit la baignoire. Quand mon pied touche la surface, un frisson me parcourt. Me laissant glisser dans l'onde encore fumante, j'accueille sa chaleur bienfaisante avec un soupir satisfait. Je reste ainsi sans penser à rien jusqu'à ce que l'eau devienne tiède. Une fois lavée, j'enfile rapidement un shorty et un débardeur, avant de saisir le roman que j'ai laissé en plan sur ma table de nuit et de m'allonger enfin dans mon lit avec ma lecture.

J'ignore à quelle heure j'ai fermé les yeux, mais il fait encore nuit quand le son lointain d'un battant que l'on ouvre et referme me tire de mon sommeil. J'allume à tâtons et cligne plusieurs fois des yeux pour y voir clair.

---

3   Vente publique aux enchères.
4   La Saskatchewan est une province de l'Ouest du Canada, située dans la région des Prairies, entourée à l'ouest par l'Alberta, au nord par les Territoires du Nord-Ouest et à l'est par le Manitoba.

Ma porte s'ouvre à la volée, puis Cole apparaît dans l'embrasure, le visage tendu, visiblement inquiet.

— J'ai besoin de toi. Josh a des ennuis, m'annonce-t-il de but en blanc.

Je regarde l'heure sur mon réveil. Trois heures du matin.

Génial ! Il ne manquait plus que ça !

Chapitre 3

Cole

Je me lève de table au moment où Tara sort de la maison. Aucun signe d'Abby. Je quitte donc les lieux à mon tour. Une bière à la main, je m'installe sur l'une des chaises sous le porche. Ma patronne me salue gentiment avant de disparaître au volant de son pick-up.

Je repense à l'accueil de ma petite furie Hamilton, tout à l'heure ! Trois jours à peine qu'on ne s'est pas vus, et pourtant, je n'ai pas l'impression de retrouver la même personne… Où est passée la jeune femme piquante et pleine d'assurance rencontrée chez les Parker ? Derrière la hargne qu'elle me réserve, il manque quelque chose… Comme si je me tenais devant un puzzle que je n'ai jusqu'ici pas encore pu contempler dans son intégralité. Même si elle est toujours aussi attirante, toujours aussi électrisante ! Comme un aimant, son magnétisme m'emprisonne.

Il fait nuit noire lorsque je regagne ma nouvelle demeure. Après une douche rapide, je m'écroule sur mon lit en boxer. Je suis inquiet. Je n'ai eu aucun signe de Josh depuis qu'il est parti avec le pick-up en début d'après-midi. Chaque fois que je tente de lui téléphoner, c'est la messagerie qui m'accueille d'office. Ce con a dû éteindre son portable ! J'en suis à me demander si je ne devrais pas appeler Will pour lui faire part de la situation. Il a toujours su gérer mieux que moi les frasques du militaire.

La lueur de mon portable m'aveugle quand mon regard se pose sur l'écran qui clignote, signalant un appel. J'ai dû m'assoupir un moment car il est presque trois heures du matin. Un numéro inconnu s'affiche.

— Allo ! grogné-je en décrochant.

Des sons stridents me parviennent en cacophonie depuis le combiné.

— C'est Josh.

— Non, mais tu te fous de moi, là ?! Aucune nouvelle de toute la journée, et monsieur daigne enfin me rappeler au petit matin ! explosé-je.

— Ouais… Désolé… j'ai un problème.

Une main sur le visage, je m'assois au bord de mon lit en écoutant sa voix perdue m'expliquer la raison de son appel.

— Putain ! Tu fais chier, Walker !

Exaspéré par ce réveil peu orthodoxe, j'enfile rapidement un jean et le premier tee-shirt qui me passe sous la main. Ce type est épuisant à la fin ! Je ne suis pas Will, moi. Cela ne m'amuse en rien de devoir jouer à la mère poule. J'ai mieux à faire, nom de Dieu !

Un frisson me traverse quand j'arrive dans la cour. La nuit est fraîche. J'entre dans mon camping-car pour me saisir de mon vieux blouson de cuir, et me souviens tout à coup que cet idiot de Josh est parti avec le pick-up… comment croit-il que je vais aller le récupérer ?! Mon regard se tourne vers la maison des Ridley.

Et merde…

C'est pourtant ma seule option.

Je toque à la porte d'entrée, tout en espérant ne pas me retrouver face à face avec Megan, je ne suis pas d'humeur à supporter une connerie de plus. J'attends quelques minutes, avant de comprendre que personne ne viendra, les chambres sont probablement toutes orientées de l'autre côté, et je ne me vois pas tambouriner plus fort. Je pose une main sur la poignée et constate que la maison n'est pas fermée à clé. J'entre donc. La nièce de Tara est endormie sur le canapé devant la télévision. Je dépasse la salle à manger sans faire de bruit et emprunte le couloir. J'ouvre une porte, puis une autre… chambres vides. *Combien y a-t-il de pièces dans cette baraque ?!* songé-je à la quatrième tentative. J'aperçois alors une faible lumière sous le cinquième et dernier battant. Je l'entrouvre… et ma sirène rousse se redresse brusquement dans son lit.

— J'ai besoin de toi. Josh a des ennuis, murmuré-je.

Je reste figé dans l'embrasure. Elle jette un coup d'œil à son réveil et soupire longuement. Je ne peux détacher mon regard de son corps au moment où elle sort des couvertures. Sa crinière de feu retombe éparse dans son dos et sur ses épaules dénudées. Son shorty noir met le galbe de ses fesses en valeur et j'avale difficilement ma salive en la voyant passer un survêtement. Quand elle remonte ses cheveux et laisse entrevoir la peau ivoirine de sa nuque gracile, que j'ai eu tant de plaisir à embrasser et où j'ai passé les doigts tant de fois pour l'attirer à moi… je perds le contrôle.

J'oublie Josh, ma mauvaise humeur, et m'approche d'Abby. Ses yeux émeraude s'ancrent aux miens dans le miroir dès que je me poste derrière elle. Instinctivement, je passe un bras en travers de sa poitrine et pose ma main à la base de son cou. L'encre sur ma peau contraste avec la pureté de la sienne. Je l'attire contre moi et plonge mon visage avec bonheur dans le creux de son épaule. La voilà ! Cette odeur envoûtante qui régnait dans la pièce après son départ de chez les Parker. Sans bouger, je lève les yeux. Nos regards se perdent l'un dans l'autre à travers le reflet. Sa respiration s'accélère sous mes doigts. Mon corps se fait brûlant au contact du sien.

Un instant, elle pose sa main par-dessus la mienne et ferme les paupières, avant de se dégager lentement.

— Ton ami nous attend, souffle-t-elle en quittant la pièce.

Exaspéré, je la suis sur la pointe des pieds. Elle aussi prend soin de ne pas faire de bruit en passant devant la blonde qui paraît endormie sur le sofa. Je remarque cependant qu'elle a changé de position. Abby attrape une veste suspendue près de la porte, enfile des baskets et saisit ses clés avant de franchir le porche. Alors que je m'installe en silence dans le siège passager de son pick-up, je remarque une silhouette qui se détache derrière l'une des fenêtres de la maison. Megan nous observe tandis que nous quittons les lieux sur les chapeaux de roues.

— Où faut-il aller chercher *Monsieur* ?

Je passe une main sur mon menton, avant de marmonner.

— Au poste de police de *Black Valley*.

Son visage se tourne d'un coup vers le mien et elle freine

brusquement. Je manque de me cogner à l'habitacle du pick-up, ma ceinture de sécurité me retient de justesse.

— Non, mais ça va pas ?!

— Au poste de police ?! Sérieux ! C'est d'un *cliché* ! s'exclame Abby.

— Je ne suis pour rien dans cette histoire, OK ?! Tu poseras toutes les questions que tu voudras à Josh si ça te chante, il ne m'a rien dit de plus !

Elle me fusille du regard.

— Je sais juste qu'on doit aller les récupérer là-bas, lui et le pick-up, ajouté-je alors qu'elle redémarre en faisant crisser les pneus sur l'asphalte.

— Et en pleine nuit ! Comme c'est amusant !

Je soupire en laissant ma tête retomber contre l'appuie-tête. L'érection qui me gênait un instant plus tôt est repartie d'où elle venait… Quelle diablesse !

Les routes ne sont pas éclairées, seuls les phares du pick-up nous ouvrent le chemin. Après plus de vingt minutes de trajet silencieux, nous pénétrons dans une petite agglomération. Plus aucun commerce n'est ouvert à cette heure, mais de rares lampadaires sont encore allumés. Encore quelques secondes, et Abby gare son véhicule sur le parking d'un bâtiment en briques grises. Je lui emboîte le pas jusqu'à l'intérieur.

Elle croise deux policiers qui la détaillent un instant avant de poursuivre leur chemin. Des visages se tournent sur mon passage. *Eh oui, une nouvelle tête en ville, les gars !* Abby s'approche du réceptionniste, lequel ne daigne tout d'abord pas lever les yeux vers elle. Jusqu'à ce qu'elle agite une main sous son nez en aboyant :

— Mike !

L'homme, surpris par la rudesse de sa voix, se redresse d'un bond. Puis un sourire illumine ses traits.

— Hamilton ! Comment vas-tu ? l'interroge-t-il en passant de l'autre côté du comptoir.

La jeune femme se laisse étreindre de bonne grâce par l'officier, même si elle me semble mal à l'aise.

— Ça va plutôt bien, sourit-elle. Je viens récupérer un ami en cellule.

Le flic relâche son emprise et pose alors des yeux inquisiteurs sur moi.

— Joshua Walker, dis-je en le scrutant de la même manière.

— Ah ! C'est que c'est tout un numéro, votre ami !

Il retourne derrière son comptoir et passe un appel. Je plaque une main dans le dos d'Abby et la fais avancer de quelques pas pour nous mettre un peu à l'écart.

— D'où tu le connais, ce… Mike ?

— Du lycée. Pourquoi ?!

— Rien. Simple question.

Elle fronce les sourcils, puis esquisse un petit sourire.

— Jaloux, McKnight ?!

— Tu voudrais que je sois jaloux de quoi ? De cette asperge en uniforme ? Dans tes rêves. D'ailleurs, je ne suis jamais jaloux, ajouté-je d'un air pincé.

La rouquine est sur le point d'éclater de rire, mais se trouve interrompue quand un autre policier escorte Josh vers nous. Notre ami est en piteux état. Du sang macule son tee-shirt, sa lèvre inférieure est fendue et son bras droit pend lamentablement contre son flanc. Bordel ! L'odeur d'alcool me percute dès qu'il s'approche. Je m'éloigne sans un mot afin d'aller régler les formalités avec l'agent Mike.

Ce dernier me fait signer des papiers à n'en plus finir que je ne lis même pas, avant de me demander de régler une amende de cinq cents dollars pour les frais de remorquage du pick-up ! Je récupère ma carte de crédit avec les clés du véhicule et les effets personnels de mon camarade, puis retrouve Josh et Abby qui ont pris place sur un banc. Il est temps de rentrer !

Alors qu'il est adossé au pick-up de la jeune femme, je rends son sac à mon ami. Il remet maladroitement son portefeuille dans la poche arrière de son jean, ainsi que son portable. Puis, à ma grande surprise, il passe ses plaques militaires autour de son cou. Habituellement, il ne les porte pas ! Je sais qu'il les traîne en permanence sur lui, mais jamais je ne les ai vues reposer sur son torse.

Dans quoi s'est-il encore fourré ?

Vu qu'il empeste l'alcool et titube comme un ivrogne, je doute que ce soit le moment de lui poser la moindre question… En fait, je ne veux même pas savoir. Avec ses crises de délire, il est déjà bien assez difficile à suivre, alors je ne veux pas me mêler de ses déboires avec les forces de l'ordre de *Black Valley*. Il est majeur après tout !

— Tu le ramènes ou, vu l'odeur, tu préfères rentrer seule et je l'embarque avec moi ? demandé-je à Abby.

— Je le prends, c'est bon !

Elle s'installe derrière le volant et attend pour démarrer que j'aie installé Josh à ses côtés et regagné l'ancien véhicule de Will. Plus je m'éloigne de ce maudit poste de police, et plus mon rythme cardiaque reprend un tempo normal. Je déteste ces endroits ! Il va vraiment falloir que Josh se prenne en main… je ne vais certainement pas le materner comme Will le faisait.

Dans l'habitacle silencieux, la route défile au rythme de mes pensées.

Lorsque je me gare dans la cour du ranch, Abby a déjà fait le tour de son pick-up. Josh est affalé dans le siège passager, le visage collé à la vitre. Avec un soupir agacé, j'ouvre la portière et l'empêche de tomber dans le gravier en empoignant le col de son tee-shirt.

Abby et moi le traînons plus que nous ne le portons jusqu'au bungalow. Du coude, la jeune femme allume la lumière quand nous pénétrons dans la première des chambres libres. Je le laisse choir sur le lit et tourne les talons.

— Tu ne vas pas le laisser comme ça ?!

— Et que veux-tu que je fasse de plus ?! Il va avoir des contusions et une gueule de bois monumentale dans quelques heures. Pour le moment, il a juste besoin de dormir. Il s'en remettra !

Elle me fixe avec colère, les poings posés sur les hanches. Hanches que je rêve d'empoigner et de coller contre moi. Mon désir pour elle réapparaît dès que cette image me traverse l'esprit !

Finalement, voyant que je ne bouge pas, elle retourne auprès du militaire et lui retire ses bottes avant de venir les poser non loin de la porte. Elle tente ensuite de lui passer son tee-shirt par-dessus la tête sans y parvenir. Le corps inerte de Josh est beaucoup trop lourd pour elle. Furieux et frustré, je me décide donc à lui apporter mon aide. Je soulève le torse de mon compagnon et Abby lui retire son vêtement en prenant garde de manipuler son bras blessé avec précaution. Une fois le tissu taché de sang entre les mains, elle part vers la salle de bains et revient avec une serviette humide. Elle s'applique à nettoyer les plaies sur son visage, ainsi que ses jointures malmenées.

Celui qui a rencontré ces poings doit être salement amoché, aucun doute possible !

Abby cale ensuite un oreiller derrière la tête du militaire qui grommelle dans son sommeil, puis elle le couvre d'un des draps posés sur la petite commode. Je ne l'avouerai jamais, pourtant je suis jaloux d'avoir vu les mains délicates de la jeune femme parcourir ainsi les traits de mon camarade. Cette maudite envie d'elle enfouie en moi revient me harceler.

— Ça lui arrive souvent ?

Elle me pose cette question, la main sur la poignée, alors qu'elle s'apprête à franchir le seuil de notre habitation.

— Quelques fois. L'alcool l'aide à dormir comme tu as pu le constater, avoué-je d'une voix sourde en me rapprochant d'elle.

Son dos percute la porte lorsqu'elle recule. Son regard se lève vers moi, nos corps se frôlent. Ses doigts agrippent ma veste dont le cuir craque sous ses ongles. Elle fait un pas pour se coller à moi, et cette fois, c'est moi qui recule. Toutefois, quand elle lève le menton pour me fixer, mes lèvres partent à la recherche des siennes. Je ne parviens qu'à les effleurer… brusquement, elle lâche mon blouson et ouvre la porte d'entrée. Une fois sur le petit perron, ma furie flamboyante fait volte-face.

— C'est terminé tout ça, Cole.

Je reste sans voix pendant qu'elle s'éloigne vers la maison.

— C'est très loin d'être terminé, Hamilton, grondé-je, assez fort pour qu'elle pile et tourne la tête dans ma direction.

Sans un mot, elle pénètre néanmoins chez elle et me laisse seul avec mon envie d'elle inassouvie, alors que l'astre du jour commence à peine sa course derrière les Rocheuses.

Chapitre 4

Abby

La dernière phrase de Cole résonne encore à mes oreilles quand je referme la porte de la maison derrière moi. Il est plus de cinq heures du matin, et sans surprise, Megan a disparu du canapé. Je me débarrasse de mon survêtement, avant de m'enrouler dans mes couvertures. Malgré la fatigue qui m'étreint, le sommeil me fuit. Seuls les gestes de Cole dansent la farandole dans ma mémoire, réveillant la chaleur sous ma peau. J'ai pris tout ce que je voulais de cet homme, et pourtant, le désir que j'éprouve pour lui depuis le départ ne me quitte pas. Il semble même s'intensifier !

Sa main légèrement calleuse posée à la base de mon cou m'a fait frémir comme jamais. Le contact de sa fine barbe sur mon épaule, l'odeur de son blouson de cuir, son regard plongé dans le mien m'ont hypnotisée. Il n'y a pas d'autre mot. Une attirance féroce nous asservit dès que nous nous retrouvons dans la même pièce.

Je ne souhaite pas d'attaches, juste… cette explosion de sensations qui nous emportait à chaque fois chez Becca. Jusqu'à ce qu'il commence à vouloir fouiller trop loin. Manque de chance pour lui, je ne laisse plus personne franchir la barrière de mes sentiments, et ce, depuis bien longtemps. J'évite ainsi problèmes et déceptions.

Je suis plutôt joueuse avec les hommes, je ne m'en cache pas. J'aime savoir que je peux plaire malgré tout. Seulement, jamais l'un d'eux ne s'était encore immiscé ainsi dans ma vie, chez moi. Quand je prends le large, c'est sans un regard en arrière ! Alors pourquoi aurais-je envie de retrouver Cole McKnight sur mon chemin et le laisser se réinstaller dans mon existence pour les mois à venir ?

M'entendre dire que je suis une fille frivole ne me dérange pas. Je sais parfaitement l'image que je renvoie quand j'enfile ce masque. Les gens voient ce que je décide de leur montrer et ne se posent jamais de questions. Et moi, je reste bien à l'abri derrière ce faux-semblant rassurant qui m'habite en leur présence. Seules deux ou trois personnes en savent un peu plus, par la force des choses. La désinvolture est devenue ma seconde nature. Alors pas question que ce cow-boy découvre que cette jeune femme, celle qui essaie tant bien que mal de profiter de ce que la vie lui offre chaque jour, prend la poudre d'escampette dès l'instant où le masque commence à se fissurer.

Malheureusement, ici, il m'est impossible d'agir comme je l'ai fait durant ces deux semaines au ranch des Parker. Cole va très vite se rendre compte que toute cette confiance n'était que de la poudre aux yeux, et je n'aurai dès lors plus aucun attrait pour lui… À moins qu'il ne tombe dans les filets de Megan avant même de s'en être aperçu.

Allongée dans mes draps froissés, je ne me fais guère d'illusions. Ma cousine ne me laissera pas l'ombre d'une chance. Depuis toujours, elle obtient immanquablement ce qu'elle veut. Et pour l'heure, ce qu'elle veut, c'est Cole. Il finira par la préférer à moi, d'une manière ou d'une autre, c'est certain. Les choses se terminent toujours ainsi entre elle et moi.

J'ignore à quelle heure je me suis finalement endormie, mais quand je m'étire paresseusement, il est neuf heures passées. Je soupire en me disant que j'éviterai au moins l'engueulade matinale avec ma mère, puisqu'elle ne devrait rentrer que plus tard dans la journée. Je fixe mon téléphone portable un instant. L'envie d'appeler Becca pour lui parler de ce qui m'arrive me démange, pourtant je ne veux pas l'ennuyer avec mon anxiété – et mon désir – provoqués par la présence de Cole au ranch.

C'est d'un ridicule !

C'est moi qui menais la danse avec le tatoueur chez les Parker, pourquoi suis-je déjà en train de perdre tous mes moyens… Après seulement une journée et une partie de la nuit ?! *Reprends-toi, Abby !*

Je sors des couvertures avec colère, me parler à moi-même ne changera rien à la situation ! Je n'ai qu'à le garder à distance, c'est tout…

…si l'attraction qu'il provoque en moi veut bien coopérer !

Après une douche rapide, je me prépare une tasse de café et sors de la maison sans avoir croisé Megan, pour mon plus grand bonheur. Peut-être était-elle partie elle aussi pour la journée…? Je déchante avant même d'avoir atteint la grange en entendant son rire aigu résonner sous la charpente. Je la découvre quelques secondes plus tard, assise sur une botte de foin devant le box que Cole récure.

Le cow-boy s'arrête un instant de travailler pour m'observer, indifférent à la colère de Megan qui me fusille du regard. La tasse serrée entre mes mains, j'avance en silence vers l'homme qui sort de la stalle.

« C'est très loin d'être terminé, Hamilton. »

Ses mots me reviennent à l'esprit comme une décharge électrique, tandis qu'il vient à ma rencontre. Face à face, aucun de nous ne bouge. Je suis consciente que Megan ne doit rien louper du spectacle, pourtant je suis incapable d'esquisser le moindre mouvement pour me détourner.

Cole prend mes mains et ma tasse entre ses paumes puissantes et porte lentement ma boisson jusqu'à ses lèvres pour s'en abreuver. Celles-ci effleurent mes doigts un instant, et je manque de laisser tomber mon café sur le sol de l'écurie. Le tatoueur sourit en délaissant finalement mes mains. Je reste figée quand ses doigts glissent sur ma joue pour venir replacer une mèche de cheveux derrière mon oreille. Il me sourit encore et recule d'un pas.

— Délicieux, ce café, me remercie-t-il avant de retourner à son travail.

Je retrouve enfin ma respiration et me précipite vers le petit bureau de ma mère, ignorant la mine rageuse de ma cousine. *Le garder à bonne distance, hein !* Mais oui, Abby, dans tes rêves ! Surtout après un accueil aussi sensuel ! Je dépose ma tasse sur la table de travail et la fixe comme si elle venait de me mordre. La porte claque derrière moi et je sursaute en me retournant nerveusement. Megan se tient sur le seuil, les bras croisés sous son affriolante poitrine, qui vaut aux bas mots une petite fortune. Une moue hargneuse déforme son visage si parfait, tandis que ses yeux bleu acier me transpercent.

— Je dois aller entraîner Ghost, alors dis-moi ce que tu veux, Megan, et ensuite, tu sors d'ici.

Elle se campe fermement devant moi.

— Vous étiez si mignons tous les deux, cette nuit, devant le miroir de ta chambre, souffle-t-elle tel un chat en colère. J'ignore ce qui a pu ne serait-ce qu'un tant soit peu l'attirer chez toi quand vous étiez chez Becca, mais maintenant qu'il est ici, je compte bien obtenir ce que je veux de lui, Abby. Alors, attends-toi à souffrir encore si tu te mets sur ma route.

Pour une fois, peut-être même pour la première fois depuis ce soir-là, je fixe Megan avec tout le mépris que je lui voue.

— Il n'y a rien entre McKnight et moi. Mais si c'était le cas, Megan, dis-toi bien que je ne te laisserais plus jamais me marcher sur les pieds. C'est terminé !

Je me détourne pour passer dans la sellerie afin d'y récupérer mon équipement, sans lui laisser le temps de répondre.

— Maintenant, je dois entraîner mon cheval pour le rodéo de ce week-end. Tu devrais peut-être faire de même, si tu ne veux pas une fois de plus finir bonne dernière, ajouté-je en m'éloignant.

Je prends ce dont j'ai besoin et rejoins le box de Ghost. J'ignore toujours comment va se dérouler notre prochaine compétition, toutefois je sais qu'Athéna au moins sera au rendez-vous. J'observe un instant mon hongre alezan avec anxiété, il a levé la tête à mon approche et ses oreilles sont pointées dans ma direction. Les mains dans les cheveux, je soupire avant de les attacher en chignon.

Quand je sors dans la cour avec ma monture brossée et harnachée, Cole est là, appuyé contre le mur de la grange, les rênes de Dexter entre les mains. Je m'arrête et laisse Ghost sentir son nouveau camarade. Cole en profite pour passer ses doigts sur le chanfrein de mon cheval.

— Je ne te le proposerai qu'une seule fois, Hamilton. Est-ce que tu veux que je te donne un coup de main avec Ghost ?

Éloignant ma monture en silence, je ressangle rapidement. Ghost amorce quelques pas alors que je passe mon pied droit dans l'étrier et me mets en selle. Cole amorce un demi-tour avec Dexter et s'apprête à retourner dans l'écurie.

— Je t'attends, Monsieur Je-sais-tout, lancé-je alors à son intention.

Le tatoueur rit une seconde avant d'empoigner le pommeau de sa selle et d'atterrir dans un élan souple sur le dos de sa monture.

— Je savais que tu ne refuserais pas, fanfaronne-t-il.

Je lève les yeux au ciel en dirigeant Ghost vers le manège.

— Non. Pas le manège, petite sirène.

— Où pourrais-je entraîner mon cheval ailleurs que dans un manège ?

Cole visse sa casquette à l'envers sur son crâne en détaillant les alentours. Puis il pointe du doigt un grand pâturage.

— Là-bas, on peut y aller ?

— Oui, mais je ne comprends pas, soupiré-je en mettant Ghost au pas alors que Cole s'éloigne déjà vers l'étendue de verdure.

Nous progressons côte à côte en silence, comme lors du déplacement des bêtes d'Henry. Seule différence, nous avions fait l'amour sous une tente, cette nuit-là, alors que maintenant, je brûle de désir refoulé parce que je me suis défilée ce matin aux aurores. Quand sa jambe frôle la mienne, je reviens brusquement à la réalité.

— Vos terres s'étendent jusqu'ici ? me demande Cole en passant au trot.

— En fait, nos parcelles empiètent sur celles de mon oncle Marc. Ma mère gère l'élevage de quarter horse, et le père de Megan, celui des bovins. Quand mes parents ont divorcé, mon père a tout laissé à Tara.

— Pourquoi ta cousine donne-t-elle l'impression de vivre chez toi, alors ?

Nous y voilà ! Je vais avoir droit aux habituelles mille et une questions sur la sulfureuse Megan Hamilton !

— Parce que franchement, cette fille ne semble pas du genre à prendre le risque de se casser un ongle pour seller un cheval, termine-t-il d'une voix acide.

J'étouffe un ricanement. Après un temps de réflexion, je décide toutefois qu'il mérite une petite explication.

— Megan n'est là que pour profiter des écuries et de la bonne cuisine de Tara. Son cheval est logé à l'œil dans la grange de ma mère et elle peut le monter autant qu'elle veut dans le manège intérieur. Voilà pourquoi elle squatte chez nous. Sans parler de son évident plaisir à me pourrir la vie, cela va de soi !

— Tu ne la portes pas dans ton cœur, dis donc ?!

Il me sourit en prononçant ces mots.

— C'est le style de fille que tous les mecs veulent dans leur lit, marmonné-je en prenant un air boudeur.

Cole me surprend en devançant ma monture et en arrêtant brusquement Dexter devant Ghost, que je stoppe aussitôt.

— Elle est en effet le genre de pin-up que la plupart des mecs souhaitent mettre dans leur lit pour une nuit, mais certainement pas le genre de femme qu'on a envie d'y garder.

— Je…

— Je suis arrivé hier matin, Abby, et depuis, j'ai pu constater trois choses.

Il me fixe intensément.

— Premièrement, tu sembles vouloir me rayer de ta vie, ce que je peux comprendre, vu que tu pensais t'être débarrassée de moi, il y a quatre jours. Sale coup du sort que de me retrouver dans la cour de ton ranch ! Deuxièmement, tu baisses le regard devant cette Megan, chose que par contre, je ne saisis pas… Tu mérites cent fois plus que cette bimbo de marcher la tête haute ! Et pour finir, c'est toi que je vais remettre dans mon lit, et personne d'autre. Peu importe les efforts que tu mettras pour me faire reculer, rien ne m'arrêtera ! Ce masque que j'ai vu défaillir lors de notre engueulade chez Becca, je finirai par le faire tomber.

Sur ces derniers mots, Cole vient placer son cheval près du mien, et je lève le menton quand il se trouve face à moi.

— Que de belles paroles pour un type qui a atterri dans mon lit dès le premier soir, répliqué-je en tentant de rester distante et acide.

— Tu te fous de moi ?! Toute cette électricité entre nous, cette irrésistible attraction, je ne suis sûrement pas le seul à la ressentir !

Je peux voir une lueur de colère passer dans ses iris devenus ambrés.

— Je t'ai dit que c'était terminé, Cole. Tu ne peux pas juste passer à autre chose et donner à Megan ce qu'elle souhaite ?! m'écrié-je en voulant éloigner Ghost.

D'un mouvement rapide, il attrape l'une de mes rênes, me forçant ainsi à rester près de lui.

— Tu ne me dis pas qui je dois désirer, Abby ! Mets-toi bien dans la tête que je n'ai aucunement l'intention de passer à autre chose. Je t'ai dit que c'est toi que je remettrai dans mon lit, et personne d'autre, assène-t-il en plongeant son regard dans le mien avec une telle intensité qu'il m'est difficile de le soutenir.

— Lâche ma rêne, Cole. S'il te plaît.

Ma voix n'est qu'un murmure qui semble se perdre dans la plaine, pourtant il accède à ma demande. Je ferme les yeux un instant puis lance mon cheval au galop.

Laissant le cow-boy derrière moi, je m'engage sans ralentir dans le sous-bois tout proche. Cole ne courra pas le risque de blesser Dexter sur un terrain qu'il ne connaît pas. Je l'entends m'interpeller tandis que je poursuis mon chemin. Qu'est-ce qui m'a pris ?! Je viens clairement de lui dire de sauter sur ma cousine ! *Plus conne que moi, tu meurs !* Seulement je sais que s'il persiste – ce qu'il fera, il me l'a clairement fait comprendre –, Cole fracturera la carapace qui me protège depuis tant d'années. Et je doute d'être prête à accepter une telle chose. Pas de la part d'un homme qui reprendra la route dans quelques mois. Aucun homme n'en vaut la peine !

Ghost repasse peu à peu au trot, puis à un pas régulier. Je le laisse m'entraîner sur l'étroit sentier, jusqu'au ruisseau qui traverse nos terres et parcourt ensuite les pâturages de nos chevaux. Je l'arrête un instant pour qu'il s'y abreuve. Je lève la tête vers le ciel sans nuages au-dessus de moi et manque de pousser un hurlement de frustration.

Je déteste me retrouver prise au piège, telle une biche aux abois devant les phares d'une voiture. Or Cole a exactement cet effet-là sur moi. Et je sais qu'il a raison sur un point, je vais encore finir dans son lit, et cette fois, c'est lui qui m'y aura attirée.

Papillon fasciné par la lueur d'une flamme, je vais aller me brûler les ailes… de mon propre chef.

Je reprends ma route avec Ghost en songeant qu'en fait, c'est sans doute Cole qui mène la danse depuis le premier jour… depuis l'instant où nos regards se sont croisés.

Comment ai-je pu seulement penser le contraire ?!

Mais après tout, si je peux profiter de ce qu'il semble vouloir m'offrir – une relation sans attaches – tout en préservant mon armure, je serais bien bête de passer à côté…

Cole

Ma parole, c'est une habitude chez elle de me laisser en plan !

Je la regarde s'éloigner au galop avec Ghost. Je suis assez intelligent pour ne pas la suivre après la discussion que nous venons d'avoir. Je vais attendre un peu que la tension redescende et qu'elle ait pu réfléchir à mes paroles. Avec Dexter, nous regagnons tranquillement le ranch. Je prends le temps de desseller mon hongre et de le panser consciencieusement, avant de le remettre dans sa stalle.

Puis je jette un coup d'œil rapide à la liste des corvées inscrites sur le tableau à l'entrée de l'écurie. Je me suis déjà occupé tout seul de nourrir les chevaux à l'intérieur et de nettoyer les box. Alors, avant de m'attaquer avec le quad à la distribution du foin dans les pâturages, je décide d'aller réveiller l'ancien militaire qui cuve encore sa soirée trop arrosée. En me voyant quitter la grange, Megan tente de m'adresser la parole, mais je la coupe dans son élan d'un geste de la main.

— J'ai pas le temps de discuter, lâché-je d'un ton sec en m'éloignant.

Elle reste figée au beau milieu de la cour, et je sens son regard outré posé sur moi jusqu'à ce que je disparaisse dans le bungalow. Peu m'importe sa réaction, cette fille est bien la dernière personne qui m'intéresse ici !

Sans la moindre discrétion, je pénètre comme un ouragan dans la chambre où nous avons laissé Josh hier. J'ouvre les rideaux en grand et la lumière se déverse sur le corps avachi de mon camarade, qui ne bouge pourtant pas d'un poil. D'un coup sec, je tire sur le drap dont Abby a pris la peine de le recouvrir. Il grogne en se protégeant la tête de son oreiller. Mais quel gamin !

— Debout ! Je ne vais pas me taper le boulot tout seul, alors que ton bras valide te permet d'en faire une partie ! asséné-je avec hargne.

— Dégage, Cole ! J'ai mal au crâne.

— Mais je m'en fous que tu aies la gueule de bois ! Tu l'as bien cherché vu ta dégaine d'hier ! Et puis, tu me dois des heures de sommeil, mon gars !

Il roule sur le dos, le bras droit posé sur son ventre et me jette un coup d'œil agacé.

— C'est bon, je me lève, marmonne-t-il en voyant que je ne plaisante pas.

Je sors de la pièce avec un petit sourire satisfait et m'installe sous le porche afin de parcourir du regard ces nouveaux lieux qui m'entourent. Ce ranch est un endroit sublime, je dois bien l'avouer. Les chevaux vagabondent librement dans d'immenses prés, bordés au loin de vastes forêts de conifères et dominés par les majestueuses Rocheuses. Cet environnement me change tellement de celui des élevages de bovins et des plaines infinies de nos derniers emplois !

J'aperçois alors la silhouette de Ghost et sa cavalière qui s'avance sur le sentier qu'Abby et moi avons emprunté plus tôt. Quelques minutes plus tard, la rouquine pénètre dans la grange, sa monture en main, sans un regard dans ma direction. Je l'ai froissée, j'en ai bien conscience, mais comment lui cacher plus longtemps ce que j'ai remarqué depuis mon arrivée ? J'en suis incapable… Où est passée ma magnifique rebelle effrontée ? Cette furie rousse qui m'a fait tourner la tête comme un gamin à qui une jolie femme adresse la parole pour la première fois ? Où est donc ma sirène, celle que j'ai à peine pu entrevoir hier et cette nuit ?!

Le parquet grince derrière moi, puis Josh se laisse tomber à mes côtés. Alors qu'il passe son tee-shirt avec difficulté, je remarque des ecchymoses sur ses côtes. Sa soirée a vraiment dû être mouvementée !

— Qu'est-ce qui s'est passé, hier ? demandé-je sans le regarder.

Mon camarade pousse un long soupir en replaçant son bras dans son écharpe.

— Une bagarre… mais je t'avoue que je ne sais plus trop comment je suis arrivé au poste de police.

Je lève les yeux au ciel. Tant pis, qu'il garde ses problèmes pour lui !

— Allez, viens me donner un coup de main. On doit distribuer du foin aux chevaux qui sont dans les pâturages.

En silence, il m'aide à accrocher la plate-forme derrière le quad. Je me charge d'y placer des bottes de foin, puis Josh s'installe à l'arrière quand je démarre l'engin. Il distribue la nourriture en manœuvrant la fourche de sa main valide, tandis que je roule au pas dans le premier parc. Le troupeau nous suit à grand renfort de hennissements joyeux, en mangeant çà et là.

Quand nous faisons demi-tour pour refaire le plein de fourrage, je remarque sans peine que mon ami ne tient pratiquement plus debout. Je soupire en le voyant s'adosser au mur de la grange, les traits tirés. Il ne me sera pas d'une grande aide aujourd'hui !

— Retourne te coucher, Walker. Et appelle-moi ce fichu physiothérapeute ! Il est plus que temps de faire enfin quelque chose pour ton épaule !

— J'ai téléphoné hier. J'ai laissé un message sur la boîte vocale. Je devrais avoir un retour demain, il organise ses rendez-vous le lundi matin, marmonne-t-il en se relevant difficilement.

— Très bien… Allez, dégage ! Je vais me débrouiller pour terminer tout seul.

Il s'éloigne lentement de l'écurie et regagne l'aile des invités. Avec un nouveau soupir de désespoir, je fixe les bottes de foin entassées devant le hangar, qui attendent d'être distribuées. Au même instant, Abby sort de l'écurie et me surprend en saisissant un ballot pour le déposer sur la plate-forme.

— Je serai toujours plus efficace que Josh, il me semble, non ? me lance-t-elle simplement.

— Toujours en colère ?

— Qu'est-ce qui te fait croire que j'étais en colère ?

Je m'arrête un instant pour la dévisager, un sourire aux lèvres.

— Peut-être le fait que tu m'as clairement dit d'aller me taper ta cousine ?

— Ce ne sont pas tout à fait les mots que j'ai employés.

— Ça voulait dire exactement la même chose, Abby.

— Et tu m'as très bien fait comprendre que ce n'est pas elle qui t'intéresse…

Elle prend place sur le quad en laissant sa phrase en suspens et tourne son visage vers moi. Je perds le fil de mes pensées à fixer ses lèvres pulpeuses.

— On ne va pas y passer la journée non plus ! s'exclame-t-elle en m'arrachant à ma rêverie.

Je me sens soudain ridicule de devoir prendre place derrière elle.

Une fois la clôture du pâturage suivant passée, je m'installe sur la plate-forme pour pousser le foin dans l'herbe. Un poulain gris pommelé comme Dexter, plus curieux et téméraire que les autres, s'approche pour nous suivre sur quelques mètres. Il caracole avec fougue quand le moteur pétarade, avant de retourner prudemment auprès de ses congénères.

Lorsque tous les pâturages sont alimentés, Abby reprend la route de l'écurie et coupe finalement le moteur devant le bâtiment. Je reste installé sur la petite remorque, dos à elle. Aucun de nous deux ne prononce un mot ni n'esquisse le moindre geste pendant de longues minutes.

En silence, je me retourne enfin vers la jeune femme. Comme chez Mitch, elle m'attire irrésistiblement. Je passe sur le quad et m'installe contre elle.

— Cole…

— Chut, soufflé-je dans sa nuque.

Abby laisse sa tête retomber sur mon épaule en expirant lentement.

— Tu avais raison sur une chose… une seule ! Cette attraction, tu n'es pas le seul à la ressentir, m'avoue-t-elle dans un murmure.

J'esquisse un sourire au moment où elle tourne son visage vers moi.

— Ma petite sirène qui me donne raison… j'aurai tout vu, ironisé-je gentiment en déposant mes lèvres à la commissure des siennes.

Étrangement, elle reste là, installée entre mes bras qui entourent désormais sa taille. C'est comme si elle avait retrouvé cette belle confiance et la sérénité qui la quitte chaque fois que l'ombre de sa cousine entre dans son champ de vision.

Et en parlant du loup… il n'est jamais bien loin de la bergerie !

Dès qu'Abby aperçoit Megan qui sort de la maison, elle se redresse et descend précipitamment du quad. Je bouillonne intérieurement en la voyant perdre de nouveau toute assurance. Qu'est-ce que cette fille peut bien lui avoir infligé pour qu'elle s'efface toujours de cette manière devant elle ?

D'un bond, je me remets sur mes pieds et, alors qu'Abby fait un pas vers la grange, ma main attrape la sienne, et je la force à se retourner vers moi.

— Je t'ai dit que ce n'était pas terminé, Hamilton. Et également que c'est toi qui finirais de nouveau dans mes draps, chuchoté-je en relevant son visage et me penchant sur elle.

Ma bouche trouve la sienne, et la peau délicate de son cou se réchauffe sous mes doigts. Mon autre main se pose tout naturellement sur sa joue, tandis que je me colle à son corps. Je ne pense qu'à cet instant depuis que je l'ai vue sortir comme une diablesse de son pick-up, la veille. Elle ne pourra pas se soustraire à moi cet été. Nos langues se trouvent, et cette fois, c'est Abby qui m'attire à elle. Ma casquette de base-ball tombe sur le sol au moment où ma sirène passe ses mains dans mes cheveux pour les ébouriffer.

Le temps semble s'être suspendu. Quatre jours qu'elle est partie sans un mot, et la voilà de nouveau entre mes bras. Chose que je n'aurais osé espérer hier, je me dis qu'il y a peut-être un espoir que nous restions ensemble le temps de mon séjour au Canada. Son odeur sucrée m'enivre. Je remonte mes mains dans sa chevelure et, en manque d'oxygène, mets fin à notre échange. Sa respiration est courte quand elle lève vers moi ses yeux émeraude.

Elle se détourne un instant pour jeter un œil par-dessus son épaule, mais sa cousine a disparu.

— Je suis heureux de voir que je ne suis pas le seul à ressentir un tel désir, Abby. Je veux qu'il continue de vibrer en toi aussi fort, comme lorsqu'on s'est rencontrés.

Je pose doucement une main sur son cœur qui bat à tout rompre sous ma paume.

— C'était électrique.

— Et il ne tient qu'à nous de faire encore des étincelles.

Je dépose un rapide baiser sous son oreille et m'éloigne après avoir ramassé ma casquette. J'aperçois alors le véhicule de la mère d'Abby qui vient de se garer devant la maison. Tara en sort avec deux gros sacs de courses et je m'approche en courant pour lui donner un coup de main.

— C'est gentil, Cole !

Elle me remercie d'un sourire tandis que je l'accompagne à l'intérieur. Je pose les sacs sur le comptoir de la grande cuisine et commence à ranger les produits.

— Salut Maman, lance Abby en entrant dans la pièce.

La rouquine prend une pomme dans le panier que je viens de sortir et s'assied sur un coin du plan de travail.

— Alors, cette vente de chevaux ?

— Une perte de temps. Il n'y avait rien d'intéressant, répond distraitement Tara.

— Et la route ?

— Bien. Tout s'est bien passé, Abby.

Sa mère l'observe comme si une inconnue se tenait devant elle.

— J'espère que tu n'as pas laissé Cole faire tout le boulot ? s'inquiète-t-elle.

Abby repose sa pomme sur le comptoir et retombe sur ses pieds en soupirant. Elle s'apprête à s'éloigner quand je prends la parole.

— Nous venons tout juste de terminer de donner le fourrage aux chevaux.

— Tous les deux ?

— Oui, Maman ! Je ne suis apparemment pas aussi sans cœur et égoïste que tu sembles le croire, rugit la jeune femme en quittant la maison.

Tara se détourne, maugréant contre le mauvais caractère de sa fille. Je récupère la pomme qu'Abby a laissée sur le plan de travail et m'éclipse pour la retrouver à l'extérieur. Elle est assise devant la maison, sur l'une des chaises en bois du perron.

— Tiens, Ariel.

Abby lève les yeux sur moi et s'empare rageusement de la pomme que je lui tends en souriant.

— Cesse de m'appeler comme ça, Cole. Ce n'est pas comme si c'était un surnom original en plus, ajoute-t-elle avant de croquer dans son en-cas.

— Diablesse ou petite rouquine te plairait plus ?!

Elle rit quand je prends place dans le siège à côté d'elle.

— Alors, ça va se passer comment ?

— De quoi parles-tu ? demandé-je.

— De nous deux, imbécile !

— Ah !

Je souris dans ma barbe.

— Ça va être sensuel, enflammé, explosif, et pour finir, addictif. Reste à savoir qui cédera le premier, ajouté-je en la regardant de biais.

— Tu me lances un défi, McKnight ?

— Ce n'est pas un défi, je sais déjà que c'est toi qui flancheras d'abord.

Elle se lève de sa chaise et se tourne vers moi. J'ignore à quel moment elle a détaché ses cheveux, mais quand elle se penche un peu plus, ses boucles frôlent mes avant-bras. Abby avance son visage vers le mien, et je peux presque goûter la saveur de la pomme tant ses lèvres sont proches des miennes. Je suis attiré par elle comme un marin perdu en mer le serait par une sirène.

Elle pose ses paumes sur mes épaules tandis que son souffle vient chatouiller mon cou.

— Tu vas perdre, McKnight, susurre-t-elle au creux de mon oreille avant de s'éloigner.

Je souris en contemplant la sensualité de sa démarche. Quand elle croise sa cousine en marchant vers l'écurie, je suis surpris de la voir se retourner pour esquisser un petit sourire victorieux dans ma direction. La furie Hamilton est de retour !

Si elle avait la plus petite idée de l'effet qu'elle a sur moi en cet instant, elle aurait toutes les armes en main pour me mettre à genoux !

Abby

Quand je croise Megan, elle me fusille du regard. Ma chère cousine a forcément assisté au baiser enflammé que le tatoueur et moi avons échangé un peu plus tôt près de l'écurie. Ce baiser qui a réveillé en moi un feu ardent. La même flamme qui me consumait chez Becca. Mais pour la première fois de mon existence, je me moque éperdument de ce que peut bien ressentir cette garce, et je lance même un petit sourire en coin à Cole, toujours assis devant la maison. Il me le rend avec sensualité, son regard sur moi est brûlant !

Dès que j'entre dans la grange, des hennissements impatients m'accueillent. Il n'est pourtant pas l'heure des rations, j'ai encore du temps devant moi pour une séance d'entraînement avec l'un des chevaux de l'élevage. J'arrête mon choix sur Sky, un grand Palomino qui m'observe avec intérêt. Tandis que je m'applique à le panser, laissant mon esprit vagabonder sur cette fin de journée riche en émotions fortes, Cole passe près de moi pour venir faire de même avec la monture de Josh.

Nous sommes tous les deux concentrés sur notre tâche, mais je ne peux m'empêcher de lui jeter quelques coups d'œil. Deux semaines passées près de lui, et je ne suis pas encore lassée de l'effet qu'il a sur moi. Un exploit ! D'accord, j'ai voulu prendre la fuite, mais il est là maintenant, toujours aussi sexy et attirant… tel que je l'ai vu apparaître dans la cour, chez ma meilleure amie. Me faire balancer dans une cuve d'eau glacée m'avait quelque peu refroidie sur le moment, mais j'ai su passer outre et je ne le regrette pas ! En général, je me contente de faire tourner la tête des hommes, et contrairement à ce que pensent mes amis, je finis rarement dans leur lit comme c'est arrivé avec Cole. Et surtout pas dès le premier soir ! Ce type possède sans conteste un petit quelque chose de plus que les autres, mais je ne saurais dire quoi encore…

Dès que ma monture est prête, je rejoins le manège sans attendre Fire et son cavalier. Sky est encore d'un tempérament un peu nerveux, toutefois j'aime bien son caractère. En réalité, j'adore faire travailler les chevaux pour ma mère. C'est même la seule tâche que j'aime accomplir ici.

Ma monture s'engage calmement au pas sur la piste. Avec le temps, je me suis attachée à ce grand cheval, même si je sais que je n'aurais pas dû. Sky est à vendre, comme tous ses congénères présents sur le ranch, en dehors d'Athéna, Ghost et la jument de ma mère, Heaven.

Et c'est bien l'inconvénient de cet endroit.

Les quater horse naissent et grandissent ici. À l'âge de trois ans, nous entreprenons le dressage en selle, après les avoir éduqués au sol durant leur croissance. Hors de question de mettre à la vente un animal qui manque de respect à l'homme. C'est une règle que ma mère applique avec brio. Moi, j'ai malheureusement tendance à m'attacher, et chaque fois que l'un d'eux quitte le ranch, cela me brise le cœur. Voilà pourquoi je ne veux plus m'impliquer, ce que Tara ne semble pas comprendre ! Et c'est l'une des causes de nos trop nombreuses disputes.

C'est également pour cela que j'aimerais tant partir d'ici. Pourtant, malgré nos différends, la peur de la laisser seule sur cette exploitation me freine encore.

Perdue dans mes pensées, je remarque à peine Cole qui approche sa monture de la mienne. Nous marchons côte à côte, comme ce matin dans le pré. Seulement, maintenant je sais une chose que j'ignorais plus tôt. *Il me veut !* Mieux, il fera tout pour m'avoir ! Je trouve la situation un peu étrange, elle me ferait presque sourire.

Le cow-boy me dévisage un long moment.

— Quoi ?! finis-je par demander en le fixant à mon tour.

— Rien. Je te regarde, c'est tout.

Agacée, je demande le trot à mon cheval, et bien sûr, Cole fait de même avec Fire. Comme nous sommes tous les deux au même niveau, la jambe du tatoueur frôle régulièrement la mienne. *Il m'aguiche, ma parole ?!* L'une de ses mains repose négligemment sur sa jambe, tandis qu'il passe au trot enlevé.

— Il a l'air bien ce cheval, dis-moi ! Foulée longue et souple.

— Je l'aime beaucoup en effet. Sky est mon chouchou dans l'élevage.

— Tu en as de la chance, mon pote !

C'est plus fort que moi, j'éclate de rire.

— Tu sais, McKnight, tout le monde sait ici qu'il ne faut jamais, *jamais*, me mettre au défi, lancé-je par-dessus mon épaule en changeant de direction.

Imperturbable, il me suit.

— De quel défi parles-tu ?

Un instant, il tapote son menton de ses doigts, faisant mine de réfléchir.

— Ah ! Tu veux parler du fait que tu céderas la première face à mon charme irrésistible ? me nargue-t-il d'un air innocent.

— Tu vas être terriblement déçu, mon pauvre chéri.

Cole m'attrape la main, et d'un geste lascif, la pose sur sa joue. Incontrôlables, mes doigts caressent sa fine barbe. Quand j'arrive à la commissure de ses lèvres, il tourne légèrement la tête et dépose un baiser au creux de ma paume. Je suis électrifiée.

— Tu vois comme ton corps réagit à chacun de mes gestes ? Ce baiser que tu m'as offert tout à l'heure prouve à lui seul que j'ai raison, ajoute-t-il alors que je retire brusquement ma main.

— Tu as gagné cette manche, soupiré-je. Je te l'accorde. Mais ne sois pas si confiant, Cole. La situation peut rapidement pencher en ma faveur.

— C'est vrai que tu as des armes très convaincantes.

Il prononce ces mots en baissant les yeux vers ma poitrine.

— Imbécile, va !

— Quoi ?! Je ne suis qu'un mec, rit-il en passant sa monture au petit galop.

À l'instant où je demande à mon tour un départ à Sky, je découvre Megan qui nous observe depuis l'endroit où Cole et moi étions assis un peu plus tôt. Je détourne le regard. J'ai toujours un peu de mal à croire qu'un homme comme Cole ne se laissera pas tenter par son charme. Je me sens si fade à côté d'elle.

Nous galopons en silence, chacun concentré sur sa monture. Et mes pensées divaguent encore…

Je sais qu'il m'a assuré ne pas la désirer, mais… après tout ce qu'elle m'a déjà fait endurer, il m'est difficile de croire qu'elle laissera le cow-boy s'intéresser à moi sans entraver sa route, d'une façon ou d'une autre.

Sans nous être concertés, nous repassons nos chevaux au pas pour qu'ils reprennent leur souffle et détendent leurs muscles. Ma cousine nous fixe toujours, son téléphone collé à l'oreille. Je déteste me sentir ainsi, jaugée et diminuée, mais avec *elles*, c'est comme ça… depuis plus de dix ans maintenant. Depuis cette nuit maudite où j'ai appris à ne plus faire confiance.

J'arrête brusquement ma monture et mets pied à terre avant de regagner l'écurie en silence.

Alors que je passe son licol à Sky, mon poing se serre rageusement sur la courroie de cuir. Je balance la bride au loin, faisant sursauter les chevaux et le cow-boy près de moi. Je sais qu'il m'observe, puisqu'il m'a suivie depuis mon départ du manège. À bout de forces et de nerfs, je me laisse glisser le long du mur de la grange. La fatigue, due à ma courte nuit et à mes précédentes insomnies, a finalement raison de moi.

Cole fait entrer Fire dans son box et lui retire son mors sans un mot. Le laissant quelques minutes encore avec sa selle sur le dos, il s'approche de moi. Mes yeux ne rencontrent que ses bottes et son jean. J'éclate d'un rire amer.

— Qu'est-ce qu'il y a, Abby ? À quoi penses-tu ?

— Franchement, Cole, pourquoi vouloir à tout prix faire céder une fille comme moi, ricané-je. Ce masque dont tu parlais… jamais je ne le laisserai tomber. C'est la seule chose qui me protège encore des gens com…

Il s'agenouille devant moi et, d'un doigt sous le menton, me force à lever la tête. Mon regard se perd dans le sien et ne s'en décroche plus.

— Tu es une telle girouette, Hamilton. Tantôt tout feu tout flamme, tu n'es plus qu'une étincelle que le moindre souffle pourrait faire disparaître sur son passage la minute suivante. Mais quoi qu'il arrive, tu restes enivrante, et je ne peux résister.

Je me sens si petite face à lui. J'ai tellement l'habitude de m'effacer quand je suis ici. Avec ma mère, avec Megan, avec *elle*, même à distance… jamais à la hauteur. Toujours à l'affût de la prochaine humiliation qu'elles me réserveront. Pourtant, dans ces pupilles qui m'observent, je vois mon reflet et j'y brille bel et bien. Les doigts du cow-boy passent dans mes boucles qui tombent n'importe comment. J'inspire profondément, son parfum embaume la bulle protectrice qu'il sait créer autour de nous, juste pour moi. Je cède. J'attire son visage à moi, et il tombe à genoux entre mes jambes, une main dans mes cheveux, l'autre appuyée près de ma tête.

Notre baiser est violent. Empli de désir. Sauvage.

Nos langues se mêlent et, bien malgré moi, je soupire de plaisir entre ses lèvres. Je le sens sourire derrière notre échange. Pourtant, il se rapproche encore, jusqu'à plaquer son torse contre ma poitrine. Mes mains parcourent sa nuque puissante et tatouée, elles descendent sur ses épaules et ses bras musclés, ceux-là mêmes qui m'ont éjectée dans un abreuvoir pour chevaux.

Rien n'a plus d'importance à mes yeux que cet instant.

Au moment où je délaisse sa bouche, il retient ma lèvre inférieure entre ses dents et me gratifie d'un dernier assaut avant de me relâcher et de poser son front contre le mien. Le souffle court, aucun de nous ne bouge pendant quelques secondes encore.

— Ça ne compte pas, d'accord ?! murmuré-je contre sa joue.

— Tu as cédé pourtant…

— J'en avais besoin, c'est tout.

Il sourit avant de déposer un dernier baiser furtif sur ma tempe.

— D'accord… pour cette fois, concède-t-il d'une voix douce.

Le tatoueur se détache de mon corps et m'aide à me remettre debout. Alors que j'esquisse un pas vers Sky, une claque sonore me brûle une fesse. Je fais vivement volte-face, pour le voir m'adresser un clin d'œil avant de retourner auprès de Fire.

Une fois Sky remis dans sa stalle, je distribue les rations pendant que Cole s'occupe du foin. Il a vite compris le fonctionnement du fameux tableau de tâches de ma mère ! Il fait exprès de presser son corps contre le mien, chaque fois que nous nous croisons. Je lui souris avec insolence, il en faudra quand même un peu plus pour me faire défaillir !

Quand nous prenons le chemin de la maison à l'heure du dîner, il passe son bras autour de mes épaules dans un geste qui semble si naturel que je ne vois pas comment je pourrais le repousser. Il m'ouvre ensuite galamment la porte de la maison, où nous retrouvons les autres.

Chose inévitable, Megan prend place en face de nous. Cole ne lui adresse même pas un regard, trop occupé à remplir puis vider consciencieusement son assiette. Josh s'est joint à nous, et après quelques exclamations étonnées concernant son visage salement amoché, la discussion entre ma mère et lui va bon train. À l'instant où je porte ma fourchette à la bouche, Cole pose une main sur ma cuisse. Je tourne un visage faussement impassible vers lui et repose mon ustensile sur la table pour prendre mon verre d'eau. Ainsi, il veut jouer… Ses doigts parcourent mon jean de haut en bas dans un geste délicieusement excitant.

Il a fait la même chose tant de fois chez les Parker… seulement ici, dans ma maison, avec ma mère et ma cousine si près de nous, la sensation est décuplée. Je lui souris un instant, me faisant joueuse à mon tour. Cette journée étrange semble avoir rallumé le feu entre nous. Je finis par saisir sa main devenue bien trop baladeuse et la repose fermement sur sa cuisse. Je prends soin ce faisant de parcourir du bout des doigts la fermeture Éclair de son jean. Cela semble le prendre de court, car il cesse toute bravade. Après une dernière caresse furtive, je sors de table et disparais dans la cuisine avec mes couverts.

Je ris silencieusement en déposant mon assiette dans le lave-vaisselle et en rinçant à l'eau claire les quelques plats qui traînent encore dans l'évier. Je range ce qui traîne sur le plan de travail quand ma mère me rejoint.

— Je voulais m'excuser pour ce que je t'ai dit tout à l'heure, commence-t-elle.

De surprise, je laisse tomber mon torchon sur le sol. D'accord… la journée devient vraiment *très* étrange.

— Ça va, la rassuré-je en ramassant le tissu à mes pieds.

— Abby…

Tara place les couverts un à un dans le lave-vaisselle, sans me regarder.

— Je sais que nos relations sont…

— À chier, terminé-je à sa place.

Elle tourne la tête vers moi et me reproche mes paroles d'un bref froncement des sourcils.

— Je ne l'aurais pas dit de cette façon, mais c'est l'idée, oui ! Pourtant, je tenais à m'excuser pour mes paroles déplacées. Je ne sais jamais sur quel pied danser avec toi, et ce, depuis longtemps déjà.

Je sais très bien de quelle période de ma vie elle veut parler, et je refuse de la laisser m'entraîner sur ce sujet. Rien de bon ne pourra sortir d'une telle discussion de toute manière.

— M'accuser de ne pas t'apporter mon aide ici n'arrangera pas nos relations, Maman, répliqué-je.

— Je sais, Abby. Je vais faire des efforts, d'accord ?

J'acquiesce, comment la repousser alors qu'elle fait enfin un pas vers moi ?

— Moi aussi.

Ma mère me sourit et se détourne à nouveau lorsque Cole entre dans la pièce. Le cow-boy dépose quelques verres dans l'évier et s'approche de moi.

— Je vais aller voir si je peux faire quelque chose pour les blessures de Josh, m'annonce-t-il avec un regard appuyé.

— Très bien.

Pourquoi vient-il m'annoncer qu'il regagne l'aile des invités ?

La réponse me percute d'elle-même quand il s'avance encore et dépose un rapide baiser sur mes lèvres. Je reste clouée sur place en le regardant s'éloigner, un sourire victorieux sur le visage. Ma mère me dévisage, stupéfaite.

— J'ignorais que vous…

— Que rien, Maman !

Tara rit de ma réaction outrée, et je ne peux m'empêcher de rigoler avec elle.

— Si tu le dis, concède-t-elle.
Mais quel phénomène, ce mec !
Le reste de l'été s'annonce captivant…

Cole

Après avoir volé un baiser à mon ensorcelante sirène, je traverse la salle à manger sous le regard de plomb de sa cousine. Mais qu'est-ce que j'en ai à faire moi, des états d'âme de cette fille ?!

Je regagne le bungalow en sifflotant, accompagné de Josh qui m'attendait dans l'entrée. La nuit s'est déjà installée sur les Rocheuses, et l'air s'est fait plus frais. Mon camarade s'écroule sur l'un des canapés du salon dans un râle de douleur.

Un joli coquard commence à apparaître sous son œil gauche et sa lèvre fendue est encore très enflée, sans parler de la croûte de sang qui s'est formée sur son arcade sourcilière. Décidément, il ne s'est pas loupé la nuit dernière. Après avoir joué les taxis, me voilà donc affublé du rôle d'infirmier de service. De la trousse de premiers soins que j'ai récupérée dans le camping-car, je sors ce dont j'ai besoin et vais chercher une serviette propre dans la salle de bains.

Josh serre les dents pendant que je m'applique à nettoyer la plaie au-dessus de son œil. Le sang coagulé n'est pas facile à retirer. *Tant pis pour lui*, songé-je en espérant sans trop y croire que cela lui servira de leçon. Après maints jurons de la part de mon patient grognon, j'applique un onguent antiseptique sur la blessure et lui confie une serviette imbibée d'eau froide à appliquer sur son coquard.

— Pas la peine de dire merci surtout, lancé-je en repartant vers la salle de bains, après avoir rangé la trousse à portée de main.

Je perçois un infime remerciement avant de m'enfermer dans la pièce pour prendre une bonne douche. Je grogne en l'entendant m'assurer à travers la porte que, de toute manière, il n'a plus aucun souvenir de la soirée précédente et n'est donc peut-être pas responsable de son état. Et moi, je suis un eunuque, tiens !

Quand je pénètre sous le jet revigorant, un soupir de bonheur franchit mes lèvres. La journée a été très chaude… dans tous les sens du terme ! Je repense aussitôt à ma petite rouquine. Cette fille me fait littéralement tourner la tête. Dès que je suis près d'elle, l'envie de toucher sa peau me fait perdre tous mes moyens.

Durant les deux semaines que nous avons passées ensemble, je ne l'avais jamais vue agir comme elle le fait ici. Une fragilité que je ne lui connaissais pas plane sans cesse au-dessus d'elle, telle une ombre menaçante. Sa confiance peut voler en éclat à tout moment… mais principalement dès que sa garce de cousine se trouve dans les parages. J'ignore comment faire pour l'aider à reprendre le contrôle de sa vie, redevenir la rebelle sulfureuse que j'ai étreinte plus d'une fois. La voir si démunie dans l'écurie tout à l'heure m'a complètement désarçonné. Je ne désirais plus qu'une chose, la serrer fort contre moi, si fort que sa peine aurait pu disparaître d'un seul geste.

L'eau chaude coule toujours sur ma nuque quand je décide de faire tout ce qui me sera possible pour lui rendre la place qu'elle mérite au sein de ce ranch et de sa famille. Si j'ignore encore qui de nous deux cédera le premier à ce désir qui nous consume, je sais néanmoins que je ne lui résisterai pas bien longtemps. Notre fusion passionnelle et totalement incontrôlable me manque, tout autant que de l'entendre gémir de plaisir sous mes assauts !

Je passe dans ma chambre et jette la serviette qui enserre mes hanches dans le panier à linge sale, toujours brûlant du désir que m'inspire cette sauvageonne bien mystérieuse. Nu comme au premier jour, je cherche un boxer dans mon sac et l'enfile avant de retourner dans le salon. Josh est toujours allongé sur le sofa. Il ouvre son œil valide à mon approche. Je pointe le couloir du doigt.

— Va prendre une douche bien chaude, avant de ne plus pouvoir bouger !

— T'es devenu une vraie mère poule, ma parole, marmonne le militaire en se levant péniblement.

— Rien à voir ! Je ne veux pas t'entendre râler demain ni que tu te défiles encore parce que tu as mal partout !

— C'est bon, j'y vais !

Il se traîne jusqu'à la petite pièce et j'entends la porte claquer derrière lui, accompagnée d'un nouveau juron. Will a raison, ce type est vraiment pire qu'un adolescent ! J'espère que le physiothérapeute le fera souffrir un peu, histoire de lui remettre la tête en place, il en a grandement besoin !

Excédé, je m'installe sur mon lit et saisis ma planche à croquis. Je parcours quelques pages et tombe sur un dessin commencé au début de l'été, quelques jours après notre arrivée chez Mitch. Et la ressemblance me percute de plein fouet. Cette femme à la chevelure de feu, en train de repousser les ronces qui tentent de l'entraver me laisse perplexe. C'est son portrait craché ! Pourtant, je ne l'avais pas encore rencontrée au moment où j'ai entamé cette esquisse ! Je souris en éparpillant mes crayons sur les couvertures.

Les genoux remontés et la nuque posée contre la tête de lit en bois massif, je poursuis mon œuvre, accompagné de la musique de mon portable en sourdine. J'entrevois Josh qui passe dans le couloir à l'instant où le bruit d'une porte m'indique que quelqu'un vient d'entrer dans notre bungalow. J'entends mon camarade maugréer que je suis dans ma chambre. Je ne peux réprimer un sourire. Elle n'aura pas mis longtemps à venir me rejoindre !

Toutefois, quand j'aperçois la tignasse blonde de Megan dans l'encadrement de la porte, je déchante brutalement. Mais qu'est-ce qu'elle me veut encore, cette pimbêche ?! Elle me dévisage un moment, puis ferme le battant derrière elle.

— Je peux ? me demande-t-elle en désignant mon lit.

Avant même que j'aie pu lui répondre qu'elle peut prendre la porte, en effet… la cousine d'Abby s'est déjà installée à mes pieds.

— À quoi bon poser la question ? grommelé-je dans ma barbe en refermant brusquement mon cahier à dessins.

Elle ne semble pas avoir entendu ma repartie, totalement focalisée sur mon torse et mes épaules. Brillant, Cole, de ne rien porter d'autre que ton boxer ! Je me redresse et vais aussitôt enfiler un jogging usé et un tee-shirt, avant de lui faire face. Megan est à présent debout devant moi. Nous nous retrouvons tout proches l'un de l'autre, coincés entre le lit et la commode. Son parfum capiteux me parvient et manque de me faire éternuer.

— Tu as des tonnes de tatouages, dis-moi… constate-t-elle en posant une main manucurée sur mes côtes.

Je la dégage immédiatement et m'approche de la porte pour l'ouvrir.

— C'est mon métier, ce serait un peu idiot si je ne portais pas moi-même quelques œuvres, répliqué-je.

Elle s'approche à nouveau de moi et abaisse son jean pour dévoiler fièrement le parfait cliché du papillon près de la hanche.

— Travail d'amateur, lâché-je entre mes dents serrées, sans prendre la peine de le détailler plus avant.

— Tu pourrais peut-être l'améliorer, alors ?

— J'en doute. C'est le genre de boulot irrécupérable. Et puis, ce n'est pas mon style… de rattraper les bêtises des autres.

Megan me fixe, outrée par mon évident manque de courtoisie. Je reste pourtant de marbre, tout en lui désignant à nouveau la porte.

— Si tu veux bien me laisser, je suis crevé.

Comme elle ne bouge toujours pas, je pose une main dans son dos et l'escorte dans le couloir.

— Josh, tu montres la sortie à notre invitée, s'il te plaît ? Je crois qu'elle s'est perdue, m'exclamé-je en fermant la porte de ma chambre entre elle et moi.

J'entends Josh réprimer un éclat de rire, alors que le battant de l'entrée claque comme un coup de fouet dans le salon.

— Je crois que tu l'as froissée, mec !

— Tant mieux !

Je reprends mon cahier et ma place sur mon lit.

Je n'ai pas conscience des heures que je passe sur mon esquisse. Je sursaute seulement en entendant mon réveil sonner ! Déjà cinq heures du matin ?! *Une chance que je n'aie pas besoin de beaucoup de sommeil*, songé-je en rangeant mes outils de travail. Combien de nuits ai-je déjà passées ainsi à tatouer ou à travailler sur des dessins comme celui qui s'étale maintenant devant moi. Je suis plutôt satisfait du résultat, ce sera une pièce sublime !

Après m'être étiré longuement, je m'habille et gagne l'écurie. Je décide de m'atteler à la tâche de récurage des stalles tant que personne n'est encore dans les parages. Je ne sais pas quelle heure il est quand Abby fait son apparition dans l'allée avec deux tasses de café.

— Tu as peur que je te vole à nouveau la tienne ? la salué-je en prenant la boisson qu'elle m'offre.

— Je n'aime pas partager mon carburant matinal. Et puis vu ta tête, tu as vraiment besoin d'une dose complète.

J'avale une grande gorgée du nectar corsé et soupire de contentement ! Délicieux !

— Je n'ai pas dormi en fait.

— Et à quoi as-tu bien pu passer la nuit, après avoir mis ma cousine à la porte ? me demande-t-elle avec un petit air nonchalant.

Je peux voir ses yeux s'assombrir alors qu'elle prononce ces mots.

— J'ai dessiné, avoué-je en lui montrant ma main libre.

Abby s'en saisit et passe ses doigts sur les miens, encore noircis de fusain. Puis elle acquiesce en reculant d'un pas, sans doute pour se mettre au travail. Mais je suis plus rapide et passe mon bras derrière son dos afin de la plaquer contre mon torse.

— Celui-ci non plus ne compte pas, murmuré-je en l'embrassant avidement.

Au contact de ses lèvres, mon esquisse me revient en tête et la femme au milieu des ronces se superpose à Abby. La saveur du café se répand dans ma bouche tandis que je tiens ma sirène fermement contre moi. Elle lève les yeux et sourit.

— Match nul, alors, chuchote-t-elle avant de s'éloigner.

Je lâche un petit rire en la regardant doser les premières rations et reprends mon balai pour terminer le nettoyage des stalles. Ce n'est pas une nuit blanche qui me fera oublier mes obligations !

— Tu sais que je peux vraiment t'aider avec ton cheval, déclaré-je quand elle passe près de moi.

— …

Elle repousse ses boucles derrière ses épaules et me dévisage.

— Je n'arrive à rien avec Ghost, et tu sais très bien pourquoi. Ce n'est pas près de changer !

— Il veut courir, Abby. Tu n'as qu'à le laisser faire son travail, et je t'assure que vous allez finir par faire une équipe du tonnerre.

À sa mine déconfite, je vois qu'elle réfléchit à mes paroles, avant d'acquiescer dans un soupir.

— Tu veux bien que l'on ne commence que demain par contre ?

— Bien sûr.

Au même instant, Megan entre comme une tornade dans l'écurie, suivie de Tara qui mène une petite jument baie. La cousine d'Abby s'approche de nous, un sourire carnassier aux lèvres. Pourtant, pour une fois, ma belle sirène ne baisse pas les yeux.

— Salut ! Hier soir, j'ai oublié de te dire qu'il y avait un rodéo local ce week-end, annonce Megan en me tendant un dépliant.

Je le détaille un instant et constate que mes disciplines y seront proposées. Je me tourne alors vers Abby.

— Tu y vas ? la questionné-je.

— Oui.

Je dépose un baiser dans ses cheveux et m'éloigne des deux cousines en lançant par-dessus mon épaule :

— Alors j'irai ! …pour toi, ajouté-je dans un sourire.

Passant près de Tara qui brosse sa monture sans s'occuper de nous, je sors de l'écurie et manque de percuter mon compagnon de route qui arrive en courant.

— J'ai pu avoir un rendez-vous chez le physio ce matin, m'annonce-t-il. Je peux prendre le pick-up ?

Je l'accompagne sur quelques mètres, et le préviens pendant qu'il prend place derrière le volant.

— Ne me refais pas le même coup que lors de ta dernière balade en ville, Josh. Cette fois, je te laisserai te débrouiller tout seul.

Il hoche la tête et fait démarrer le véhicule.

— Et tu me dois cinq cents dollars, au fait !

Je le vois lever les yeux au ciel, avant de s'engager sur le chemin en gravier. Je m'apprête à entrer dans mon camping-car, quand la voix d'Abby retentit dans mon dos.

— Tu viens prendre le petit-déjeuner ?

— Je meurs de faim, accepté-je en la suivant dans la maison.

Après un copieux en-cas de toasts, œufs brouillés et café, nous sortons de la demeure en discutant de notre programme, prêts à poursuivre notre journée de travail ! Mon regard se tourne alors vers la route qu'a empruntée Josh une heure plus tôt, et je reste figé quelques secondes avant de faire signe à Abby.

Le spectacle qui se joue devant nous est pour le moins surprenant.

Un homme d'une quarantaine d'années, monté à cru sur sa monture, tente de suivre les directives d'une carte routière. De concert, nous marchons dans sa direction. Il arrête son cheval près de notre duo, avant de nous tendre la main.

— Aaron Decker, se présente-t-il. Suis-je bien au ranch *Heaven's* ?

— Euh… oui, répond Abby.

— Enfin ! J'ai été engagé par Tara Ridley. Mon pick-up est tombé en panne un peu plus loin sur la route…

Le cow-boy met pied à terre, à l'instant où Tara sort du bâtiment et nous dévisage, notre invité, Abby et moi, avec perplexité.

— Aaron Decker, répète le nouvel arrivant en lui tendant la main.

— Tara Ridley. Mais… où est donc votre remorque ?!

L'homme retire son chapeau de cow-boy qu'il dépoussière sur son jean, un sourire aux lèvres.

— C'est une drôle d'histoire, Madame.

Je réprime un éclat de rire tant la situation me paraît saugrenue, en effet !

Chapitre 8

Je vois bien que Cole se retient de rire à mes côtés. Même ma mère observe le nouvel arrivant d'un drôle d'air. Aaron nous explique de bonne grâce que son pick-up est tombé en panne à quelques kilomètres d'ici. Un nuage de fumée s'échappait du moteur quand l'engin s'est arrêté.

— J'ai donc sorti Rocket de la remorque et me suis rendu jusqu'ici avec lui, termine-t-il en désignant son compagnon à la splendide robe isabelle.

— Eh bien… on dirait que vous avez eu une sacrée matinée !

Le cow-boy passe une main dans ses cheveux bruns en bataille et esquisse un sourire contrit.

— Je me demandais si je pouvais réquisitionner un peu d'aide pour rapatrier mon véhicule et le van jusqu'ici ?

— Euh… oui, bien sûr, acquiesce ma mère encore un peu déboussolée.

Tara détaille quelques instants les alentours, avant de se tourner vers Cole.

— On peut remorquer le pick-up avec le tracteur, tu le trouveras derrière la grange, et accrocher la remorque à l'un de nos véhicules. Seulement, je m'apprêtais à aller faire le tour des pâturages…

— Pas de soucis ! Je m'occupe de tout ça avec Aaron, la rassure le tatoueur.

Tandis que ma mère retourne chercher sa monture, Megan émerge de l'écurie, le visage fermé. Elle s'arrête un instant devant notre petit groupe, et en soupirant d'un air dramatique, s'éloigne vers le pick-up que son père met à sa disposition. Ma cousine s'engouffre dans l'habitacle et quitte le ranch sans même avoir pris la peine de saluer le nouvel arrivant. *Bon débarras*, songé-je.

Cole passe près de moi pour escorter Aaron et sa monture jusqu'à la grange, non sans m'effleurer la joue d'un doigt au passage. Ma mère, qui s'est arrêtée un instant sur le seuil du bâtiment, a un petit sourire en coin et je me sens rougir sous son regard. Je lui emboîte le pas et propose timidement, tandis qu'elle selle sa jument :

— Je peux t'accompagner avec Athéna… si tu veux un coup de main.

— C'est une excellente idée, Abby.

Je me dépêche de préparer ma monture et la rejoins dans la cour. Je constate que les deux hommes sont déjà partis. Je ne me souviens plus de la dernière fois où j'ai accompagné ma mère sur nos terres. De manière générale, nous ne passons plus beaucoup de temps ensemble depuis des années déjà. Quand mon père nous a quittées, avec *elle* dans ses bagages, son départ a créé énormément de tensions entre ma mère et moi. Je dirais que c'est l'un des événements qui ont contribué à élimer nos liens. Cela fera bientôt dix ans que Richard Hamilton a mis les voiles de *Black Valley*, abandonnant les terres de sa famille à son ex-femme. Après des années de disputes incessantes, ce divorce a plutôt été une libération pour nous tous. J'aurais juste préféré qu'on nous prépare un peu mieux à ses *modalités*… Toute cette histoire a achevé de me briser sans qu'aucun d'eux ne semble en être affecté.

Nous progressons lentement, il faut nous assurer que les chevaux de l'élevage se portent bien et que le ruisseau qui parcourt les enclos est toujours d'un bon niveau. Tout paraît normal, et plus nous avançons à l'intérieur de nos terres, plus j'ai le sentiment que chacune de nous prend le temps d'apprécier ce moment si paisible.

— Alors… tu maintiens qu'il n'y a rien entre Cole et toi ? me questionne tout à coup ma mère avec un sourire en coin.

Je lève les yeux au ciel.

— Rien de sérieux. On s'amuse, c'est tout.

— Je vois…

Je décide alors d'aborder un sujet tout aussi épineux.

— Ton nouvel employé est très séduisant, lui aussi…

— Abby ! Ne commence pas à vouloir jouer les entremetteuses, me supplie-t-elle d'un air faussement outré. Contrairement à toi, j'ai passé l'âge de ce genre de petits jeux.

Je ris en la voyant remettre inconsciemment en place ses courtes mèches.

— Je ne faisais qu'émettre une constatation, Maman.

Après un léger silence, elle me sourit.

— D'accord, tu as raison ! Il est séduisant ! Te voilà satisfaite ?

— Oui.

De concert, nous éclatons de rire. Avoir une discussion légère avec elle ne m'était pas arrivé depuis si longtemps !

Le tour complet des clôtures et des pâturages nous prend près de deux heures, qu'aucune de nous deux ne voit passer. Quand nous rentrons au ranch, un vieux pick-up déglingué est encore attelé derrière le tracteur et une nouvelle remorque stationne dans la cour.

— L'homme ne va pas avec le véhicule, constate Tara en mettant pied à terre.

Je ricane en faisant de même. Des mains solides viennent aussitôt se poser sur mes hanches. Et avant même que j'aie eu le temps de faire volte-face, son souffle chaud chatouille mon oreille, tandis que sa voix chaude susurre dans mon cou.

— Tu sais que j'adore les courbes de tes hanches… entre autres choses.

Son corps puissant est collé à mon dos et je sens parfaitement la manifestation de ce désir dont il ne cesse de me parler depuis son arrivée. Je glisse la main qui ne tient pas mes rênes derrière mon dos et descends le long de son abdomen jusqu'au rebord de son jean. Je laisse ensuite mes doigts se faufiler sous l'élastique de son boxer. Ayant vérifié que ma mère est bien rentrée dans l'écurie, il pose ses lèvres sur ma nuque et en suce la peau délicate. Aguicheuse, je tourne la tête vers son visage et lui souris alors qu'il presse son corps un peu plus contre moi. De mes ongles, je remonte sous son tee-shirt, je peux sentir sa respiration se bloquer d'un coup dans sa gorge. Et je retire ma main avant de m'éloigner en compagnie d'Athéna.

Je l'entends jurer dans mon dos, et je glousse.

Je passe le reste de la journée à faire travailler les chevaux de ma mère qui sont listés sur le tableau. De son côté, Cole aide Aaron à s'installer puis part s'occuper de Josh qui est revenu entre-temps. Le militaire semble vraiment souffrir le martyre ! L'après-midi passe à une vitesse folle. J'enchaîne les chevaux, avec lesquels tout se déroule sans accrocs.

Pour couronner le tout, à l'heure où nous nous apprêtons tous à rentrer pour préparer le dîner, je constate avec soulagement que Megan n'est toujours pas revenue !

Aaron insiste pour se charger du repas, afin de nous remercier de l'avoir si bien accueilli. Et il s'avère que ce type est un véritable chef cuisinier ! Cole prend ensuite l'initiative d'allumer un feu dans le foyer de la terrasse arrière, autour duquel nous nous retrouvons tous après avoir débarrassé la table, alors que la nuit tombe sur les Rocheuses.

Josh vient se joindre à nous malgré ses traits tirés, et Aaron sort sa guitare. Ma mère ramène des bières de l'intérieur et s'installe près de moi. Le ciel se remplit peu à peu d'étoiles, le feu fait danser des ombres sur notre petit groupe. Mon regard croise celui de Cole, et je lui souris. Pour une fois, alors que je suis chez moi, je me sens vraiment bien.

Il est près de minuit quand ma mère et moi rentrons nous coucher pendant que les garçons s'occupent d'éteindre les flammes. Je file prendre une douche et m'écroule sur mon lit, mon peignoir sur le dos. Je suis juste morte de fatigue !

Le lendemain, une tape sur mon postérieur au travers les couvertures me réveille en sursaut. Je pousse un cri de surprise en me retournant vivement, resserrant les pans de mon peignoir autour de moi. Cole se tient près de mon lit, hilare.

— Qu'est-ce que tu fiches dans ma chambre ?! m'exclamé-je en me laissant retomber sur le dos, outrée.

— Ta mère m'a demandé de venir te réveiller. Nous avons terminé de prendre le petit-déjeuner. Et puis, je n'ai pas eu le plaisir de contribuer à ton réveil la dernière fois que je t'ai croisée chez Becca.

Prenant appui sur ses avant-bras tatoués, il se penche vers moi et me sourit de toutes ses dents.

— Tu as vraiment l'air d'une petite diablesse en cet instant, chuchote-t-il.

Nos lèvres sont si proches.

— J'ai faim, marmonné-je contre sa bouche.

Il éclate de rire et se redresse pour me libérer de son emprise. Je me lève, mon peignoir bien refermé sur mon corps, avant de me diriger d'un pas sûr vers la cuisine. Tout le monde semble effectivement être déjà dehors et au travail.

— Les stalles sont toutes nettoyées, il ne te reste plus qu'à manger un morceau et nous pourrons aller travailler avec Ghost, m'annonce fièrement le tatoueur.

— Je n'ai plus très faim, d'un coup, grommelé-je, subitement refroidie par sa proposition.

Je repars dans ma chambre en traînant les pieds, sans un mot, pour enfiler des vêtements plus appropriés. Cole m'attend dans le couloir et me conduit presque de force jusqu'à la porte.

— Allez, Hamilton, ce n'est qu'un cheval !

— C'est ce que tu penses, Cole.

— Si tu souhaites en tirer quelque chose au rodéo de ce week-end, c'est le moment de te bouger un peu, assène-t-il en me faisant traverser la cour, une main dans mon dos.

Une fois dans l'écurie, il sort mon cheval de son box et me tend un sac de brosses. Il part ensuite seller Dexter.

Lorsque nous nous éloignons côte à côte vers les pâturages, je remarque ma mère qui me salue depuis la porte de la maison.

— Ta cousine n'est pas rentrée à ce que je vois, remarque Cole.

— Elle doit être retournée vivre chez son père. Et franchement, ça me va très bien.

— Tu crois qu'elle a mal pris que je la jette de ma chambre ?

Malgré moi, j'éclate de rire devant son ton faussement innocent.

— Sans doute ! Tu as dû froisser son pauvre petit ego !

— Tant mieux, si ça peut te faire sourire.

Sa repartie me laisse sans voix.

Après avoir parcouru le grand champ au trot, d'un côté puis de l'autre, et longuement galopé côte à côte, Cole arrête doucement Dexter. Il noue ses rênes ensemble et me demande de faire de même. Je m'exécute, sans trop comprendre où il veut en venir.

— Nous avons des chevaux du même calibre, n'est-ce pas ?

— Et alors ?

— À partir de maintenant, je veux que tu me fasses totalement confiance, Ariel, d'accord ?

Toujours aussi perdue, j'acquiesce d'un hochement de tête alors qu'il me prend la main droite pour la serrer dans la sienne.

— Quand tu es prête, demande-lui un départ au galop, je ferai de même avec Dexter. Laisse les rênes là où elles sont, ne les touche pas, c'est bien compris ?

Mon cœur se met à tambouriner dans ma poitrine lorsque je comprends ce qu'il semble chercher. Il veut que j'autorise Ghost à poursuivre son cheval, qu'il puisse enfin exploiter toute sa puissance. Maintenant, je saisis mieux pourquoi il ne voulait pas que l'on travaille dans le manège. Vaincue, je laisse retomber ma main gauche sur ma cuisse. Les rênes de ma monture ne peuvent pas glisser, et je ne les tiens plus. D'un même mouvement, nous engageons nos montures dans un petit galop.

Ghost reste près de Dexter qui ne cherche pas à accélérer, aucun des deux ne tente de prendre le pas sur l'autre. Je sais pertinemment que c'est parce que Cole a un contrôle absolu sur son cheval. Il presse ma main droite, qu'il tient toujours serrée dans la sienne, et d'un claquement de langue fait presser l'allure à Dexter. Ghost fait de même sans que je tente de le retenir, le regard fixé droit devant.

Dexter prend encore de la vitesse et mon cheval se cale tout d'abord sur son rythme. Néanmoins Cole doit bientôt lâcher ma main, car Ghost passe en tête. Et je le laisse filer comme jamais je ne l'ai fait auparavant. Le vent fouette mon visage, et pendant un instant, je manque d'air. Je sens toute la puissance de ma monture se déchaîner sous ma selle. Quand nous atteignons les abords des enclos, je saisis à nouveau mes rênes et m'assois plus profondément dans ma selle.

Ghost ralentit aussitôt. J'entends la foulée de Dexter qui nous rattrape, tandis que je fais faire un cercle à mon cheval. Son souffle est court et son encolure brille de sueur lorsque je l'arrête face à Cole. Même si ce n'est pas moi qui viens de courir, j'ai également du mal à reprendre ma respiration.

— Nom d'un chien, il en a sous le sabot, ce cheval ! s'exclame le cow-boy en riant.

Je ne sais pas quoi répondre, alors je hausse juste les épaules en riant moi aussi.

— Courir en ligne droite à pleine vitesse est une chose, Cole, mais le faire durant une course de barils… c'est loin d'être aussi facile, soupiré-je en passant une main dans l'encolure de Ghost, quand nous avons repris notre avancée l'un près de l'autre afin de refroidir nos montures.

— Un pas à la fois, Abby. Apprendre à laisser courir Ghost ne sera que le premier.

Je lui souris en inspirant profondément. Le soleil brille au-dessus de nos têtes et une douce brise balance l'herbe autour nous. *C'est une belle journée*, songé-je avec bonheur.

Chapitre 9

Vendredi matin, je suis debout très tôt. J'expédie le nettoyage des box et me focalise sur l'entraînement de Fire afin d'avoir le temps de préparer tout mon équipement pour notre départ au rodéo, ce soir. Josh est sorti du bungalow avec moi aujourd'hui. Ce que je trouve suspect, étant donné son mutisme et son apathie de ces derniers jours. Accoudé à la clôture, il m'observe pendant que je fais travailler son cheval. Le militaire s'approche dès que je mets pied à terre. Il prend le temps de caresser sa monture un moment, puis me suit toujours sans un mot à l'intérieur de la grange. Sa voix me fait presque sursauter quand enfin, il s'adresse à moi.

— Je me demandais si je pourrais partir avec le camping-car, Cole. J'ai trouvé une petite boutique en ville, où la gérante veut bien m'engager pour l'aider dans les tâches légères. Le physio est d'accord tant que je ne soulève pas de poids plus haut que mes épaules, m'explique-t-il. J'ai aussi dégotté un endroit où stationner ton tas de ferraille.

Je lève les yeux vers lui, un peu déçu. Encore une séparation ?!

— Tu veux que je te laisse ma maison ?

— C'est pas réellement une maison, McKnight, tempère Josh. Et puis, je serai plus proche du cabinet du physio, tout en gagnant un peu d'argent pour te rembourser tes cinq cents dollars.

Étrangement, je suspecte autre chose derrière cette soudaine envie d'aller s'installer en ville. Pourtant, je préfère ne pas creuser. Si Josh veut m'en parler, il le fera de lui-même.

— Et Fire ? m'inquiété-je en désignant son cheval.

— J'ai interdiction de monter, Cole… alors je te le confie et je viendrai le voir le week-end.

Je soupire en rangeant ma selle. Il a vraiment réponse à tout, ce matin !

— Très bien. On ne reprendra la route qu'en novembre de toute façon, alors c'est entendu… mais en contrepartie, tu t'engages à avoir réparé le chauffe-eau avant notre départ. Et décharge toutes mes affaires dans le bungalow.

Mon camarade acquiesce et commence à panser son cheval. Je remarque tout à coup qu'il ne porte plus son écharpe.

— Elle dit quoi cette épaule ?

— Elle me fait souffrir le martyre, réplique mon ami. Mais je n'ai plus besoin de la maintenir au repos tout le temps. Ce sont les ligaments de la coiffe des rotateurs qui ont subi les plus gros dommages. Mon labrum[5] est dans un sale état également.

J'avoue ne pas trop savoir de quoi il parle, mais cela doit quand même être assez sérieux pour qu'il décide tout seul de continuer à voir le physiothérapeute. Abby débarque à cet instant, ses longs cheveux remontés en queue-de-cheval et un grand verre de jus d'orange à la main. Je lui fais signe du doigt de s'approcher, et en levant les yeux au ciel, elle me tend sa boisson.

— Tu as de la chance que je ne sois pas une pimbêche, s'amuse-t-elle dans un sourire.

— Il vient d'être pressé ? la questionné-je en terminant son verre.

— Il venait, oui…

Elle est d'excellente humeur depuis mardi. Cela s'explique sans doute par le fait que Megan n'a pas remis les pieds sur le ranch depuis l'arrivée d'Aaron. Et d'ailleurs, en parlant d'Aaron… N'ayant pas vu le cow-boy, je jette un œil aux alentours pour découvrir qu'il est déjà parti dans les pâturages avec le quad.

Abby me tire de mes réflexions en reprenant son verre et le pose sur une botte de foin, avant de s'y asseoir. Puis elle fixe Josh et le pousse gentiment de la pointe de sa botte.

---

5 Terme utilisé en anatomie pour désigner une partie de l'articulation, en forme d'anneau bourrelé, qui permet de créer une adhésion entre la surface articulaire et la capsule articulaire.

— Tu lui as dit ?

— Ouais. Je viens de le faire.

Je les dévisage tour à tour, stupéfait.

— Attends ! Elle était au courant avant moi ?

— Ouais… on se parle de temps à autre, Josh et moi… rit Abby.

— Alors tu sais qu'il part avec ma maison ?!

— Ce n'est pas réellement une maison, franchement.

Je me dresse devant eux, courroucé.

— Mais qu'est-ce que vous avez contre mon camping-car ?!

— Mis à part qu'il ressemble à un vieux tas de tôles rouillées monté sur roues… rien.

Abby me lance un sourire en coin, avant de s'éloigner en direction d'Athéna que j'ai laissée en liberté dans le manège. Son jean moule soigneusement son joli derrière et je ne peux en détacher les yeux… jusqu'à ce que Josh se positionne devant moi. Je fronce les sourcils.

— Quoi ?!

— N'en fais pas un jouet, Cole, me sermonne mon ami.

— Je…

— Je te connais, mon pote. Et cette fille est fragile, surtout en présence de sa garce de cousine. Ne lui fais pas de mal, c'est tout ce que je te demande, OK ?! Elle mérite beaucoup mieux qu'un coup d'un soir.

En observant mon camarade, j'ai à nouveau le sentiment que quelque chose le tourmente. Toutefois, je sais aussi qu'il a raison.

— Et si j'avais envie d'une relation sérieuse pour une fois…

— Tu vas repartir, McKnight, alors à quoi bon ?

— Partir ne veut pas forcément dire ne jamais revenir, Josh. Ou partir seul…

— Tu fuis Chicago depuis bien trop longtemps pour réellement songer à t'installer.

Le militaire n'a pas tort sur ce point, néanmoins ses paroles me replongent dans une conversation que j'ai eue avec Will concernant notre mode de vie. Peut-être est-ce lui qui a raison ? Je pourrais tenter ma chance ici. J'ai tout l'été pour savoir si ce serait une bonne idée ou non. Si c'est ce dont j'ai besoin, moi aussi…

Une fois mon ami parti faire ses bagages dans le bungalow, je donne un coup de main à Aaron pour déplacer les bottes de foin dont il aura besoin pour ce week-end. Je tiens à laisser à mon collaborateur le moins de travail possible à effectuer durant mon absence.

— Dis-moi, d'où te vient cette passion pour les tatouages ? me demande-t-il en faisant rouler un ballot dans ma direction.

— J'avais une boutique de tatouage à Chicago…

Je n'aime pas trop parler de cette époque, ni de tout ce j'ai dû laisser derrière moi en partant.

— Tu ne pratiques plus ?

— Si. Mais sur commande seulement. J'amène aussi mon matériel durant les rodéos. Les gens qui consomment trop d'alcool pendant ces événements sont souvent disposés à se faire tatouer !

Aaron laisse échapper un rire.

— Tu as raison !

— C'est de l'argent rapide. Mais j'aime tatouer, alors ça me convient.

Au cours de ces derniers jours, j'ai appris qu'Aaron avait quarante-huit ans et avait toujours vécu ainsi, passant d'un boulot à un autre dans tout l'ouest du Canada. Originaire de l'Ontario, il a rapidement tracé la route après ses études. Rocket est sa seule véritable famille. Il n'a ni point d'attache, ni compagne, ni enfant. Je me surprends à songer que ce n'est pas vraiment le futur que j'envisage. Voilà sans doute pourquoi je remets un peu mes choix en question depuis quelque temps… ce n'est pas seulement dû aux propos de Josh tout à l'heure.

Sans cesser mon ouvrage avec Aaron, j'observe Abby en train d'accrocher derrière son pick-up l'immense remorque quatre places qui possède également un espace caravane. Elle fait ensuite quelques allers-retours entre la maison et le véhicule et jette un chapeau de cow-boy sur le siège conducteur avant de venir vers nous.

— Tu devrais commencer à mettre tes affaires dans le van, Cole, m'informe-t-elle en se saisissant de sa selle et son tapis.

— Je termine ça et j'arrive.

— D'accord. Je ne veux pas partir trop tard, j'aimerais trouver une place de stationnement assez près du manège. Et ce, avant la nuit.

Elle s'éloigne avec son matériel, qu'elle range avec minutie dans la remorque. Un quart d'heure plus tard, j'y installe à mon tour les affaires de mon cheval, puis dépose un sac de vêtements et ma mallette de tatouage dans la partie habitable du van.

Je suis assez fier du travail qu'Abby a accompli avec Ghost ces derniers jours. Hier, nous avons installé des barils en plastique noir dans le vaste champ où l'on entraîne le cheval. Sur de grandes distances et à pleine vitesse, elle commence tout doucement à lui faire confiance, toutefois j'appréhende le déroulement de ce week-end.

Un bruit de moteur attire mon attention vers le chemin qui mène au ranch. Le pick-up de Megan, tractant une remorque flambant neuve, s'immobilise au centre de la cour dans un nuage de poussière.

Elle arrête le moteur de son véhicule et entre dans la maison sans un regard pour nous, ses lunettes de soleil perchées sur le haut du crâne. Quand elle ressort, Tara l'accompagne et Abby les observe depuis la fenêtre. Toute sa gaîté matinale semble avoir disparu.

Tara aide sa nièce à mettre l'équipement de son cheval dans la remorque, et lui donne un coup de main pour faire monter le hongre noir à l'intérieur. Elles échangent quelques mots, et la mère d'Abby serre Megan dans ses bras avant que cette dernière ne reprenne place derrière le volant. Sans jamais avoir jeté ne serait-ce qu'un coup d'œil dans notre direction, la jeune femme disparaît au bout de l'allée. Cette fille me donne des frissons, on dirait un serpent venimeux.

Je me demande encore comment Tara peut ne pas se rendre compte de l'effet déplorable que sa nièce a sur Abby. Il n'est pas difficile de comprendre qu'il s'est passé quelque chose de vraiment moche entre elles pour qu'elles se haïssent autant. Quoi que ce soit, je suis bien décidé à convaincre Abby de me parler de cette histoire afin de l'aider à refermer cette plaie béante.

Peu après, ma petite sirène revient dans l'écurie, tête basse. Elle sort Athéna de sa stalle et entreprend de lui placer les protections pour le transport. La jument baie a fière allure, j'ai même été surpris d'apprendre son âge. Abby répète ensuite les mêmes gestes avec Ghost, tandis que je commence à préparer mon cheval. Je sais qu'elle se ferait un plaisir de me faire remarquer que je la mets en retard, si cela arrivait !

Les chevaux montent à tour de rôle dans la remorque alors que la fin de l'après-midi approche. Je prends soin de bien verrouiller toutes les portes du van avant d'aller m'installer dans le siège passager du pick-up. Ma sulfureuse rouquine me jette un coup d'œil en biais.

— Quoi ?!

— Ça doit te faire bizarre de ne pas partir avec ton camping-car, mentionne-t-elle en désignant Josh du menton.

Notre ami termine de sortir mes affaires de ma maison mobile. Je lui fais un signe de la main lorsque son regard se pose sur nous un instant. Il y répond et retourne à sa tâche.

— Il va me manquer, dis-je.

— Josh ?

— Non, mon camping-car !

Elle soupire en mettant le contact.

— Sérieusement, ne me dis pas que tu n'es pas mieux installé dans l'annexe des invités ?

— Si. Mais… ce n'est pas pareil, d'accord ?! Je partage ma vie avec cette caravane depuis plus de quatre ans. Elle est l'une de mes plus longues relations.

Dans un éclat de rire, nous prenons la route.

— Quelle a donc été ta plus longue relation, en dehors de celle avec ton tas de ferraille ?

Je réfléchis un instant avant de me décider à partager avec elle une petite partie de mon ancienne existence.

— J'ai été fiancé. Nous sommes restés ensemble un peu plus de quatre ans…

Elle sursaute et, pendant un long moment, elle reste silencieuse, stupéfaite. Eh oui, cette révélation a toujours son petit effet !

— Qu'est-ce qui s'est passé ?

— Disons juste que je me suis lourdement trompé sur son compte. J'étais mauvais, très mauvais, juge à l'époque, soupiré-je en fixant la route qui défile par la fenêtre.

— À ce point ?

— Oh oui !

Le reste du trajet se passe dans le silence, je laisse Abby se remettre de sa surprenante découverte. Quand nous arrivons sur le site où se déroule le rodéo, il y a déjà beaucoup de remorques garées çà et là. Abby salue des gens tout en manœuvrant dans les allées que forment les véhicules. Elle trouve enfin une place qui pourra accueillir sa longue remorque et s'installe habilement exactement là où elle veut. Nous montons les box provisoires et leurs bâches pour faire de l'ombre à nos montures, avant de les sortir du van.

La jeune femme est régulièrement interrompue par des gens qui viennent la saluer, et elle retrouve très vite ce sourire qui avait disparu avec le retour de sa cousine. Elle est comme un poisson dans l'eau ici ! Après m'avoir aidé à remplir les seaux d'eau des trois chevaux, elle leur donne une portion de foin pour les tenir occupés. Je la regarde évoluer avec aisance parmi tous ces inconnus et j'ai l'impression de découvrir une nouvelle personne. Tout le monde semble beaucoup l'apprécier.

Nous installons une table et deux chaises à l'extérieur après avoir ouvert l'auvent de la remorque. Là encore, les gens ne cessent d'aller et venir autour de notre emplacement. Je suis surpris, je dois bien l'avouer, qu'elle soit tellement sollicitée ! Même si je vois bien qu'elle reste toujours sur ses gardes.

Je sors mon cahier à dessins et poursuis mon esquisse en la regardant de temps à autre. Le soleil de fin d'après-midi fait briller ses boucles folles, lâchées sur ses épaules dénudées par un débardeur bleu électrique. Cette fille m'envoûte, littéralement. Soudain je me rends compte d'une chose, au moment où elle pose son regard sur moi. Je veux qu'elle s'abandonne à moi cet été. Je ne veux pas seulement du sexe, je veux plus… je veux qu'elle trouve en moi le réconfort qui semble tant lui faire défaut !

Nous n'assistons pas aux festivités du vendredi soir, tant nous sommes fatigués par notre journée de travail au ranch et par la route. Après avoir mangé un morceau et accompli les soins aux trois chevaux, Abby grimpe dans le lit du van et je m'installe sur celui que forment les banquettes et la table de l'espace cuisine.

Je m'endors au son de la musique country et des rires lointains de la foule.

Abby

Je me réveille aux aurores, avec cette petite pointe de fébrilité au creux de l'estomac que je ressens toujours avant de concourir. Je relève la tête et constate que Cole n'est plus dans son lit. Je me dépêche de sortir de sous mes couvertures et m'engouffre dans l'étroite salle de bains de la remorque. Douchée et vêtue en vitesse, j'attache mes cheveux au moment où je sors, ce qui me vaut de manquer la première marche et de terminer ma descente sur les fesses. J'entends le rire de Cole qui s'élève sur ma gauche.

— C'est ça, marre-toi, grogné-je en me massant le bas du dos.

— Si charmante dès le saut du lit !

Je lève les yeux au ciel et commence à préparer les rations de nos montures. Je me suis réveillée en retard, semblerait-il, car j'entends annoncer dans les haut-parleurs du site que les inscriptions sont ouvertes. Je remplis à la hâte les seaux d'eau des chevaux et m'élance vers le secrétariat pour m'enregistrer. Le tatoueur m'emboîte le pas et me ralentit quand il passe un bras par-dessus mes épaules.

— Tu fais ça pour me prouver que tu es le plus grand ?

— Non, j'aime ton contact, c'est tout… souffle-t-il à mon oreille.

Incapable de réprimer un frisson de désir, je me dégage promptement et reprends ma course. Arrivée à la tente qui sert de secrétariat, je m'empare des feuilles qui nous seront utiles et rebrousse chemin vers Cole qui est resté planté non loin de notre remorque. Je lui donne les formulaires dédiés aux compétitions masculines et remplis les miens. J'inscris Athéna au grand rodéo du soir et Ghost dans la catégorie *barils femmes* de la journée. Un jour à la fois pour moi. Je n'anticipe jamais les courses. Je sors mon porte-monnaie et retourne payer mes enregistrements. Quelques personnes me saluent au passage, et je remarque que certains cavaliers sont déjà en selle pour faire découvrir le manège à leur monture. Cole me rejoint peu après et règle ses inscriptions pour les deux jours.

— Quelles catégories ? le questionné-je alors que nous regagnons le van.

— Terrassement du bouvillon et prise au lasso, pour les deux jours. Et toi ?

— Seulement la course de barils.

Mon attention est entièrement focalisée sur le tatoueur, quand je reçois soudain un violent coup dans l'épaule qui manque de me faire tomber. Cole me rattrape de justesse tandis que s'élève un gloussement que je ne reconnais que trop bien. Je tourne les talons dans sa direction et me fige. Ce n'est pas tant la présence de ma cousine qui me glace, que celle du type qui l'accompagne.

— Salut, Abby, susurre-t-il de cette voix de velours que je déteste plus que tout.

Je recule d'un pas. Cole passe son bras derrière ma taille et serre ma hanche dans sa main. Instinctivement, je pose mes doigts par-dessus les siens. Megan me fusille du regard, sans néanmoins se départir de son sourire sardonique.

— Cliff, salué-je d'une voix blanche.

— Je lui ai parlé de ce magnifique cheval palomino que ta mère veut vendre. Cliff cherche justement à remplacer son vieil étalon. Sky ferait une excellente nouvelle monture, tu ne crois pas, Abby ?

Mes yeux croisent ceux couleur acier de Cliff, et même après tant d'années, la bile me monte aux lèvres.

— Sky n'est pas à la vente. J'ai encore beaucoup à accomplir avec lui.

— Je passerai peut-être le voir dans le courant du mois. Ça nous donnera au moins l'occasion de discuter un peu, grince Cliff sans tenir compte de ma réponse.

— Je doute qu'on ait grand-chose à se dire…

Un silence gênant s'installe sur l'étrange groupe que nous formons au milieu des allées de véhicules.

— Je ne pense pas connaître ton ami… reprend Cliff alors que je m'apprête à poursuivre ma route.

— Laisse tomber, c'est juste le nouvel employé de ma tante, ricane Megan.

Si je n'étais pas tétanisée par le dégoût et la peur, j'arracherais volontiers les yeux de cette garce !

— Cole McKnight, se présente mon compagnon, une main tendue vers Cliff, en ignorant superbement Megan.

— Clifford Olson.

Ce dernier s'empare des doigts de Cole, et je peux voir les jointures du tatoueur blanchir sous la pression. Toutefois, si cet idiot pensait l'impressionner avec une poignée de main virile, c'est plutôt manqué. Je constate en réprimant un sourire que les rôles sont rapidement inversés. Et quand mon ami le lâche finalement, le compagnon de Megan masse discrètement sa main avec une grimace.

— On a des trucs à faire, annonce Cole en m'entraînant vers le van.

De retour aux box, je m'active à préparer Ghost, l'esprit ailleurs. Les barils femmes sont la première discipline de la journée, je dois donc me dépêcher si je ne veux pas me retrouver sous pression. Cole s'appuie à la barrière près de moi et me fixe un moment en silence.

— C'est un ex, ce Clifford Olson ? finit-il par me demander.

— Si ça pouvait être aussi simple ! C'est plutôt un salaud de première. Voilà tout ce qu'il y a à savoir, craché-je en posant ma selle sur le dos de ma monture.

— OK… Quand tu voudras en parler, fais-moi signe.

J'acquiesce en silence. Grand Dieu, jamais je ne lui parlerai de cette vermine. Si je le faisais, cela signifierait qu'il aurait su trouver la faille dans ma carapace, et je refuse de laisser une telle chose arriver. Entre nous, ce n'est que du désir et du plaisir… et c'est très bien comme ça. Rien d'autre que du sexe !

Ghost est prêt, je demande à Cole de le surveiller pendant que je vais me changer. Lorsque je ressors de la caravane, le tatoueur me dévisage avec un drôle d'air.

— Quoi ?! Tu n'aimes pas la couleur de ma chemise ?

— Si. Elle met tes yeux en valeur, gronde-t-il d'une voix sourde en s'avançant vers moi.

— Qu'est-ce qu'il y a alors ?

Il passe un doigt sous mon menton et lève mon visage vers le sien. Dans l'ombre de mon chapeau de cow-boy, je peux presque entrevoir une flamme qui danse dans son regard. Une main sur ma joue, il se penche vers moi et soulève légèrement mon couvre-chef avant de poser sa bouche avide sur la mienne.

Incapable de me contenir davantage, je passe mes bras autour de sa nuque et l'attire un peu plus à moi. Je dois me mettre sur la pointe des pieds pour passer ma main dans ses cheveux. Son contact me fait frissonner. Cela va faire une semaine que nous nous tournons autour comme deux adolescents, et je dois avouer que toute cette tension m'a mise à fleur de peau. Sa langue cherche la mienne et il approfondit notre échange en me plaquant contre la paroi de la remorque. Je manque d'air, mon cœur tambourine dans ma poitrine, et pourtant, j'en veux plus.

La voix qui annonce les noms des premières participantes dans les haut-parleurs nous fait sursauter. Les mains toujours autour de son cou, je souris contre ses lèvres.

— Tu as cédé, murmuré-je d'une voix veloutée.

— Oui.

Son regard ambré me percute de plein fouet et semble me promettre tant de choses. Je pose mes lèvres une dernière fois sur les siennes, avant de remettre de l'ordre dans ma tenue.

— Je dois y aller.

— Je vais me placer près de la chute de départ, d'accord ?

— OK.

Je passe sa bride à Ghost et le sort de son box. Une fois que je suis en selle, Cole presse ma cuisse d'une main réconfortante avant de s'éloigner vers le manège. J'échauffe ma monture au trot dans l'allée de terre battue, dans l'attente de mon nom. Quand c'est le moment, je m'avance vers la chute de départ. Les spectateurs dégagent le passage. Comme dans le pâturage de verdure, je laisse mon cheval filer droit devant. Il s'engage de lui-même autour du premier tonneau, mais je suis légèrement déstabilisée par sa vitesse et l'énorme effort qu'il génère à la sortie. L'erreur est instinctive, je tente de le ralentir pour avoir une chance de retrouver mon équilibre. Il fait tomber le second baril et poursuit sa course folle jusqu'au dernier, que l'on renverse également.

Lorsque nous sortons de la chute, je mets pied à terre, des larmes de déception au bord des paupières… que j'essuie rageusement quand Cole vient me rejoindre. Je relâche la sangle de ma selle et marche à côté de Ghost pour le refroidir après avoir retiré mon chapeau de cow-boy.

— Le premier baril était super, commence Cole.

— C'est ma faute…

— Tu te rattraperas, Abby. Dis-toi que tu as passé le couloir de départ sans encombre, c'est une victoire en soi.

Je soupire en le laissant me prendre les rênes des mains.

— Et si on s'inscrivait à la prise au lasso par équipe ? me demande-t-il avec un enthousiasme non-feint.

J'éclate de rire à travers mes larmes.

— J'ai l'air d'une fille qui sait manier le lasso ? gloussé-je.

— Tu ne sais pas…?

Cole me dévisage, abasourdi.

— Je vais rajouter ça sur la liste des choses indispensables à t'apprendre, alors… soupire-t-il. Est-ce que tu peux au moins être mon meneur pour le terrassement du bouvillon ?

— Ça consiste en quoi, être le meneur ?

— Tu dois galoper près du veau et le garder en ligne droite jusqu'à ce que je l'arrête.

J'acquiesce.

— Je crois que c'est quelque chose que je peux maîtriser, tant que je n'ai pas à sauter sur une bête.

— Très bien alors. Laisse Ghost sellé du coup, je passe juste après les barils femmes.

Moins d'une heure plus tard, Cole et moi attendons près des barrières, installés sur nos montures. La discipline est déjà commencée et j'observe les autres meneurs à l'œuvre. Ce serait dommage de faire échouer Cole, seulement parce que j'ignore comment me comporter ! Quand c'est notre tour, nous prenons chacun place dans les stalles de départ séparées par la cage où se trouve le bouvillon. Une légère corde est tendue devant nous, qui nous oblige à donner l'avantage à la bête. Dès que la cordelette tombe, nous démarrons de concert. Cole ne tient même pas les rênes de Dexter qui galope à toute allure près du bouvillon, je le rabats vers lui jusqu'à ce qu'il passe sa jambe par-dessus sa selle pour venir planter ses deux pieds fermement dans le sable devant l'animal, qu'il fait ensuite rapidement tomber au sol.

Je m'arrête et regarde Dexter revenir paisiblement près de son cavalier, tandis que ce dernier se relève et dépoussière son jean en souriant. C'est la première fois que je le vois avec un chapeau de cow-boy et je ne peux m'empêcher de penser qu'il est encore plus séduisant ainsi. Il me fait un clin d'œil et avance son poing fermé vers moi, j'y cogne le mien en riant. J'adore !

Le reste de la journée passe à toute allure. Cole m'a impressionnée. Je suis stupéfaite qu'il possède une telle maîtrise de sa monture, mais également du lasso. Quand la soirée commence, les spectateurs affluent de toute part, bien plus nombreux que durant le jour. Ils viennent assister aux épreuves de monte de taureau et de bronco, qui ont lieu juste après la course de barils, seule compétition exclusivement dédiée aux femmes.

Eh oui, le monde du rodéo est lui aussi sexiste !

Le soleil est déjà couché quand je rejoins le manège avec Athéna. Je l'échauffe tranquillement parmi les autres cavalières. J'échange quelques paroles légères avec certaines connaissances et essuie avec indifférence les regards dédaigneux des autres concurrentes. Les premières participantes commencent à défiler et à poser un temps sur le chronomètre, tandis que je patiente sagement près de la chute. Megan vient se poster près de moi et me jauge en baissant les yeux sur ma jument. Athéna est beaucoup plus petite que son hongre, pourtant je n'y fais pas attention. Contrairement à Sparrow, ma monture met tout son cœur et toute sa volonté dans sa discipline. Avec succès !

À l'appel de son nom, ma cousine engage son cheval dans la chute. Comme Sparrow refuse d'avancer, Megan l'éperonne violemment ce qui le fait bondir en avant sous l'effet de la douleur cuisante. Dans sa course effrénée pour fuir les pointes aiguisées, le pauvre animal renverse le premier tonneau dès le départ. Ma cousine termine son parcours avec peine et sort du manège, le regard hargneux et les rênes meurtrières. Comme si c'était la faute de son cheval…

Un peu plus tard, mon nom est annoncé dans les haut-parleurs. Je me rapproche de la chute. J'aperçois Cole dans les estrades. Nos regards se croisent un instant avant qu'Athéna prenne le départ. Totalement confiante en ma monture, je la laisse filer. Je ne fais qu'ouvrir légèrement ma rêne quand elle aborde le premier baril, et ainsi de suite sur les deux autres. À pleine vitesse, elle franchit les barrières de la chute et s'arrête dans une jolie glissade. En sortant, je lui flatte l'encolure avec bonheur. L'annonceur indique sans surprise que nous venons d'accomplir le nouveau temps à battre.

Je regagne notre emplacement sans me presser, en faisant quelques détours pour détendre ma jument. Des gens me félicitent au passage pour notre beau parcours. Une fois devant mon pick-up, je mets enfin pied à terre et retire mon chapeau, avant de m'occuper de ma monture.

Cole arrive quelques minutes plus tard, accompagné d'un homme que je ne connais pas, et lui indique l'une des chaises installées devant la remorque.

— Personne ne fera mieux que vous deux, me félicite-t-il en s'approchant d'Athéna pour la flatter.

— Il reste encore pas mal de bons chevaux.

Il me sourit, confiant.

— Oui, mais la meilleure concurrente est déjà passée, rit-il alors qu'il rejoint l'inconnu.

Je le vois bientôt entrer puis ressortir de la caravane, sa mallette de tatouage à la main. Il prend soin de désinfecter la table qui le sépare de son client providentiel et place une pellicule de plastique par-dessus. Ses gestes sont précis et efficaces. Il sort ensuite son cahier et réalise une ébauche avant de la montrer au type, qui acquiesce avec enthousiasme. Le tatoueur place alors une lampe frontale sur sa tête et ajuste ses instruments. Le son strident de sa machine me parvient aux oreilles tandis que je brosse ma jument. Les gens sont complètement fous !

Une fois Athéna installée dans son box provisoire, je fais quelques allers-retours entre le manège et la remorque pour suivre la compétition. Cole est concentré sur sa tâche, le visage penché sur l'avant-bras de son client. Je ne m'approche pas, craignant de le déconcentrer. En fin de soirée, je vais récupérer mes gains ainsi que ceux réalisés par le cow-boy dans la journée. Quand je reviens au pick-up, il est en train de ranger sa machine. Je m'installe face à lui.

— Tu veux un tatouage ?

Je fais mine de réfléchir un instant.

— Non ! J'ai ramassé ça pour toi, dis-je en lui tendant ses deux enveloppes.

— Génial ! Journée fructueuse.

Il m'adresse un sourire en retirant ses gants de latex noir. Je pose alors ma main par-dessus la sienne et caresse l'un de ses tatouages. Une date toute simple qui détonne parmi les autres œuvres plus sophistiquées.

— Elle représente quoi, cette date ? lui demandé-je doucement.

Cole inspire profondément et passe une main sur son visage.

— Ma sortie de prison, m'avoue-t-il sur le même ton.

Je reste un instant sans voix.

— Tu as fait de la prison ?

— Quelques semaines seulement.

L'information a du mal à remonter jusqu'à mon cerveau. Je ne me serais jamais imaginé que cet homme ait pu commettre un crime, quel qu'il soit ! Cela me semble impossible.

— Pour te rassurer, ce n'était pas moi le coupable. Mon casier judiciaire est complètement vierge. Toutes les charges contre moi ont été abandonnées.

— Je vois…

Je ne sais qu'ajouter. Alors je le regarde simplement ranger ses affaires et rentrer dans la caravane. Après une dernière vérification des chevaux, je le rejoins. Dans l'habitacle, je n'entends que le bruit de la douche. Je me poste près de la porte de la pièce minuscule et attends. Il ne met pas longtemps à sortir, un bas de jogging pour seul vêtement. Nous nous retrouvons face à face, je ne bouge pas, lui non plus. Ma respiration s'accélère. Dans un geste rapide, il me soulève en plaçant ses mains sous mes fesses, mes jambes s'enroulent autour de ses hanches et mes doigts se nouent derrière sa nuque.

Il me plaque contre le mur et m'embrasse furieusement. Le désir gronde entre nous, sauvage. Je gémis quand il presse son bassin plus fort contre le mien. Sans lâcher mes lèvres, il avance jusqu'au lit qu'il a occupé la nuit dernière. Des tas de trucs tombent sur notre passage, mais je n'en ai cure. Tout ce que je veux, c'est lui !

Je glisse contre son corps encore humide de la douche pendant qu'il me retire ma chemise d'un geste sec. J'entends les boutons qui s'arrachent avant de rebondir sur le sol, là où le vêtement les rejoint quelques secondes plus tard. Le souffle court, je caresse son torse tandis qu'il couvre mon cou et la naissance de ma poitrine de baisers brûlants.

— J'ai une condition, souffle Cole au moment où il dégrafe mon soutien-gorge qu'il jette sur le lit derrière nous.

Je lèche l'anneau qui perce son mamelon gauche.

— Quoi, haleté-je contre sa peau.

— Je veux une relation exclusive, diablesse.

Il prononce ces mots, une main glissée dans mon tanga pour m'infliger de douces caresses. Je m'arque contre lui et mords son biceps. Il retire alors sa main de mon jean.

— C'est du chantage ? le questionné-je en levant le regard vers lui.

— En effet.

Cole sourit contre ma clavicule.

— Du chantage pur et simple, reconnaît-il sans état d'âme.

Je glisse à mon tour une main dans son survêtement.

— C'est ce que je vois, soufflé-je en atteignant son érection. Et j'accepte.

Il tente de s'approprier ma bouche, mais je colle ma poitrine contre son corps.

— J'ai aussi une condition.

— Quoi ? grogne Cole alors que mes doigts entament un lent mouvement de va-et-vient sur son sexe.

— Ne t'approche plus de Megan. Elle te veut, et je ne te partagerai pas…

Je suspends mon mouvement, jusqu'à ce que, dans un

grondement bestial, il se penche et me retire mes derniers vêtements, avant de me soulever pour me déposer enfin sur le matelas que forment les coussins. D'un geste impatient, il fait tomber son jogging sur le sol et saisit une capote dans son sac qui traîne par terre. Allongé au-dessus de mon corps, il prend appui sur ses avant-bras pour me regarder droit dans les yeux pendant quelques secondes.

— Je ne veux que toi, assène-t-il en s'enfonçant en moi.

Mes mains se crispent sur son dos et je gémis de plaisir, la tête enfouie dans son cou. Je croise mes jambes autour de son bassin et calque mon rythme au mouvement de ses hanches pour le sentir encore plus près de moi. Ses lèvres font subir mille tourments à mes seins. Je replonge avec volupté dans ces instants de plénitude totale qui me comblaient tant chez les Parker.

Cole accélère régulièrement la cadence et passe finalement une main entre nos deux corps pour venir trouver mon sexe. Je me raidis sous ses caresses et laisse un cri de jouissance franchir mes lèvres. Il m'accompagne dans mon extase, relevant mes deux mains au-dessus de nos têtes pour m'embrasser sauvagement.

Yeux dans les yeux, nous nous observons longuement en reprenant peu à peu notre souffle.

Une lueur passe dans son regard, toutefois je ne sais pas encore ce qu'elle peut signifier. Refusant de penser au lendemain, je me laisse aller entre ses bras.

Chapitre 11

Cole

La chaleur dégagée par nos ébats plane encore dans la caravane, alors que mes doigts caressent la cuisse fuselée qu'Abby a passée par-dessus mon corps. Nous reprenons lentement notre souffle. La musique et les bruits lointains de la fête nous parviennent en sourdine. La chanson *Blue Ain't Your Color* de *Keith Urban* se fait entendre, et je peux imaginer quelques couples, dansant un two-step sur la piste provisoire que j'ai aperçue plus tôt.

— Tu veux aller danser ? propose ma sirène en déposant un baiser sur mon torse.

Je ris doucement.

— Toi, tu ne sais pas manier le lasso… et moi, je ne danse pas, ma belle.

Abby lève la tête et appuie son menton dans sa main.

— Tu ne danses qu'à l'horizontale, alors ?

— C'est à peu près ça, acquiescé-je dans un sourire.

Elle dégage ses boucles rousses d'un geste sensuel, ce qui ne manque pas de réveiller le désir que j'ai pour elle, et plonge son regard dans le mien en se passant une langue taquine sur les lèvres.

— Et si on concluait un marché ?

— Quel genre de marché ?

— J'apprends le maniement du lasso, et toi, la danse en ligne. Je te laisse le beau rôle. Ce n'est pas très difficile la danse en ligne. Alors ?

Je réfléchis un instant. Quelques mouvements de pieds, tourner sur moi-même une fois ou deux… je peux gérer !

— J'ai hâte de te voir avec un lasso en main, conclus-je en scellant notre accord par un baiser avant de la renverser sous moi.

Elle sourit contre mes lèvres tandis que ses mains s'égarent sur mon corps dénudé. Abby parcourt mon dos du bout des doigts, descendant lascivement le long de ma colonne vertébrale pour atteindre mon postérieur. Elle met fin à notre échange en plantant délicieusement ses ongles dans ma peau.

— Qu'est-ce qu'il signifie ce tatouage ? chuchote-t-elle.

— Celui de mon dos ?

La rouquine acquiesce et dépose un baiser dans mon cou.

— La carpe Koï qui brave le courant de la rivière pour se transformer en dragon est un symbole de volonté et de persévérance face aux obstacles que la vie met sur notre chemin, expliqué-je en embrassant sa poitrine offerte.

— Et celui-ci ? gémit-elle.

Elle caresse mon flanc droit. Là où se trouve un oiseau de feu quittant sa cage. Je la regarde droit dans les yeux.

— La liberté que j'ai acquise en quittant Chicago.

La jeune femme passe ses doigts dans mes courts cheveux et, d'un mouvement de hanche, me signifie qu'elle veut changer de position. La musique lointaine résonne toujours à nos oreilles, nous nous retrouvons face à face. Je remonte un drap sur nos corps.

— Rien ne te force à me répondre, Cole, mais j'aimerais savoir, ce qui s'est passé pour que tu te retrouves en prison…

Sa voix n'est qu'un murmure. Elle me laisse le loisir de répondre ou non à sa question.

— Je n'ai rien à cacher, Abby. Je suis l'unique enfant d'un couple divorcé. Mon père a quitté ma mère alors que je n'avais pas encore trois ans. Néanmoins, il a toujours gardé le contact. J'ai eu droit à une garde partagée améliorée. Je passais mes années scolaires dans le Colorado avec ma mère et mes étés à Chicago avec mon paternel. Seulement tu te doutes bien que j'étais un élève turbulent, et ça ne s'est pas arrangé au lycée, expliqué-je. J'ai donc terminé ma scolarité chez mon père. Ensuite, pas de fac, pas d'études supérieures. J'ai fait des petits boulots ici et là, puis je suis devenu l'apprenti d'un tatoueur de quartier. Il m'a tout appris. À vingt-deux ans, j'achetais ma boutique. Une superbe boutique de tatouage en plein cœur de Chicago. Dès le départ, j'ai pris quelques apprentis sous mon aile afin de leur transmettre mon savoir et ma passion, comme on l'avait fait un jour avec moi. Ensuite, pour que le commerce soit plus rentable et pour leur donner aussi leur chance, j'ai loué des chaises de tatouage à certains d'entre eux.

Elle est concentrée sur mes paroles, tandis que mes souvenirs de cette époque refont surface. Je poursuis :

— Mon père est toujours resté dans les parages. Mais ce type n'a jamais vraiment été quelqu'un de très fréquentable. Toujours plongé jusqu'au cou dans la première embrouille qui passait à sa portée. Et puis un jour, les flics ont débarqué dans ma boutique. Les menottes aux poings, je les ai vus sortir des sacs de cocaïne de mon arrière-boutique. C'est moi qui ai écopé du chef d'accusation de possession de drogue en vue d'en faire le trafic.

— Comment es-tu sorti si vite de prison alors ? me demande-t-elle.

— J'ai passé un marché avec le procureur. Ce n'est pas moi qu'il voulait. Il pistait mon père et ses associés depuis des mois. Alors j'ai balancé tous les noms que je connaissais, et en échange, mon dossier a été effacé. Il n'était pas question que je croupisse derrière les barreaux à leur place.

Abby prend l'une de mes mains dans la sienne et la pose à la base de son cou, après y avoir laissé un baiser.

— Et ta fiancée ?

— Elle m'a plaqué comme une merde à ma sortie. J'ai su un peu plus tard qu'elle distribuait de la drogue pour mon père. Alors, j'ai vendu la boutique et je suis rentré dans le Colorado chez ma mère. Tu l'adorerais, dis-je en souriant. Sharon tient un petit refuge pour chevaux. Rien de comparable à votre élevage, mais c'est si paisible comparé à l'agitation de Chicago. C'est là que j'ai trouvé Dexter. Jeune cheval de quatre ans, têtu comme une mule !

Ma petite sirène éclate de rire.

— C'est drôle, il me rappelle quelqu'un.

— Un an plus tard, j'ai rencontré Will, puis Josh. On a tracé la route ensemble. Et puis… j'ai atterri ici, soufflé-je avec un sourire aux lèvres.

Elle me gratifie d'un regard en coin.

— En fait, tu es loin d'être le *bad boy* que tu affiches, c'est ça ?!

— En effet. Je n'ai jamais dévié du droit chemin. Je ne suis peut-être pas le mauvais garçon que tu croyais, mais je suis toujours cet homme qui te désire ardemment, chuchoté-je.

Alors qu'elle s'allonge sur le dos, je passe sous le drap et parcours son corps divin de mille baisers. Enflammant sa peau sur mon passage, je descends toujours plus bas, jusqu'à atteindre l'épicentre de son désir. Quand ma bouche trouve la source de son plaisir, Abby gémit tandis que je la maintiens en place, mes mains posées contre ses hanches aux courbes aguicheuses.

Ne résonnent plus dans la caravane que ses soupirs d'extase et de satisfaction. Les bruits, la musique disparaissent, ne laissant place qu'à la sensualité de cette femme exquise.

C'est le bruit de l'eau qui déferle dans la salle de bains qui me tire de mon sommeil. Je me sens comme un pacha, repu par la luxure qui nous a unis plus d'une fois cette nuit. Je l'aurais bien rejointe sous la douche, mais nous risquons fort de rester coincés dans l'espace minuscule ! Je m'extirpe du drap qui s'est enroulé autour de mes jambes, enfile mon survêtement et quitte la remorque.

Je nettoie rapidement les enclos des chevaux et distribue les rations de grains et de foin. Alors que je remplis leurs seaux d'eau, ma rouquine sort à son tour et avance vers moi d'une démarche féline. Je ne peux m'empêcher de la détailler. Elle est tout simplement parfaite dans son jean ajusté et son débardeur blanc. Quand elle me frôle en faisant semblant de m'ignorer, un petit sourire étirant ses lèvres joueuses, je passe mon bras libre autour de sa taille et la colle à moi.

Ses cheveux encore mouillés laissent des traces d'eau sur mon torse, et le parfum qui se dégage d'elle m'embrouille les sens. Floral et sucré ! Elle me fait face, un sourire mutin éclairant son visage, avant de se dresser sur la pointe des pieds et d'agripper mes épaules pour que je me penche vers elle. Ses yeux brillent quand je prends possession de sa bouche. Je laisse tomber le tuyau d'arrosage dans l'herbe pour la presser contre mon corps. Sentir chacune de ses courbes me fait perdre la tête.

— On retourne s'enfermer dans la caravane ?

— C'est toi qui es inscrit aujourd'hui, pas moi.

Je grogne alors qu'elle se détache de moi pour ramasser le tuyau et qu'elle finit de remplir les seaux. On annonce dans les haut-parleurs que les inscriptions sont désormais fermées.

— Attends ?! Tu ne cours pas aujourd'hui ? la questionné-je.

— Non.

Je la dévisage sans comprendre.

— Athéna a remporté le rodéo hier soir, et j'ai encore du travail avant d'être compétitive avec Ghost. Si tu veux toujours m'aider, bien sûr. Et puis, j'ai passé une grande partie de la nuit éveillée…

— Je t'ai épuisée, c'est ça ?

— Disons juste que quelques courbatures inhabituelles sont apparues durant mon sommeil, rit Abby. Mais je peux toujours être ton meneur, si tu veux !

Je passe une main sur mon menton, joueur.

— J'ai pourtant eu l'impression que c'était moi qui menais, cette nuit…

— Ne fais pas le malin, McKnight !

Elle est divinement séduisante ce matin. Ma seule envie est de la balancer en travers de mon épaule et de nous enfermer dans la caravane pour la journée. Je ne suis pas rassasié de son corps, loin de là ! Ce petit jeu de séduction qui a duré tout une semaine m'a donné l'impression d'être un adolescent en manque. Et j'en demande encore !

La musique country et les annonces des concurrentes envahissent bientôt les lieux au travers des haut-parleurs, et Abby commence à ramasser les affaires dont nous n'avons plus l'utilité. Je l'aide à ranger la table dans l'une des parties de la remorque. Nous mangeons un morceau en vitesse, puis je m'applique à seller mon cheval, tandis qu'Abby prépare Ghost.

Dès que la course de barils est terminée, nous nous mettons en selle et nous dirigeons vers le manège. Je remets mon chapeau en place lorsque nous pénétrons dans la marée de cavaliers. Côte à côte, nous échauffons nos montures au petit trot. La poussière que soulèvent leurs sabots forme une bulle autour de nous. Comme si personne d'autre n'existait à part elle et moi.

À l'annonce de mon nom, Abby me signale d'un hochement de la tête qu'elle est prête et nous avançons vers les stalles de départ. Tout se passe sans encombre, exactement comme hier, et je place un excellent temps au chrono. Les rênes de Dexter dans une main et l'autre posée sur la cuisse d'Abby, je regagne le pick-up avec le sourire, au moment où Megan croise notre route.

— Tu es impressionnant à voir courir, Cole, me salue-t-elle en ignorant superbement sa cousine.

— Si je ne savais pas ce que j'ai à faire, je ne m'inscrirais pas. Tu devrais y songer, Megan.

Elle m'adresse un regard mauvais et reprend son chemin. Abby rit doucement près de moi.

— Quoi ?

— C'était magique, m'assure-t-elle, les yeux pétillants de malice.

— Tu ne veux pas que je m'approche d'elle. Alors je fais le nécessaire pour tenir le serpent à distance…

Abby me fait signe d'approcher et je m'exécute. Elle se penche sur sa selle et m'embrasse. Je retire mon chapeau de cow-boy pour faciliter notre échange.

— Et c'est très bien comme ça, murmure-t-elle en se détachant de moi.

Ma deuxième discipline arrive à toute vitesse et se déroule pour le mieux. Je ramasse mes gains en milieu d'après-midi, et nous sommes parés à quitter les lieux. Abby s'assombrit dès qu'elle prend le volant. Plus les minutes défilent, plus la tension monte dans l'habitacle du pick-up et plus la conductrice se renferme.

Le soleil commence à descendre sur l'horizon alors que nous déchargeons les chevaux dans la cour du *Heaven's*, toutefois la chaleur reste accablante. Après avoir récupéré mes affaires dans la caravane, je donne un coup de main à Aaron pour la distribution du grain. Abby quant à elle a disparu sans un mot dans la maison.

Pourtant, quand je la retrouve le soir venu, tout semble être rentré dans l'ordre. Et je comprends que ma petite sirène est de nouveau plus détendue depuis qu'elle a acquis la certitude que sa cousine ne reviendrait pas s'installer chez sa mère.

Nous sommes maintenant rassemblés tous les quatre autour de la table dans la salle à manger, et Abby et moi racontons aux autres nos deux journées de rodéo. Tara est visiblement très fière de la victoire de sa fille. Vers la fin du repas, je sens la main de ma compagne qui vient se poser sur ma cuisse, tout près de mon entrejambe. Je manque de m'étouffer avec ma boisson et me lève brusquement.

— Je crois que j'ai oublié des trucs dans la remorque. Tu viens me donner un coup de main ? articulé-je en la fixant d'un air courroucé.

La jeune femme m'offre un petit sourire en coin avant de se lever à son tour.

— Bien sûr.

L'air frais du soir est descendu des Rocheuses et caresse nos visages. À quelques pas de la maison, je la soulève pour la plaquer contre mon corps et capture ses lèvres dans un baiser sauvage… avant de l'entraîner, agrippée à moi, vers l'aile des invités. D'un habile coup de pied, je libère la porte qui s'ouvre avec fracas et nous déboulons dans le salon sans défaire notre étreinte.

Elle fait passer mon tee-shirt par-dessus ma tête, son débardeur prend le même chemin. Pendant que je déboutonne son jean, Abby s'acharne sur mon ceinturon tandis que nous reculons vers ma chambre. Tous nos vêtements finissent sur le parquet. Je ferme la porte de la pièce et me retourne pour découvrir ma sauvageonne, agenouillée sur le lit après avoir allumé la lampe de chevet.

Ses mèches retombent en boucles folles sur ses seins. Mutine, elle me fait signe d'approcher avec son index. Tel un marin envoûté, j'obéis sans ciller.

— Allonge-toi, chuchote-t-elle.

À peine ai-je eu le temps d'obtempérer qu'elle penche son visage au-dessus du mien et me susurre à l'oreille :

— Cette nuit, c'est moi qui mène…

…avant de semer une traînée de baisers brûlants jusqu'à mon érection. La chaleur se répand, mes mains s'enfoncent dans ses cheveux de feu et un soupir de plaisir franchit mes lèvres.

Je me réveille en sursaut, légèrement désorientée de ne pas me trouver dans ma chambre. Un drap plaqué contre ma poitrine, je laisse mon regard faire rapidement le tour de la pièce à la recherche d'une indication de l'heure. Toutefois, c'est sur l'homme endormi à mes côtés que ma quête se termine. Il est si divinement beau, un bras passé au-dessus de sa tête, totalement abandonné. Je m'attarde un long moment sur son corps recouvert d'encre, avant d'apercevoir son portable posé sur la table de nuit.

Lentement, je m'étire pour atteindre l'appareil sans réveiller Cole. *Huit heures trente passées ! Merde !* Je laisse tomber le téléphone dans les oreillers et me précipite hors du lit. Enroulée dans ma tenue de fortune, je pars à la recherche de mes vêtements à tâtons. Je ne trouve que mon soutien-gorge, ma culotte et mon jean. Aucun signe de mon débardeur. Ma main vient heurter mon front, quand je me souviens de notre effeuillage effréné en entrant dans le bungalow. J'enfile déjà ce que j'ai sous la main et quitte la chambre sans bruit. J'esquisse un sourire en observant mon amant assoupi dans les draps une dernière fois, avant de fermer doucement la porte derrière moi.

Pieds nus, seulement vêtue de mon jean et de mon soutien-gorge, j'avance silencieusement vers le salon. Pendant que je cherche mon débardeur des yeux, un raclement de gorge résonne dans mon dos. Dans un hoquet de surprise, je me retourne brusquement pour croiser le regard d'Aaron et m'empresse de couvrir le haut de mon corps de mes deux bras. Avec mes cheveux en bataille, la scène ne laisse guère de place à l'imagination.

— Si tu cherches la pièce manquante, ton débardeur s'est échoué sur le coin du canapé, m'indique l'homme tranquillement installé à la table du coin cuisine avec une tasse de café.

Je me sens rougir en apercevant mon vêtement, sagement plié sur l'accoudoir du sofa. Écarlate, je le passe en vitesse, avant de faire face au cow-boy qui s'est levé et s'apprête à quitter les lieux.

— Je suis vraiment très gênée, articulé-je finalement, incapable de trouver quoi que ce soit d'autre à dire.

Il hausse négligemment les épaules en faisant un pas vers la sortie.

— Ne le sois pas. C'est de votre âge.

— Ma mère va me tuer, ajouté-je en fixant l'horloge.

— Ne t'inquiète pas pour ça. Le travail dans l'écurie est déjà terminé. Par contre, vous avez raté le petit-déjeuner.

Il m'annonce cela avec la plus parfaite nonchalance en levant derechef sa boisson vers moi. Comment ne pas être morte de honte dans une situation pareille ?! Avoir tous mes vêtements sur le dos m'apporte cependant un léger soulagement.

— Je voulais te demander quelque chose, Abby…

Aaron s'interrompt un instant, et je suis surprise de découvrir qu'il est désormais aussi mal à l'aise que moi.

— Je voulais savoir… en fait, j'aimerais bien inviter Tara à dîner, un de ces soirs…

— Vous me demandez la permission pour sortir avec ma mère ?!

Il se passe la main dans les cheveux puis acquiesce. Je le fixe en souriant.

— Vous êtes des adultes tous les deux, Aaron. Et je doute que ma mère ait besoin de ma permission pour aller manger un morceau en ville avec un homme, le rassuré-je.

— D'accord. Je ne voulais pas que cela te mette dans une position gênante, c'est tout.

Malgré moi, je laisse échapper un éclat de rire.

— Pas du tout. Je trouve même que c'est une excellente idée. Elle a besoin de penser à autre chose qu'au ranch.

Je sens l'air frais du matin s'engouffrer par la fenêtre ouverte du petit salon et frissonne. Je m'empare du blouson en cuir de Cole, posé sur le dossier de l'une des chaises qui entourent la petite table, avant de me diriger vers la porte. Au moment où je m'apprête à sortir, Aaron m'interpelle avec nonchalance :

— La prochaine fois, essayez quand même d'être un peu plus silencieux. Je n'ai pas fermé l'œil de la nuit.

Oh mon Dieu ! Je m'empourpre de plus belle et me dépêche de quitter l'aile des invités.

Le soleil et une brise fraîche m'accueillent à l'extérieur et me poussent à resserrer encore le blouson de Cole, bien trop grand pour moi, autour de mon corps. À l'instant où je vais ouvrir la porte de la maison, quelqu'un à l'intérieur s'en charge brutalement à ma place. Je me fige en découvrant ma cousine. La légère rougeur de mon visage laisse place à une peau blême. Nous ne nous sommes pas revues depuis que Cole l'a remise à sa place, hier au rodéo.

Un dédain méprisant brille dans ses yeux alors qu'elle me pousse de l'épaule pour sortir sur la terrasse. Je recule d'un pas sous l'assaut inattendu et préfère la laisser s'éloigner sans relever. Après une douche rapide, les cheveux encore trempés, je gagne la cuisine d'où provient un bruit de vaisselle.

— Bonjour, Abby. Tout va bien ?

— Bonjour, Maman. Tout va bien, oui…

Je m'empare d'une boîte de céréales dans un placard et me hisse sur le plan de travail, stupéfaite. Aucune remarque concernant mon retard ? Pas même un regard noir ? Ciel, où est donc passée ma mère ?!

— Si tu as du temps aujourd'hui, Sky aurait besoin de travailler un peu. Megan m'a dit que le fils Olson serait peut-être intéressé.

La boîte de céréales s'écrase sur le sol. *Non…*

— Tu en penses quoi ? me questionne Tara, étonnée de ma réaction.

— J'en pense que Clifford, en plus d'être un trou du cul, n'a absolument pas le talent requis pour monter ce cheval !

Ma voix est forte, j'en ai conscience, mais la simple évocation du nom de mon bourreau me donne envie de vomir.

— Abby ?! Cesse donc avec…

— Quoi ?! Tu me demandes mon avis, je te le donne. Si tu vends

Sky à ce malade, tu peux aussi bien l'envoyer à l'abattoir… et moi, je n'entraînerai plus jamais un seul cheval de ton précieux élevage ! Voilà ce que j'en dis !

Sans lui laisser le temps de répliquer, je sors de la maison telle une furie. Le pick-up de Megan n'est plus dans la cour. Tant mieux, car je suis à deux doigts de lui arracher les yeux ! La rage bouillonne en moi, les souvenirs remontent à la surface. J'essaie de les chasser, mais cette fois, ils refusent de disparaître. Je marche droit devant moi, dépasse le manège et continue ma progression vers l'étendue de verdure qui s'étale à perte de vue. Je caresse les hautes herbes de mes mains. Un vent froid descend des cimes toutes proches, et je regrette soudain de ne pas avoir pris un pull avec moi.

J'ignore combien de temps j'ai marché ainsi sans même lever les yeux. J'ai les pieds trempés par la rosée, mais cela m'est bien égal. Une fois dans le sous-bois, j'emprunte le même sentier qu'il y a une semaine avec Ghost. Arrivée au bord du ruisseau, je prends place sur une vieille souche. Le clapotis de l'eau apaise mes pensées en ébullition et me permet de respirer un peu plus calmement.

Pourquoi diable ma mère s'acharne-t-elle à ne jurer que par sa nièce ? Jamais elle n'a voulu croire un mot de ce que Megan et *elle* m'ont fait subir. Cette sensation d'injustice ne me quitte jamais. *Elles* n'ont jamais payé pour ce que j'ai vécu. Cette humiliation sans nom qu'aucune jeune fille de seize ans ne devrait avoir à endurer.

Mon regard se perd dans la contemplation de l'onde bondissante. C'est le renâclement d'un cheval qui me sort de ma transe. Je lève la tête quand l'ombre de Dexter et de son cavalier se profile au-dessus de moi. Le tatoueur met pied à terre, et à contre-jour, je le vois sortir quelque chose de l'une de ses sacoches. Il retire ensuite la bride du hongre et le laisse partir à la recherche de brins d'herbe aux alentours. Sans un mot, Cole dépose son blouson, chargé de son odeur et de sa chaleur, sur mes épaules frémissantes et s'installe à mes côtés. Emmitouflée dans le vêtement, je me réchauffe doucement. Après quelques minutes, je me tourne vers lui.

— Tu me suis ?

— Je te cherchais, en fait. Et je n'ai trouvé que ma veste de cuir dans ta chambre. C'est la seconde fois que je me réveille et que tu as quitté le lit. Je t'avoue ne pas trouver cela très réconfortant pour mon ego, me reproche-t-il en souriant.

— Désolée.

Je murmure ces mots en reportant mon attention sur les flots. Cole dépose le mors de son cheval au sol et passe son bras autour de mes épaules afin de m'attirer contre son corps. Sa présence m'apaise en un instant. L'odeur mêlée du cuir, de l'herbe et du cow-boy adoucit la rage que les paroles de ma mère ont provoquée en moi. Durant un long moment, nous restons assis en silence, à observer Dexter qui explore les abords du ruisseau. Il recule d'un pas lorsqu'une vaguelette vient lui éclabousser le chanfrein. Indigné, le cheval se détourne du cours d'eau, et je souris malgré moi.

— Qu'est-ce qui ne va pas ? me questionne alors Cole.

Je soupire un grand coup en me redressant.

— Ma mère envisage de vendre Sky…

— C'est le but d'un élevage, non ?

— Elle veut le vendre à Clifford. Megan lui a dit qu'il était intéressé par Sky. Je sais très bien qu'elle ne se fie qu'aux paroles de ma cousine. Seulement, je refuse de voir ce cheval finir entre les mains d'un tel connard, ajouté-je.

Cole passe ses doigts derrière ma nuque en une caresse qui se veut réconfortante.

— J'ignore ce qui s'est passé entre ce type et toi, et je ne suis pas certain de vouloir le savoir. De la même manière, je vois bien à quel point ta cousine et toi, vous vous détestez, mais là aussi, ce sont tes souvenirs, tes sentiments et je n'ai pas à m'en mêler. Pourtant, si tu veux te confier à quelqu'un, sache que je suis là pour t'écouter, Abby.

— On est des amis avec l'option sexe débridé en bonus, alors ? finis-je par déduire en levant les yeux sur son visage.

Un sourire naît sur ses lèvres.

— Avec beaucoup d'autres choses en bonus, rit-il en m'attirant à lui.

Il m'embrasse fougueusement en me faisant passer par-dessus ses jambes. À cheval sur le tatoueur, je lui rends son baiser en prenant son visage entre mes mains. Sa barbe est rude sous mes doigts et j'absorbe le frisson qui me parcourt au moment où il pose ses paumes dans le creux de mes reins, sous mon tee-shirt. Son blouson glisse de mes épaules pour atterrir dans l'herbe. Je me détache lentement de lui pour reprendre mon souffle. Son regard en dit long sur ce qu'il aimerait me faire.

Je vais malheureusement devoir refréner ses envies…

— On va avoir un léger problème…

Il lèche la peau de mon cou et je réprime un soupir de plaisir.

— Pour faire court, les Anglais ont débarqué ce matin, soufflé-je.

— Hein ?!

Je me détache de lui à contrecœur.

— J'ai mes règles, Cole !

Le cow-boy me dévisage un instant avant de réellement saisir le sens de ce que je lui dis. Il hausse les épaules et me rapproche un peu plus de son corps brûlant.

— Eh bien, on ne sera qu'amis pendant quelques jours, alors… m'annonce-t-il en collant son front contre le mien.

Cette proximité me paraît si intense – bien plus intime que tout ce que nous avons partagé jusque-là –, que je me recule impulsivement. Ses yeux devenus ambrés scrutent mon visage. Il est à la recherche d'une faille. D'une brèche dans mon armure. *Non, pas maintenant !* Je ne suis pas prête à une telle incursion dans ma vie, dans mon esprit ! Peut-être même ne le serai-je jamais…

Je passe ma jambe de l'autre côté de son corps massif et reprends ma place initiale. Incapable de rester trop près de lui, je finis par me lever. Je peux le voir esquisser un sourire en coin avant de se mettre également debout. Je me sens minuscule face à lui. Il pose délicatement l'une de ses mains tatouées sur ma joue et caresse ma pommette du pouce, avant de se pencher pour déposer un chaste baiser sur mes lèvres.

— Cesse de paniquer, Abby. Je ne prendrai que ce que tu voudras bien me donner. Rien de plus, murmure-t-il.

Mon souffle se bloque dans ma gorge, je ne sais pas quoi lui répondre.

— On devrait rentrer, m'annonce-t-il en ramassant son blouson et la bride de Dexter.

J'acquiesce en silence. Le cow-boy porte alors son pouce et son

index à la bouche et siffle sa monture, qui nous rejoint aussitôt au petit trot. Cole lui passe le mors et range sa veste dans la sacoche de sa selle. En silence, nous sortons du sous-bois. Mon compagnon me surprend en marchant près de moi, les rênes de Dexter dans une main. De l'autre, il s'empare de la mienne et nous avançons lentement dans l'herbe scintillante.

Le soleil qui passe tout juste au-dessus des Rocheuses fait apparaître nos ombres devant nous, l'image de ce couple que nous semblons former à nos pieds me déstabilise un instant.

Cole

Nous sortons du sous-bois et je m'empare de sa main pour marcher près d'elle. Je vois bien que ce que je tente d'instaurer entre elle et moi la dérange. Quand j'ai mentionné vouloir une relation exclusive, j'ai peut-être volontairement omis de lui dire que j'espérais obtenir d'elle un peu plus que du sexe. J'espère que ces quelques jours d'abstinence lui feront comprendre que je peux être plus que l'amant d'un été.

Avant même d'ouvrir les yeux ce matin, je savais déjà que j'étais seul dans la pièce. Ne subsistait d'elle que l'odeur de sa peau dans les draps. Je n'ai eu besoin que de quelques minutes pour prendre une douche, enfiler des vêtements et rejoindre la maison principale, tant l'idée qu'elle m'abandonne à nouveau m'a paniqué. Tara grommelait contre sa fille dans la cuisine. Sans un bruit, je me suis faufilé dans la chambre d'Abby. La seule trace d'elle était mon blouson, jeté sur son lit aux couvertures intactes. Mon vêtement en travers de l'épaule, j'ai gagné l'écurie dans l'espoir d'y retrouver la sirène qui m'avait séduite durant la nuit. Personne. Tous les chevaux étaient sagement dans leur box, sauf Rocket. C'est Aaron, sur le dos de sa monture, qui m'a pointé du doigt depuis la cour, la direction qu'avait empruntée la jeune femme. En deux temps trois mouvements, mon cheval était sellé et nous partions à sa recherche à travers le vaste champ. Je pouvais suivre sans peine le chemin que ses pas avaient laissé dans les hautes herbes.

Et c'est ainsi que j'en suis arrivé à marcher le long de cette clôture, main dans la main avec elle, pour regagner le ranch.

Je peux comprendre sa colère envers sa mère. Les apparences laissent clairement présager qu'il s'est passé quelque chose de moche entre ce Clifford et Abby. Quand ? Quoi ? Megan et ce sale type ont de toute évidence joué un rôle dans cette histoire, mais lequel ? Si Abby décide de ne jamais baisser sa garde, ou poser son masque, la cause de toutes ces blessures qui semblent meurtrir son âme me restera sans doute inconnue pour toujours.

Nous progressons en silence. Seuls la respiration de Dexter et le craquement de l'herbe sous nos pieds résonnent dans l'air matinal.

— Je peux te poser une question ?

La nonchalance dans ma voix lui fait lever les yeux vers moi. Elle me donne son accord d'un hochement de tête.

— Où est ton père ?

Elle stoppe son avancée et fixe le bout de ses bottes un moment. Elle ouvre la bouche, avant de se résigner à garder le silence. Je la suis alors qu'elle se laisse choir dans l'herbe près d'un des poteaux de la clôture. Dexter broute tout près de nous, j'ai toujours ses rênes en main.

— Il nous a quittées, souffle Abby.

Je fronce les sourcils.

— Tu veux dire qu'il est mort ?

— Non.

La jeune femme émiette une longue tige verte et reprend.

— Mes parents ont divorcé alors que j'avais seize ans. Mon père… est parti en Californie en laissant tout à ma mère. Je crois qu'il en avait marre de tout ça. Qu'il en avait marre de nous deux…

— Tu ne vas jamais le voir ?

Elle choisit longuement chacun de ses mots, comme si elle voulait cacher toutes ces choses qu'ils pourraient me révéler.

— Non.

— Ghost, c'est un cadeau de ton père, affirmé-je alors.

Abby a un rire amer en me fixant droit dans les yeux.

— En effet. Un joli cadeau empoisonné, siffle-t-elle. Ta psychologie de tatoueur à deux balles n'est peut-être pas si mauvaise que ça, après tout ?

Je ne peux m'empêcher de rire.

— Je suis assez doué pour cerner les gens, c'est vrai. Seulement, toi, tu me donnes du fil à retordre, avoué-je.

— Alors, comment peux-tu t'être trompé à ce point sur ton ex-fiancée ?

J'encaisse le coup. Après tout, je lui ai tendu la perche.

— Cassie était une amie d'enfance, en fait. Nous passions tous nos étés ensemble à Chicago. Puis, quand je m'y suis installé définitivement… enfin bref, les choses se sont placées d'elles-mêmes dans des cases. Tout était très simple avec elle. Sûrement, parce qu'elle était toujours défoncée et que je passais tout mon temps à travailler. Je l'avoue, je n'ai rien vu venir. Elle, une des dealeuses de drogue de mon paternel. Quelle bonne blague ! finis-je, amer.

— C'est tout ?

— C'est tout. Tu connais toute mon histoire, Abby. Je te l'ai dit, je n'ai rien à cacher et quand on me pose une question, je n'évite jamais d'y répondre. Les gens peuvent bien penser ce qu'ils veulent de moi, je n'en ai strictement rien à cirer.

Elle se relève et me tend la main.

— Essaierais-tu de me faire passer un message, McKnight ?

— Je ne te demande pas d'étaler ta vie à mes pieds, si c'est ce que tu crois. Je veux seulement que tu saches que tu peux te confier à moi. Si tu en as envie, ajouté-je en me levant après avoir saisi sa main.

La jeune femme hausse les épaules et dépose un baiser sur mes doigts.

— J'en prends bonne note, Cole.

Ses iris ont retrouvé leur éclat joyeux, et je m'en satisfais. Pour le moment…

Nous reprenons notre marche. Pour le simple plaisir de la voir sourire, je la fais tourner sur elle-même de temps en temps. Je suis un piètre danseur, mais quand cela ne me demande pas plus que de mettre un pied devant l'autre, je m'en sors. Nous passons ainsi quelques heures loin du ranch et, au moment où nous regagnons la cour gravillonnée, la fin de matinée est déjà bien installée.

Le pick-up de Tara n'est plus garé devant la maison, et Abby semble plutôt soulagée de ne pas devoir affronter sa mère pour l'instant. Je n'ai jamais connu ce genre de tension familiale. Avantage non négligeable d'avoir eu des relations quasi inexistantes avec mes parents !

Dans l'écurie, je desselle rapidement mon cheval, pendant que ma sirène s'applique à brosser Athéna. Aaron nous salue au passage, avant de m'annoncer qu'il m'a attendu pour distribuer le foin aux chevaux. Une fois Dexter dans sa stalle, je dépose mon équipement dans la sellerie et m'attelle aux tâches de l'après-midi avec le cow-boy.

À notre retour des pâturages, je me saisis de deux lassos et m'approche d'Abby qui ferme la porte du box de sa jument. Joueur, je tape délicatement sur son postérieur du bout de mon lasso et appuie mon menton dans le creux de son épaule dénudé.

— Je crois que c'est l'heure de ta première leçon, susurré-je à son oreille.

Je lui montre son nouveau jouet en le faisant balancer devant elle. Elle soupire et laisse sa tête partir vers l'arrière.

— Je vais me tuer avec ce truc, marmonne la rouquine.

— Mais non. Je te promets de te faire du bouche-à-bouche avant que le vilain lasso n'ait eu raison de toi.

— Très drôle, Cole. Vraiment !

Elle me contourne en m'arrachant l'objet des mains. Nous sortons dans la cour sous les éclats de rire étouffés d'Aaron. Le soleil nous éblouit quelques secondes, tandis que nous gagnons le manège. Autant s'entraîner hors du chemin de ceux qui travaillent.

Abby tient le lasso loin de son corps, comme s'il allait la mordre. Je souris en me positionnant tout près d'elle.

— Très bien, première leçon : rouler correctement son lasso.

Je détache sa main des anneaux de corde rigides qui finissent leur course dans le sable.

— C'est une blague ? Je croyais que tu voulais m'apprendre à manier ce truc, pas à le ranger comme un tuyau d'arrosage ! s'exclame-t-elle.

— Fais-moi confiance ! Et puis, il faut bien commencer quelque part.

En riant de son haussement d'épaules boudeur, je ramène chaque boucle dans ma main libre d'un simple mouvement du poignet droit.

— À ton tour, Ariel.

Elle prend l'extrémité de la corde entre les doigts de sa main gauche et tente de ramener le reste vers elle. Je ne peux m'empêcher de rire en voyant le lasso partir dans tous les sens.

— Recommence, ordonné-je en laissant à nouveau filer le mien au sol.

— Je suis certaine que tu m'as donné un vieux lasso tout pourri !

Je la fixe un instant. *Elle est sérieuse, là ?!*

— On échange si tu veux, propose la voix d'Aaron qui approche de notre duo avec son propre lasso.

Abby laisse tomber la corde au sol, ne gardant que l'extrémité dans sa main. Elle nous fusille du regard à tour de rôle.

— C'est vraiment une très mauvaise blague, rugit ma diablesse en nous tournant le dos.

Pourtant, elle renouvelle sa tentative afin de rouler convenable son outil de travail. Je ne peux m'empêcher de me moquer gentiment. Même Aaron affiche un sourire presque désolé face à l'attitude bornée et boudeuse de la jeune femme. Je la laisse injurier la Terre entière pendant un temps et m'entraîne avec Aaron à attraper les poteaux de la clôture le plus vite possible.

— C'est rageant à la fin ! finit-elle par hurler. Cole, tu as promis que tu m'apprendrais ! Alors, fais ton boulot, quoi !

— À tes ordres, petite sirène.

Je souris en m'approchant dans son dos. Le lasso repose piteusement dans le sable. En le poussant du pied, je lui mets le mien entre les mains et le laisse se dérouler devant nous. Elle tient l'extrémité et je place mes doigts par-dessus les siens pour faire bouger son poignet. Quand la première boucle est formée, je serre mes bras autour de son corps afin de la déposer dans son autre paume. Puis je recommence. Après quelques essais à deux, je la laisse faire toute seule. Il ne lui faut pas plus d'une tentative pour y parvenir sans aide. Aaron et moi applaudissons en chœur. La rouquine, désormais moqueuse, nous fait une petite révérence, son lasso bien roulé dans une main. C'est bon de la voir sourire de la sorte après le passage à vide de ce matin.

Un moteur rugit derrière nous, et le pick-up de Tara, malheureusement suivi de celui de Megan, se gare devant la maison.

Le sourire de ma sirène disparaît aussitôt. Aaron reste près de nous à ranger les lassos, tandis que les deux femmes avancent vers le manège. La cousine d'Abby me détaille avec insistance. Qu'est-ce qu'elle n'a pas compris encore, celle-là ?! La teinture blond platine empêche les paroles d'atteindre le cerveau ou quoi ?!

— Abby, je peux te parler un instant ? intime Tara d'une voix froide.

La jeune femme me tend mon lasso et enjambe en silence la barrière pour rejoindre sa mère. Elles s'éloignent toutes les deux d'un pas aussi raide que rapide. Megan vient alors se percher sur la clôture et je ne rêve soudain que d'une chose, c'est de voir les lattes se briser pour que cette pimbêche se ramasse dans la poussière. J'ai connu bon nombre de personnes comme elle… toxiques pour le reste du monde. Cette fille est une épine empoisonnée fichée dans la vie d'Abby, cela saute aux yeux. Comment sa propre mère fait-elle pour ne pas s'en rendre compte ?!

— Tu ne tentes tout de même pas d'apprendre à Abby à manier le lasso ? me questionne Megan avec dédain. C'est une perte de temps, tu sais. Tu ferais bien mieux de lui montrer comment rapporter la balle. Au moins, elle se rendrait utile.

Je serre les poings et fais un pas dans sa direction, mais Aaron me retient. Je me tourne vers lui avec colère. Du menton, il désigne Abby qui revient au pas de charge. Sa mère entre tout aussi rapidement dans la maison, dont la porte claque rageusement dans son dos.

— Tu devrais descendre de là, jeune fille. Tu pourrais tomber et te décoiffer, conseille Aaron à Megan avant de regagner l'écurie.

Insultée, la jeune aguicheuse grommelle quelque chose et rebrousse chemin vers l'habitation principale. Abby passe près de moi sans un mot. Pas question qu'elle s'en sorte ainsi cette fois. Habilement, je prépare mon lasso et le fais tournoyer au-dessus de ma tête avant de le laisser filer en direction de ma diablesse en furie. D'un mouvement rapide, je le resserre autour de son corps dès que la corde a atteint sa cible.

Elle se fige mais reste sur place. C'est donc moi qui avance vers elle jusqu'à ce que, brutalement, elle se tourne vers moi.

— Relâche-moi, Cole !

— Pas avant que tu m'aies dit ce qui se passe encore.

Je tente de l'apaiser d'une voix calme. La rage brille dans ses yeux.

— Si je refuse d'entraîner les chevaux de l'élevage et de faire ma part de travail sur ce foutu ranch, c'est Megan qui prendra ma place.

— Et alors…

— En compensation de sa collaboration, elle aura le droit d'emmener Athéna ou Ghost dans les rodéos ! s'exclame la jeune femme d'une voix rageuse.

Des larmes de frustration brillent dans son regard. J'ai pu voir à quel point elle aime sa jument, et je ne comprends décidément plus rien à l'attitude de Tara. Tout allait bien sur le ranch avant que Megan ne revienne ! Pourquoi cette femme fait-elle ainsi du mal à sa propre fille ?

Le lasso se desserre et tombe aux pieds de ma fragile petite sirène. Je l'attire à moi et elle pose son front contre mon torse. Je sens les larmes détremper mon tee-shirt quand elle passe les bras derrière mon dos.

— Ma jument, c'est toute ma vie, Cole. Tu comprends ?

Comme je sais ce qu'elle ressent ! Je prends son visage en coupe et la force à relever la tête pour la regarder droit dans les yeux.

— Je vais t'aider, Abby. On va les entraîner ensemble les chevaux de ta mère, d'accord ? Personne d'autre que toi n'emmènera Athéna dans un rodéo, affirmé-je.

Je conclus ma phrase en posant mes lèvres sur son front.

Rage et tristesse se déchirent dans les iris émeraude d'Abby.

Abby

Presque une semaine s'est écoulée depuis que Cole m'a serrée dans ses bras en m'assurant que personne d'autre que moi n'irait en rodéo avec ma jument. Nous sommes enfin samedi matin, et je suis d'excellente humeur. Ma mère et Megan sont parties chercher un étalon en Colombie Britannique hier et elles ne devraient pas rentrer avant demain soir. La tension est insoutenable entre Tara et moi, et Megan n'a cessé de traîner dans les parages pour envenimer les choses. Je sais que c'est elle qui est derrière ces disputes incessantes entre nous. *Elles* ont toujours été si fortes pour manipuler les gens à leur guise. J'ai moi-même été piégée si longtemps dans ce rôle de pantin sans le savoir.

Seulement ma mère a passé l'âge de se laisser prendre dans les filets de Megan. Je sais qu'elle aussi a souffert de toute cette histoire, pourtant elle persiste à me reprocher, à moi et à moi seule, ce qui est arrivé.

Alors que le soleil monte lentement dans le ciel, je suis installée dans l'une des chaises en bois à l'extérieur de la maison. Bien à l'abri dans mon pull, je lis tranquillement un roman. Je suis tombée du lit ce matin, j'en ai donc profité pour avancer dans ma lecture, mise en pause depuis deux semaines. Ces quatre derniers jours sont heureusement passés à toute vitesse. Cole ne m'a pas laissé tomber. En plus de ses tâches, il a trouvé le temps de m'aider à entraîner les chevaux et m'a accompagnée dans les corvées supplémentaires que Tara s'est plu à rajouter au tableau. Même Aaron nous a apporté son soutien. J'ignore si le tatoueur a mis son colocataire dans la confidence de ma situation, et je m'en moque à présent. Ma mère ne peut plus dire désormais que je ne participe pas à la vie de son élevage.

En parlant du loup, je vois soudain Aaron sortir de l'écurie. Il avance vers moi de sa démarche souple de cow-boy, un sourire aux lèvres. Je me demande s'il a trouvé le courage d'inviter sa patronne à dîner. Cela m'étonnerait vu la tension qui règne sur le ranch depuis lundi. Quand il arrive près de moi, il retire respectueusement son couvre-chef et me salue, je lui souris en retour après avoir fermé mon livre.

— Les chevaux sont nourris, m'annonce-t-il en essuyant ses bottes sur le paillasson devant la porte.

— Et le café est prêt !

Son clin d'œil en dit long sur son humeur du jour, tandis qu'il pénètre dans la maison. Quelques minutes après la disparition d'Aaron en quête de son petit-déjeuner, j'observe Cole prendre place à mes côtés. Il se saisit de mon roman et parcourt le résumé à l'arrière de la couverture. Jamais je n'aurais cru pouvoir accepter un tel rapprochement entre nous, pourtant je dois reconnaître qu'il a été manifeste durant ces derniers jours. Le cow-boy a su être là pour me comprendre et me soutenir. Chaque soir, nous nous sommes retrouvés dans ma chambre ou dans l'aile des invités pour discuter ou simplement nous détendre. Moi qui croyais être une bonne joueuse de poker, j'ai appris à mes dépens que le tatoueur est bien meilleur que moi ! Bien trop souvent, je me suis retrouvée en culotte et soutien-gorge alors que lui n'avait retiré que ses chaussettes et son tee-shirt. Je l'ai regardé pendant des heures griffonner de nouvelles esquisses sur son carnet à dessins. Plusieurs fois, il m'a proposé d'orner ma peau vierge d'une de ses œuvres. Chaque fois, j'ai refusé.

Aujourd'hui, je suis stupéfaite de devoir reconnaître qu'outre le fait que sa présence au ranch ne me dérange plus, elle m'apaise et me rend plus forte. Il ne cherche pas à prendre plus que ce que je veux bien lui offrir.

— Je te voyais plutôt dans le genre *Orgueil et Préjugés* ou *Les Hauts de Hurle au vent*...

— *Les Hauts de Hurlevent,* Cole ! m'offusqué-je en reprenant mon bouquin.

— Tu as compris ce que je voulais dire. Pourtant, c'est un thriller que tu lis.

— En fait, c'est un peu comme *Criminal Minds*[6], avec du sexe.

— Intéressant…

Il souffle ce mot avant de capturer ma bouche dans un fiévreux baiser matinal. Je mords tendrement sa lèvre inférieure au moment où sa main un peu calleuse se pose à la base de mon cou. Je souris quand il se détache de moi.

— Ai-je pensé de mentionner que les Anglais ont regagné la côte ? annoncé-je en appuyant mon menton dans sa paume.

Durant une seconde, il me regarde sans trop comprendre. Puis la lumière se fait dans son esprit et ses iris prennent cette couleur ambrée que j'apprécie tant.

— Que de bonnes nouvelles en ce samedi matin, sourit-il en se levant.

Il m'entraîne avec lui en emprisonnant mes doigts. Puis il reprend ma bouche d'assaut. L'échange est plus bestial, plus séducteur que tous les baisers que nous avons partagés dernièrement. La tension sexuelle monte crescendo et lorsqu'il me presse fougueusement contre son corps, un soupir de satisfaction s'échappe de mes lèvres. Mes ongles se plantent dans ses puissantes épaules, le forçant à se pencher un peu vers moi. Un raclement de gorge nous fait sursauter. Aaron se tient derrière Cole et nous annonce avec un sourire en coin :

— Je ne voudrais pas jouer les rabat-joie, les jeunes, mais les box ne se nettoieront pas tous seuls.

Cole mordille la peau de mon cou en grognant. Puis il se détache de moi et se tourne face à Aaron.

— Tu es effectivement rabat-joie ce matin, mon vieux, lui assure le tatoueur. Je vais me chercher un truc à me mettre sous la dent et on s'y met !

Mon compagnon disparaît alors dans la maison.

---

6   Série télévisée américaine, créée par Jeff Davis, diffusée depuis le 22 septembre 2005 sur le réseau CBS aux États-Unis et CTV ou CTV Two au Canada.

— Il m'a l'air particulièrement heureux, tout à coup.

— Une bonne nouvelle, rien de plus.

Le cow-boy m'observe un instant, avant de secouer la tête de droite à gauche.

— Par pitié, ayez la décence de respecter mon sommeil un minimum, cette nuit. Je vous en conjure !

— Aaron ! m'exclamé-je, gênée.

Il s'éloigne vers l'écurie en ricanant.

— J'ai besoin d'au moins six heures pour être fonctionnel ! me lance-t-il au moment où Cole sort de la maison, un immense bol de céréales entre les mains.

— Qu'est-ce qu'il veut dire par là ?

J'éclate de rire en le découvrant la bouche pleine et le regard étonné.

— Il voudrait que nous ne fassions pas trop de bruit, cette nuit. Alors j'ai pensé que, puisque Tara n'est pas là…

— J'adore ta façon de penser, Abby.

— Allez ! Termine de manger, je t'attends dans l'écurie.

Sourire aux lèvres, j'atteins la grange au moment où Aaron en sort avec sa monture.

— Je pars vérifier les clôtures, m'explique-t-il en mettant le pied à l'étrier. Ne faites pas de bêtises !

Rocket et son cavalier s'éloignent en trottinant. Le bleu infini au-dessus de nos têtes et le vert vif à perte de vue me donnent soudain le vertige. Cet endroit commence à me taper sur le système ! Dans l'écurie, Athéna m'accueille d'un hennissement énergique. Je lui passe son licol et décide de lui offrir quelques heures en liberté à l'extérieur. Au moment où je referme la porte du petit parc derrière moi, Cole me rejoint. En silence, nous prenons appui sur la barrière pour observer ma jument.

— Tu me sembles bien rêveuse, tout à coup, souffle le cow-boy.

La joue posée sur mon avant-bras, je laisse mon regard plonger dans le sien.

— Tu sais de quoi j'ai réellement envie ?

— De moi ?! me répond-il avec un sourire en coin.

J'éclate de rire malgré moi. Il est tellement suffisant parfois !

— Mis à part toi !

— Alors je ne vois pas…

— Je rêve de partir à l'aventure. Voyager comme Will, Josh et toi l'avez fait durant ces cinq dernières années.

— Tu n'aimes pas vivre ici ?

— Si, c'est seulement que… j'ai l'impression d'être un oiseau coincé dans une cage. Retenue sur ces terres par un lien indestructible.

— Et c'est quoi, ce lien ? s'informe-t-il.

J'hésite un instant.

— Il y a quelque temps, je t'aurais sans doute répondu, ma mère et ma jument. Maintenant… il n'y a plus qu'Athéna qui me retienne ici. Avec ses dix-sept ans révolus, elle a passé l'âge de parcourir le pays en remorque. Elle est tout ce qui me pousse encore à rester dans cet endroit, avoué-je.

Cole passe un bras derrière ma taille et me pousse gentiment vers l'écurie où le travail nous attend. Je m'empare d'une fourche et, en silence, nous nettoyons les stalles. Il sait bien que rien de ce qu'il pourrait dire ne changera la situation. Le temps passe, seuls le bruit des chevaux qui mâchent leur foin et le raclement des fourches sur le ciment résonnent dans la grange. Cette ambiance paisible calme mes angoisses. Le départ de ma mère et Megan m'a enlevé le poids terrible qui me pesait sur la poitrine depuis lundi, m'empêchant de respirer normalement.

Tandis que Cole termine le dernier box, je distribue une nouvelle ration de foin aux chevaux. Je vais ensuite chercher Athéna et sors le cheval de Josh à sa place. Fire prend grand plaisir à se rouler dans le sable avant de partir paître plus loin. J'entre de nouveau dans l'écurie où le tatoueur m'attend, adossé à la stalle de Dexter.

— Je t'offre de partir pendant les trois prochains mois dans l'endroit de ton choix. Où pars-tu ?

Sa question me surprend et me fait sourire.

— J'adorerais avoir une carte des États-Unis devant moi et y lancer une fléchette. Laisser le hasard décider de ma destination.

— Aventureuse.

— Malheureusement, mon interminable liste de tâches ne prévoit pas de me laisser partir au loin.

Mon compagnon s'apprête à sortir Dexter quand le bruit d'un

cheval qui arrive au galop nous parvient. De concert, nous sortons de la grange en courant pour voir débouler Rocket qui manque de nous percuter dans une glissade désespérée.

— Il y a un problème avec l'un des chevaux, halète Aaron du haut de sa monture en nage.

— Je selle Dexter.

— Je sors le quad.

Nous partons chacun dans une direction et, à peine quelques minutes plus tard, nous nous élançons sur le sentier derrière le cow-boy. Les deux hommes galopent devant moi. Le moteur du quad rugit quand j'accélère pour les rattraper, et les chevaux qui nous suivaient derrière les clôtures s'écartent, effrayés par ce soudain vacarme. Nous nous arrêtons devant un pan de barrières, et je le vois aussitôt. L'un de nos poulains de trois ans est étendu dans l'herbe. Je saute du quad et cours dans sa direction. Aucune réaction de sa part à mon approche. Cole et Aaron arrivent près de moi. Le tatoueur, un licol en main, le passe autour de la tête massive du cheval. Sa robe sombre est en sueur, et nous peinons à le remettre sur ses pattes.

— Mais qu'est-ce qu'il a ? m'inquiété-je en le voyant chanceler lourdement.

— Des coliques, peut-être… me répond Aaron, positionné sur le flanc droit du poulain.

— Abby, prends Dexter et Rocket, et rejoins-nous devant la porte la plus proche. On doit le ramener à l'écurie.

J'acquiesce et sors du pâturage. Pourquoi le chemin qui nous sépare de la grange me semble-t-il soudain tellement long ? Les rênes de Rocket dans une main, je grimpe sur Dexter et repars avec les deux destriers. Je reste non loin des cow-boys qui font avancer le jeune cheval calmement afin de le garder sur ses pattes. Chose qui me semble très difficile vu sa démarche. On dirait un ivrogne sortant d'un bar !

Avec difficulté, ils parviennent à atteindre la porte du pâturage. Je mets pied à terre et m'empresse d'ouvrir devant eux. Ils ne me portent pas attention, concentrés sur leur tâche. Je referme et remonte en selle pour les suivre. Le sentier me paraît faire des kilomètres. Quand nous arrivons enfin devant l'écurie, je descends de la monture de Cole et fais entrer les deux chevaux par l'immense porte coulissante, à la suite des cow-boys.

Pendant qu'ils s'enferment dans une stalle avec le malade, je me dépêche de rentrer Dexter et Rocket chacun dans leur box et de les desseller. Je dépose leur équipement dans l'allée principale et m'approche du poulain. Les deux hommes n'ont plus besoin de le maintenir pour qu'il reste debout, mais il oscille encore de droite à gauche sur ses longues pattes.

— Il ne cherche pas à se rouler, remarque Aaron.

— Donc ce ne serait pas des coliques ?

Je déteste quand les chevaux souffrent de coliques. On ne sait jamais quelle issue aura la crise. Et bien trop souvent à mon goût, elle n'est pas très réjouissante.

Cole recule de quelques pas et observe attentivement l'animal devant lui. Il fronce les sourcils.

— Je crois savoir ce qu'il a, marmonne-t-il.

Mon compagnon tourne la tête vers moi.

— Abby, il faut appeler votre véto en urgence, m'ordonne-t-il alors, en s'approchant à nouveau du cheval qui manque de tomber.

Je sors mon portable et cherche direct la fiche du vétérinaire. La sonnerie résonne à mon oreille tandis que je prie pour qu'elle réponde.

Chapitre 15

Cole

Le portable à l'oreille, Abby s'éloigne vers la cour, sans doute pour avoir un meilleur réseau. Toute mon attention revient sur le jeune cheval qui titube près de moi. Il ne va pas bien, mais je suis surtout inquiet qu'il s'effondre sur l'un de nous. Je suis presque certain désormais de savoir ce qui provoque ce manque de coordination, un peu comme si son système neurologique avait été mis sur pause. En vacillant, il manque de coincer Aaron contre le mur de la stalle. De justesse, nous le repoussons de l'autre côté.

Si j'ai raison, tout devrait se régler sans trop de problèmes, en fonction de la rapidité d'intervention du vétérinaire. Les pas d'Abby résonnent à nouveau sur le sol en béton. Quand elle arrive près de nous, son visage inquiet me serre la gorge. Cette fille a un cœur d'or, et je déteste plus encore la façon dont elle est traitée ici par ceux qui devraient la protéger et prendre soin d'elle.

— Elle n'est pas très loin, à une vingtaine de minutes. Il va tenir le coup ? me questionne-t-elle.

— Ça devrait aller.

L'attente semble toujours beaucoup plus longue dans une telle situation. Alors, quand une femme aux courts cheveux bruns pénètre dans la grange, une grosse mallette en cuir à la main, elle est accueillie par trois francs soupirs de soulagement. Le poulain semble s'être un peu stabilisé, mais continue néanmoins à tanguer sur ses pattes.

— Qu'est-ce qu'on a ? demande aussitôt la vétérinaire.

Abby me regarde, attendant que je prenne la parole.

— Je crois qu'il a été intoxiqué, dis-je.

— Et par quoi ?

— Prêle des champs, sans aucun doute. Les signes cliniques d'une colique, puis la démarche d'ivrogne, j'ai déjà vu quelques cas similaires.

— D'accord.

Elle sort son stéthoscope et ausculte le cheval avec attention.

— En effet, cette hypothèse me semble plausible.

— Et tu peux faire quelque chose, Emily ?

Abby semble un peu moins paniquée depuis l'arrivée de la vétérinaire. Cette dernière ouvre sa mallette et en sort une seringue, son aiguille et une petite fiole transparente.

— La prêle est une plante contenant de la thiaminase, enzyme qui détruit la vitamine B1 dans le système des équidés et des bovins. Je vais lui administrer de la thiamine en intramusculaire, c'est le nom savant pour la vitamine B1, nous explique-t-elle, et il devrait bien se remettre. Toutefois, il faudra être patients, cela prend entre douze et vingt-quatre heures pour voir apparaître les premiers changements chez l'animal.

Emily entre alors dans la stalle pour désinfecter un emplacement sur le cou du poulain. En un instant, l'injection est faite. Aaron reste dans le box, tandis que je sors à la suite de la vétérinaire.

— C'était bien vu…

— Cole McKnight, la salué-je en lui serrant la main. J'ai travaillé dans divers ranchs, ce n'est pas la première fois que je vois une intoxication à la prêle.

— Il faut le garder, celui-là !

Elle lance cette remarque en direction d'Abby, qui sourit malgré tout. La tension a déjà chuté d'un cran dans l'écurie.

— Il est jeune, il va vite se remettre, ne t'en fais pas ! la rassure la praticienne en refermant sa mallette.

— Merci d'être venue si rapidement.

Emily lui sourit et la serre dans ses bras.

— Il n'y a pas de quoi, Abby. Je préférerais quand même que vous m'ameniez ce bonhomme à la clinique pour qu'il reste sous surveillance jusqu'à demain soir. Je t'enverrai un message dans la soirée pour te dire comment il va. Et pensez bien à éliminer rapidement la présence de prêle dans les pâturages des autres chevaux.

— D'accord, acquiesce Abby.

Les deux femmes s'éloignent de nous, me laissant seul avec Aaron et le poulain toujours amorphe.

— On peut dire que tu as eu du flair, gamin. J'ai cru dur comme fer à une crise de coliques.

— Un coup de chance, rien de plus.

— Tu veux bien te charger d'atteler la remorque pendant que je vais voir avec la petite dame si je peux la suivre jusqu'à la clinique ? me demande le cow-boy.

— Bien sûr.

Quelques minutes plus tard, nous faisons monter le poulain dans la remorque et Aaron s'installe au volant du pick-up, prêt à suivre Emily. Je rejoins Abby qui regarde le van et le véhicule de la vétérinaire s'éloigner dans l'allée, ne laissant qu'un nuage de poussière derrière eux. Au moment où je passe mon bras par-dessus ses frêles épaules, elle se laisse aller contre mon flanc et enlace ma taille. Toute la tension de son corps se dissipe d'un coup. Mon menton posé dans ses cheveux, j'observe le cheval de Josh qui nous fixe en retour.

Je sais, mon vieux, tu n'as pas l'habitude de me voir agir ainsi ! C'est aussi étrange pour moi, crois-moi ! songé-je.

Cette amitié homme-femme, c'est nouveau pour moi. Je n'ai jamais entretenu ce genre de relation auparavant et j'ai peur de déraper. Je suis parfaitement conscient que ce n'est pas ma sirène qui va flancher. Elle se cache depuis bien trop longtemps derrière son armure de pierre pour se laisser complètement aller. J'ignore même si un jour, peu importe le temps que je passerai ici, elle m'offrira autre chose que son corps.

— Ça va ?

Elle semble elle aussi perdue dans ses pensées.

— Je déteste me retrouver dans ce genre de situation ! Tout ça n'est pas fait pour moi, Cole. J'en ai tellement marre, soupire-t-elle.

— Viens par ici…

Je l'attire contre moi et ses doigts s'agrippent à mon tee-shirt. Je connais ce sentiment de vouloir tout laisser derrière soi. Moi, j'ai eu la chance de pouvoir placer la vente de ma boutique entre les mains d'un agent immobilier et quitter Chicago pour de bon. Abby, elle, ne peut pas laisser Athéna et partir du jour au lendemain. Cela reviendrait à lui demander de s'arracher elle-même le cœur.

Quand Aaron revient de la clinique avec son véhicule sans nouvelle catastrophe, nous assurant que le malade avait déjà retrouvé une bonne stabilité à son arrivée sur les lieux, Abby se tourne vers nous en quête d'un avis :

— Il faudrait sans doute que j'appelle ma mère pour l'informer de tout ça…

— Écoute, tempère le cow-boy, Tara est à des kilomètres d'ici, et la situation est totalement sous contrôle. Il vaut peut-être mieux attendre son retour pour tout lui expliquer calmement.

J'acquiesce vigoureusement en la prenant par les épaules pour la rassurer.

— Elle va avoir toute la route à faire au retour avec son nouveau cheval, autant qu'elle roule avec l'esprit tranquille. Le poulain va déjà mieux, aucune raison de l'inquiéter alors qu'elle ne peut rien faire…

— Vous avez sans doute raison, le poulain est sauvé et sous bonne garde chez Emily. J'expliquerai la situation à ma mère dès son retour.

Avec les corvées achevées en fin de matinée et cette histoire avec le jeune cheval, la journée a filé sans que l'on s'en rende compte. Je m'occupe tout de même de faire travailler Fire durant une bonne heure, et quand j'entre dans l'écurie, Abby a presque terminé de distribuer la ration du soir.

Nous tournons en rond un moment dans l'écurie jusqu'à ce que je me dévoue.

— Très bien ! Je vais préparer le repas, m'exclamé-je en sortant.

J'entends le rire de mes deux comparses dans mon dos. De nous trois, c'est sans conteste Aaron qui cuisine le mieux ! Je passe d'abord par le bungalow pour prendre une douche et changer de vêtements. Dans la maison, je m'active à nous préparer un dîner acceptable. Du poulet grillé, des pommes de terre et une salade patientent sur la table quand Abby et le cow-boy rentrent à leur tour. Je range quelques couverts tandis qu'ils prennent place.

Le repas se déroule dans une atmosphère paisible et amicale, fait des plus agréable après la semaine tendue qui vient de s'écouler.

Abby nous apporte des bières avant de débarrasser.

— Je vais aller lui donner un coup de main, propose Aaron en se levant.

— Pas la peine, je m'en charge. Tu mérites largement une soirée de repos.

Je pose ma main sur son épaule pour l'assurer que tout ira bien. Le cow-boy acquiesce en silence et s'apprête à franchir le porche, quand il se tourne vers moi.

— Je me charge de vérifier l'écurie avant de me coucher, bonne nuit à tous les deux.

Sans un mot de plus, il disparaît dans la faible lueur du soleil couchant. Je retrouve Abby qui remplit le lave-vaisselle dans la cuisine. Je lui retire l'assiette qu'elle tient entre les mains et la pose sur le plan de travail.

— Je m'en occupe. Tu devrais aller prendre une douche chaude, ou un bon bain, tu es toute tendue, murmuré-je à son oreille en massant doucement ses épaules.

Un soupir de contentement lui échappe sous la pression de mes doigts.

— Je vais d'abord terminer…

— Tu cherches à te faire balancer dans ta propre baignoire ? la coupé-je.

Coincée entre le comptoir et moi, ma sirène se tourne pour me faire face. Mon regard se perd sur tant de beauté. Elle se lève sur la pointe des pieds et trouve mes lèvres. L'échange est bref… trop bref ! Et elle me sourit en faisant glisser sa paume sur ma joue.

— Tu es adorable, merci ! me souffle-t-elle avant de disparaître dans le couloir.

Adorable ?! C'est tout ?!

Un peu frustré, je termine de ranger la cuisine et passe dans le salon. Je m'installe sur l'un des canapés avant d'allumer le téléviseur. J'arrête mon choix sur une reprise de l'un des matchs des *Cubs* de Chicago. On peut laisser sa ville derrière soi, mais pas son équipe de base-ball ! Je perds le fil du temps devant l'écran. Ce n'est qu'en voyant Abby revenir, emmitouflée dans son peignoir, que je détache mon regard de mon équipe fétiche. La tentation en personne ordonne à mon esprit de lui céder.

Ses boucles encore humides cascadent dans son dos et une agréable chaleur se dégage de son corps. Assise à mes côtés, Abby m'observe sans mot dire. Ses iris parcourent mon torse… et brusquement, c'en est trop. Je me lève d'un bond et l'entraîne avec moi. La dominant de toute ma hauteur, je la saisis sous les fesses et, comme dans la caravane, ses jambes s'enroulent instinctivement autour de mes hanches. Ses mains croisées derrière ma tête caressent mes cheveux et attirent ma bouche vers la sienne.

Elle me semble si petite entre mes bras tandis que j'avance en titubant dans le noir vers sa chambre. Sans me détacher de ses lèvres, je pousse la porte du pied et l'envoie cogner contre le mur. Puis je dépose mon précieux fardeau avec délicatesse sur le matelas et la rejoins à genoux. Mon corps couvre le sien, la chaleur entre nous monte encore d'un cran. D'un mouvement rapide, je la fais pivoter sur le ventre. Surprise, Abby relève la tête et repousse les cheveux qui lui tombent devant les yeux.

— Mais qu'est-ce…

— Chut.

Je lui coupe la parole, tout en dégageant l'une de ses épaules pour y poser les dents.

— Laisse-moi m'occuper de toi, ce soir, chuchoté-je en baissant son peignoir jusqu'à la limite de ses reins.

Je tends la main à l'aveuglette pour allumer la lampe de chevet, qui diffuse aussitôt une douce lumière dans la pièce. Je pose alors mes paumes sur sa peau d'une douceur inégalable. Abby soupire de plaisir alors que j'entame un lent massage de ses muscles tendus. À cheval sur son magnifique postérieur, je sens déjà une érection pousser contre la fermeture Éclair de mon jean.

Longtemps, langoureusement, je masse ses épaules et son dos, noués par le stress de cette semaine épuisante. J'accompagne mon soin de quelques baisers légers sur les flancs de ma sirène. Ses ronronnements de bien-être résonnent dans la chambre. Mes mains glissent le long de sa colonne, de haut en bas, jusqu'à ce que je la sente complètement détendue sous mes doigts. Paisible et chaude à mon toucher.

Il n'y a plus un son dans la pièce quand je m'allonge près d'elle sur le couvre-lit. Ses paupières sont fermées et son visage si serein. Elle ouvre brusquement les yeux. L'incertitude que je lis dans ses iris m'ébranle un instant.

Qu'ai-je fait encore ?

— Ariel ?

Un micro sourire passe sur ses lèvres à l'évocation de ce surnom débile.

— Je… je croyais que tu avais envie de moi, Cole.

Sa voix n'est qu'un chuchotement chargé d'inquiétude qui, malgré sa douceur, m'atteint de plein fouet !

— Abby, je voulais seulement t'aider à te détendre un peu. Ne doute pas un instant de mon désir pour toi ! clamé-je en saisissant sa main pour la mener vers mon entrejambe.

— Mais…

Je ne la laisse pas terminer sa phrase. Je l'attire à moi et son peignoir me dévoile enfin son corps dans toute sa splendeur. Ses courbes parfaites appellent aux caresses. Mes lèvres parcourent sa poitrine pendant qu'elle tente de me retirer mon tee-shirt. Je me détache d'elle une fraction de seconde pour que le vêtement passe par-dessus ma tête.

Ses mains délicates s'attaquent ensuite à mon jean que je retire vite fait, alors qu'elle prend une capote dans le tiroir de sa table de nuit. Son corps brûlant se colle au mien et je perds le fil de mes pensées. Je ne sais plus où donner de la tête, tant l'attraction qu'elle exerce sur moi est puissante. Ma bouche parcourt chaque parcelle de peau qui se présente. Je suis hypnotisé par les gémissements qui parviennent à mes oreilles, telle une douce mélodie.

Impatiente, ma diablesse m'attire à elle. Je me fonds en elle, sa chaleur m'accueille et ses ongles se plantent dans mes épaules en une caresse aussi douloureuse que sauvage. Mon visage enfoui dans son cou, je ne l'épargne pas de mon désir. Je fais en sorte de lui prouver que cette relation électrisante entre nous est bel et bien réelle.

Dans un dernier cri qui envahit la pièce, Abby laisse éclater son plaisir entre mes bras. Je l'embrasse fougueusement avant de la suivre dans l'extase.

Abby

La chaleur qui règne dans la chambre me tire de mon sommeil. Je suis à peine recouverte d'un drap et le bras tatoué de Cole repose en travers de mon ventre. Il dort paisiblement près de moi. Son visage me révèle ce calme absolu qui le caractérise. Son corps massif couvert d'encre, d'histoires et de légendes occupe pratiquement toute la place dans mon lit. Je souris en l'observant encore un instant. Il a taillé sa barbe cette semaine et je le trouve vraiment très séduisant ainsi. Me tournant sur le côté, je dépose un baiser sur sa clavicule. Il bouge en grommelant.

— Rendors-toi, gronde sa voix rauque.

— Je vais nourrir les chevaux et je reviens.

Je fais mine de sortir de sous les draps, mais Cole m'en empêche en m'attirant tout contre lui.

— Je vais y aller, propose-t-il en m'embrassant.

Gentiment, j'échappe à son étreinte.

— Non. Je veux te trouver dans mon lit à mon retour. Je t'apporterai même le petit-déjeuner.

— Je pourrai manger sur ton corps ? me demande-t-il en souriant lentement.

— N'en demande pas trop, McKnight.

Assise sur le bord du matelas, j'ouvre un tiroir de ma commode et en sors quelques vêtements que j'enfile à la va-vite. Je passe le tee-shirt de Cole et me lève.

— Cette vision est tellement sexy, me dit-il.

Je m'arrête dans le cadre de la porte pour observer l'homme

étendu dans mes draps. C'est à la fois torride et terriblement troublant de le voir là. Jamais je n'ai laissé quelqu'un passer la nuit avec moi dans cette chambre. J'esquisse un sourire et me détourne du spectacle.

Quand je franchis le seuil de l'écurie, Aaron est déjà dans le bâtiment, je le salue gaiement. Puis j'aide le cow-boy avec les rations et la distribution du foin. Tout est calme au petit matin. Ce sont les seuls moments où je me sens encore bien chez moi. Le reste de mes journées n'est que chaos depuis des années. Je sors les brosses d'Athéna et entre dans sa stalle.

— Je pensais aller préparer des pancakes, m'annonce Aaron quelques minutes plus tard.

— C'est une excellente idée. J'arrive.

Je m'apprête à sortir du box quand il me coupe dans mon élan.

— Prends ton temps, je m'occupe du petit-déjeuner.

En silence, je reprends le pansage de ma jument, tandis qu'il s'éloigne vers la maison. Je passe plus de temps dans l'écurie que je ne l'avais prévu. Après avoir été aux petits soins pour Athéna, je fais de même avec Ghost, et quand je regagne enfin la cuisine, plus d'une heure s'est écoulée. *Cole doit s'être rendormi*, songé-je en rejoignant Aaron. Celui-ci dépose le dernier pancake dans une assiette, et j'ouvre le réfrigérateur pour en sortir le sirop d'érable. Il en a fait une tonne !

— Tu sais que ton copain se balade quasiment à poil dans la maison, lui aussi ?

Je rougis légèrement. Après tout, je ne suis plus à une situation ridicule près.

— On a gardé des instincts préhistoriques, ce n'est pas ma faute, déclaré-je finalement avec un petit ricanement.

Le cow-boy rit franchement en secouant la tête. J'en déduis qu'il est d'accord avec moi.

— Ariel, tu apporteras de la crème chantilly avec les pancakes ? s'exclame la voix de Cole depuis ma chambre.

— Je crois qu'il a quelques idées derrière la tête, ce matin. Je vais aller faire un tour sur les pâturages…

Je fixe Aaron en souriant malgré moi.

— Fais quand même attention, me conseille le cow-boy.

Je cesse de mettre les plats sur un plateau et me tourne vers lui.

— Je suis une grande fille, Aaron, mais merci de te soucier de moi.

L'homme pointe mon cœur du doigt.

— Ne t'inquiète pas pour mon cœur. Il se porte à merveille et je compte bien que cela reste ainsi.

— Je ne parle pas du tien, Abby. Fais quand même attention à celui de Cole, murmure Aaron.

— Je…

Figée, je ne sais quoi répondre. Que veut-il dire par là ? Je n'ai pas l'occasion de le lui demander, car il quitte la pièce avec son assiette et une tasse de café sans m'en laisser le temps. J'entends la porte de la maison se fermer doucement derrière lui. Pendant un instant, je reste plantée devant mon plat de pancakes posé sur le plan de travail.

Je ne suis pas amoureuse de Cole, de cela je suis certaine. Entre nous, c'est purement sexuel. D'accord, nous sommes devenus amis, mais cela n'est qu'un petit plus dans cette étrange relation que nous entretenons depuis quelques semaines. Par contre, jamais l'idée que lui puisse être amoureux de moi ne m'a effleuré l'esprit.

Dans un soupir, je repars vers ma chambre avec le petit-déjeuner et la fameuse bombe de crème chantilly. Étendu sur le couvre-lit en boxer, les mains derrière la tête, Cole exhibe sans gêne son corps sous mes yeux. Il se redresse et me prend le plateau des mains pour le poser à ses côtés. Je retire mon jean et je m'installe près de lui, seulement vêtue de mes sous-vêtements et de son tee-shirt trop grand. Le tatoueur m'attire contre son torse et m'invite à prendre place entre ses jambes. Sa chaleur traverse le mince tissu de son vêtement et se répand agréablement dans mon dos. Les paroles d'Aaron résonnent encore dans mon crâne. Alors que Cole mord dans un pancake dégoulinant de sirop, je tourne légèrement la tête dans sa direction.

— Tu n'es pas amoureux de moi, dis ?

La question est directe, sans détour. Je me surprends moi-même de la lui avoir posée ainsi. De stupeur, il manque de recracher sa bouchée et avale difficilement avant de me répondre.

— Je ne sais pas d'où cette idée te vient, mais je croyais que les termes de cette relation entre nous étaient plutôt clairs, non ?!

— Ils le sont ! Sauf qu'Aaron m'a dit de faire attention et que…

— Attention à quoi, Abby ?

Je me sens déjà bête avant même que les mots ne franchissent mes lèvres.

— À ton cœur…

Pendant un instant, Cole ne dit pas un mot, puis il pose son menton dans le creux de mon épaule.

— C'est de l'alchimie, ce qu'il y a entre nous, Ariel. Depuis la première minute. Je te désire, peut-être plus que je ne le devrais, et toi aussi, tu me désires. C'est physique. L'amitié entre nous, c'est un bonus. Un agréable bonus, conclut-il en embrassant mon cou.

Je passe une main derrière sa nuque et amène sa bouche à la mienne. Il a un goût sucré sur la langue et je me délecte de cet échange. Je suis rassurée que les choses aient été mises au clair. Les propos d'Aaron m'ont légèrement ébranlée tout à l'heure. Cole me délaisse un instant pour prendre une autre bouchée de son en-cas. Je ris aux éclats quand il tente de mordre mes doigts parce que je lui en vole un morceau.

— C'est à moi ! Tout ce qu'il y a sur ce lit m'appartient, ce matin, gronde-t-il en déposant le plateau sur ma commode, après m'avoir décalée.

Il ne garde que la bombe de chantilly, qu'il pose près de moi. Puis il passe ses mains sous son ample tee-shirt et le fait aisément passer par-dessus ma tête. La fraîcheur de la crème sur mon ventre me fait lâcher un petit cri de surprise !

— C'est froid, Cole !

— Je vais te réchauffer, chuchote-t-il à mon oreille avant de descendre en semant une traînée de baiser jusqu'à mon ventre et de passer ses doigts dans ma culotte.

La bombe de crème qui roule sur le sol de ma chambre est presque vide au moment où Cole tend le bras pour prendre une capote dans mon tiroir. Les préliminaires ont assez duré. Je me colle contre son corps et me cambre quand il me pénètre. Un cri de satisfaction franchit mes lèvres. Nos mains jointes au-dessus de moi,

Cole entame un lent mouvement de va-et-vient. Le plaisir monte par vagues entre nous.

Le tatoueur reprend son souffle à mes côtés et je ne pense qu'à une chose en cet instant : *je ne suis jamais déçue d'un nouveau round avec lui !* Je me sens un peu mal d'avoir laissé Aaron terminer tout le travail à l'écurie, mais je ne regrette pas ce qui vient de se passer ! Cole glisse ses bras autour de moi et m'embrasse passionnément. Une petite lueur brille dans son regard quand il pose les yeux sur moi. Il me sourit et dépose un dernier baiser sur le bout de mon nez.

Nos peaux sont collantes du sucre de la chantilly, aussi je me lève du matelas et l'entraîne à ma suite dans la salle de bains. Cole entre dans la cabine de douche et je ris en retirant mes chaussettes, seuls bouts de tissu qu'il me reste. Je le rejoins sous le jet chaud. Délicatement, il pose sa paume à la base de mon cou et me renverse la tête vers l'arrière pour mouiller mes cheveux. Le cow-boy me place ensuite dos à lui et s'applique à laver mes boucles rousses. Le massage sur mon cuir chevelu est divin.

— Tes mains sont magiques, avoué-je dans un soupir.

— Je sais, Ariel.

Quand il rit, son torse vibre dans mon dos. Je rince vivement mes cheveux et le laisse prendre ma place sous le jet. La vue est plus que sensuelle. L'eau dévale sur son corps couvert d'encre et aux muscles bien définis. Totalement concentrée sur l'objet de mes désirs, je sursaute quand on toque violemment à la porte de la salle de bains.

— Abby ! Sors de là ! hurle la voix hystérique de ma mère en travers la porte.

Cole se fige au même instant.

Merde !

— Pourquoi diable ne réponds-tu pas à mes appels ! J'ai eu un coup de fil d'Emily, hier soir !

Le tatoueur fait mine d'ouvrir la bouche pour parler, mais je plaque ma main sur son visage, lui intimant de se taire.

— Une minute, Maman !

Cole ferme le robinet et je m'empresse de sortir de la cabine pour m'enrouler dans une grande serviette. Manquant de peu de m'étaler sur le plancher détrempé, j'entrouvre légèrement la porte de la pièce.

— Tu me laisses quelques minutes pour m'habiller, avant de me gueuler dessus sans raison ?! asséné-je, acide.

— Dépêche-toi, alors ! Et je cherche Cole partout, tu sais où il est passé ?

À peine a-t-elle fini de poser sa question que la paroi vitrée de la douche claque dans mon dos. Je ferme les yeux en soupirant.

— J'arrive dans un instant, lance la voix enjouée de Cole.

Ulcérée, Tara me dévisage en secouant la tête.

— Je n'y crois pas ! Sortez de là, tous les deux !

Elle tourne les talons et disparaît dans le couloir. Je referme le battant avec colère. Cole passe derrière moi et appuie son menton sur ma tête.

— Ça va aller, m'assure-t-il en frictionnant mon corps.

— Je n'en suis pas si certaine…

Il dépose un baiser sur ma nuque et s'éloigne un peu pour se sécher à son tour. J'enfile des vêtements en vitesse, tandis que Cole remet son jean de la veille. Quand nous arrivons dans la cuisine, ma mère discute avec Aaron.

— Aux dernières nouvelles, je ne suis pas leur *baby-sitter*, M'dame. Nous avons parfaitement géré la situation dans l'écurie, mais pour le reste, ce n'est pas de mon ressort. Maintenant, j'ai encore du boulot qui m'attend, si vous permettez, assène le cow-boy, avant de quitter tranquillement la maison.

— Tu peux nous laisser ? demandé-je à Cole.

Il acquiesce en silence et quitte également les lieux.

— Je m'absente à peine deux jours, et c'est la débandade au ranch !

Elle bout de colère, alors que je ne vois toujours pas ce qui la met dans un tel état.

— Je ne te suis pas, Maman ! Ton poulain se porte bien, nous

avons fait le nécessaire, Emily l'a pris à la clinique pour plus de sécurité, alors…

— Alors pourquoi tu ne m'as pas appelée toi-même pour me dire que l'un de mes chevaux était hospitalisé suite à l'ingestion de prêle des champs ?! Je tombe sur ta messagerie depuis hier !

— J'ai voulu t'appeler en effet, puis nous avons pensé que, la situation étant sous contrôle, ça ne servait à rien de t'inquiéter alors que tu étais si loin. Je pensais tout t'expliquer en détail dès ton arrivée. Ensuite, j'ai dû laisser mon portable dans la grange après que nous ayons terminé les dernières corvées, avoué-je.

Mais rien de tout ce que je peux lui expliquer ne parvient à la calmer, et elle repart de plus belle.

— Et qu'est-ce que c'est que ce cirque dans *ma* maison ?!

— Je suis majeure et vaccinée que je sache ! Tu n'as pas de reproche à me faire sur la manière dont j'utilise mon temps libre !

— Quand ma fille s'envoie en l'air avec un quasi-inconnu sous mon toit, cela me regarde, si !

— Oh, mais quand ta fille passe la nuit avec ce même quasi-inconnu dans le bungalow des invités, là il n'y a rien à dire, c'est ça ?! hurlé-je à mon tour.

Tara en reste sans voix.

— Si tu n'as rien de plus débile à me reprocher, je vais aller récupérer le quad plus haut dans les pâturages et m'assurer que tout est prêt pour que tu fasses descendre sans encombre ton nouveau cheval de la remorque.

— C'est ta cousine qui ramène le van, j'ai dû prendre un taxi pour revenir ici et constater les faits par moi-même !

— Et que constates-tu, Maman ?! À part que je suis capable de gérer une situation de crise dans ton précieux ranch, ou viens-tu à peine de découvrir que je n'aie plus sept ans, mais bien vingt-sept ?

À mon plus grand étonnement, elle ne trouve rien à répondre.

Je passe donc près d'elle pour aller mettre mes bottes et sors de la maison en claquant la porte dans mon dos.

Terminé la belle sérénité qui régnait au *Heaven's* depuis hier.

Cole

Je n'y connais rien en disputes mère-fille, mais à voir les regards que se lancent les deux femmes, je ne me fais pas prier pour disparaître quand Abby me le demande. Un chaud soleil de fin de matinée m'accueille sur le seuil de la maison. J'entends des voix rageuses s'élever depuis l'intérieur, tandis que je prends la direction de l'aile des invités. Dans l'entrée, je tombe nez à nez avec Aaron. Ça tombe bien, tiens… il va m'entendre celui-là !

— Qu'est-ce qui t'a pris d'aller dire à Abby de faire attention à mon cœur ?! m'exclamé-je. De quoi tu te mêles ?! Les termes de notre relation, qui soit dit en passant est purement physique, ne te regardent pas !

Je faillis me mordre la langue, car je n'aime pas parler de ma sirène de cette façon. Surtout devant un autre type. Même si celui qui se tient devant moi en ce moment pourrait être son père.

— Va dire ça à quelqu'un d'autre, Cole.

Aaron prend place sur l'une des chaises du coin cuisine et me fixe.

Quoi encore ?!

— Je ne suis pas amoureux d'elle, mon vieux !

Des petites pattes d'oie font leur apparition sur son visage tandis que ses prunelles noisette me sondent.

— Tu es loin d'être convaincant.

— On est amis et on couche ensemble ! Pas de quoi écrire un roman à l'eau de rose, Aaron.

— C'est ton regard qui te trahit, en fait. Quand il se pose sur elle, c'est comme si le reste disparaissait, non ?

— Je…

Je déglutis avec peine. Si je n'arrive pas à le lui cacher à lui, comment vais-je pouvoir le dissimuler à Abby ? Je finis par m'asseoir devant Aaron.

— Ce n'est pas réciproque, on le sait tous les deux, et le lui avouer n'y changerait rien. Et puis, je vais reprendre la route en novembre. Alors à quoi bon retourner le couteau dans la plaie ?

Moi qui, en discutant avec Josh après notre arrivée, avais cru un instant pouvoir bâtir quelque chose ici, j'ai vu mes illusions tomber en morceaux ce matin. Abby ne m'aimera jamais comme une femme peut aimer un homme. Elle est trop peu sûre d'elle pour accorder son cœur à quiconque. Encore moins à un bourlingueur comme moi. Un homme qui a tout laissé derrière lui du jour au lendemain, sans aucun regret.

— Cette histoire est fichue d'avance, soupiré-je.

— Tu as simplement peur de souffrir.

— Et alors, je n'ai pas le droit d'être égoïste et de ne penser qu'à moi ?!

Le cow-boy se passe une main sur le menton, avant de me répondre :

— Non, Cole, tu n'as pas le droit. Cette jeune femme est rongée par quelque chose de profond. Je ne sais pas de quoi il en retourne, mais je suis certain que c'est ce quelque chose qui l'empêche d'aimer quelqu'un d'autre que sa jument.

Ses mots me percutent avec la puissance d'un train lancé à pleine vitesse.

— Tu dois lui redonner foi en elle. Lui montrer qu'elle peut laisser tomber le masque, au moins avec une personne. Une seule personne, insiste-t-il. N'abandonne pas si vite ce que tu as commencé sans t'en rendre compte.

— Et moi, dans tout ça ?

— Toi… Tu encaisses et tu restes debout. C'est le rôle que tu t'es choisi en te laissant consumer par cette flamme.

Lui réapprendre à faire confiance ? Facile à dire, songé-je.

Aaron se lève en silence et sort du dortoir en vissant son chapeau sur sa tête. Moi, je reste là, assis, seul…

Bien sûr que j'ai réfléchi deux fois avant de répondre à Abby quand elle m'a demandé si j'étais amoureux d'elle. Est-ce que je le suis ? Je l'ignore encore, mais une chose est certaine, elle est plus qu'une fille avec qui je m'envoie en l'air. Plus que cette relation physique et exclusive que je lui ai proposée. Ai-je déjà réellement aimé quelqu'un un jour ? Je ne crois pas. Toutefois, la panique qui régnait dans sa voix à cet instant a décidé pour moi de la réponse. Une simple alchimie ! Mon œil, oui !

Dans un soupir, je me redresse et me dirige vers ma chambre pour passer des vêtements propres. Hier, au dîner, nous nous sommes souvenu qu'il fallait aller chercher le quad, resté à la barrière du champ où nous avons trouvé le poulain intoxiqué. Cela me fera du bien de marcher un peu pour m'en charger. Quand je ressors du bungalow, je suis soulagé de ne plus entendre de hurlements en provenance de la maison. Par contre, c'est une Abby bien différente de celle de ce matin qui m'accueille dans l'écurie.

Son sourire espiègle a disparu et son regard est redevenu terne. Une bouffée de haine pure me prend à la gorge. Je passe un bras autour de ses frêles épaules et la plaque contre mon flanc tout en l'entraînant avec moi vers la stalle de Dexter. Je lui tends une brosse que j'ai laissé traîner la veille. Elle panse doucement ma monture pendant que je repars chercher son équipement. Je pose tapis et selle sur la demi-porte et l'observe qui s'occupe de mon cheval. Dexter est loin de se plaindre d'être ainsi chouchouté par la jolie rouquine.

Quelques minutes plus tard, assis sur ma monture, je vois Abby se détourner pour repartir vers la grange.

— Tu crois quand même pas que je vais le ramener tout seul, ce quad, petite sirène ? m'exclamé-je en lui tendant la main.

Elle lève les yeux dans ma direction et s'empare de mon avant-bras avec une poigne suffisamment solide pour que je la hisse aisément derrière moi. J'accroche mes doigts aux siens et les pose sur mon ventre en demandant le pas à Dexter. Son second bras rejoint nos mains entrelacées et je la sens se presser contre mon dos. Elle semble se laisser bercer par le rythme nonchalant de ma monture. Nous progressons lentement. Contrairement à hier, aucune urgence ne nous pousse à remonter le sentier à toute allure. Tout est calme, et seul le chant des oiseaux accompagne notre progression.

— Ça va ? la questionné-je doucement.

— Je…

Elle soupire en se redressant un peu derrière moi. Dexter ne bronche pas.

— Je ne sais pas ce que je fais de travers, Cole. Tout ce que j'entreprends, elle me le reproche…

Je peux entendre le désespoir dans sa voix qui se casse.

— Tu n'as rien fait qui méritait une telle réaction, Ariel. Absolument rien. Tu as très bien géré la situation avec le poulain, hier.

— Alors, pourquoi…?

J'hésite un instant à lui répondre. Je m'engage sur un terrain glissant, pourtant je finis quand même par exprimer le fond de ma pensée.

— J'ai l'impression que ta mère est manipulée par ta cousine. Arrête-moi si tu penses que j'ai tort, mais j'ai pu constater qu'elle n'agit pas de cette façon avec toi quand Megan n'est pas dans les parages.

— Megan est la reine des manipulatrices. Ça a toujours été ainsi, même au lycée.

— Tu n'as jamais abordé le sujet avec Tara ?

Abby laisse échapper un rire amer.

— Si. Des centaines de fois. Mais ma petite cousine chérie gagne toujours. Tout ce que je dis ne mérite pas d'être entendu si cela doit démonter le joli piédestal sur lequel trône Sainte Megan.

Ma frustration est immense, d'autant plus que je ne vois rien que je puisse faire pour remédier à la situation. Je ne dois pas oublier que sa mère est avant tout mon employeur, et me faire renvoyer n'arrangerait rien, bien au contraire. Je ne peux qu'encourager Abby et la soutenir. Megan finira bien par commettre une erreur et tomber toute seule de son podium, j'espère seulement être dans les environs pour admirer sa chute. Rabaisser les gens devant leur propre famille et semer ainsi le trouble au sein d'un foyer est quelque chose que je ne peux tout simplement pas tolérer. Si cette garce avait été un homme, je lui aurais collé mon poing dans la figure depuis un bon moment déjà !

Néanmoins, j'ai toujours ce sentiment étrange qu'il y a bien plus qu'une simple rivalité familiale derrière toute cette histoire.

Je mets pied à terre devant la porte près de laquelle est stationné le quad et saisis Abby par les hanches quand elle passe sa jambe par-dessus la croupe de Dexter. Elle semble un peu plus détendue qu'à notre départ de l'écurie.

— On devrait peut-être faire le tour du pâturage pour voir si on trouve de la prêle, non ? me propose-t-elle.

— Tu as raison… Et puis, ça nous fera du bien, une petite balade, après un tel début de matinée…

Elle esquisse un sourire.

Je desselle rapidement mon cheval et le lâche dans un des pâturages, puis nous passons entre les pans de la clôture pour nous faufiler dans le parc. Abby glisse un bras derrière mon dos tandis que nous avançons en silence le long de l'étroit ruisseau qui traverse de part en part les terres du *Heaven's*. La prêle des champs et celle des marais poussent généralement près des points d'eau ou dans les endroits humides.

Pendant une partie de l'après-midi, nous quadrillons le secteur dans l'espoir de découvrir une trace de la fameuse plante toxique. Étonnamment, malgré ces heures à parcourir le vaste terrain, nous ne trouvons rien. Les chevaux, rendus curieux par notre présence, marchent tout autour de nous, or aucun d'entre eux ne présente les signes d'intoxication du poulain d'hier. Nous revenons donc sur nos pas, bredouilles. Sans surprise, je constate que Dexter broute paisiblement non loin du quad.

— Tu ne trouves pas ça étrange qu'il n'y ait pas la moindre trace de prêle dans tout le pâturage ? demandé-je à ma compagne alors que nous repassons la clôture pour rejoindre ma monture.

— Je ne connais rien à cette plante, Cole. C'est la première fois qu'il y a un cas comme ça ici… c'était peut-être un pied isolé ?

Je fronce les sourcils, retire ma casquette et passe une main dans mes cheveux.

— Impossible… C'était peut-être dans le fourrage, marmonné-je pour moi-même.

Abby démarre l'engin au moment où je monte sur Dexter après lui avoir remis selle et bride. Je la laisse filer devant et prends mon temps pour rentrer au ranch. Rien ne presse à cette heure de la journée.

Je ne suis toujours pas certain d'être la personne qu'il faut à Abby pour reprendre confiance en elle. J'ai déjà du mal à gérer ma propre existence, comment pourrais-je l'aider à reconstruire la sienne ? Et surtout, dans un environnement familial pareil ! Si j'étais à sa place, j'aurais plié bagage depuis belle lurette !

Au moment où j'arrive devant l'écurie, le pick-up de la mère d'Abby, tractant une remorque, s'arrête dans un nuage de poussière. Megan en descend tandis que Tara sort de la maison.

— J'espère que tu as fait bonne route, Megan ?!

— Oui. Tout s'est très bien passé, tu n'as pas à te faire de soucis de mon côté, répond la jeune femme en jetant un coup d'œil moqueur à sa cousine.

Je serre les dents et passe devant elle avec Dexter.

— Cole, tu voudrais bien m'aider à le faire descendre de là, je crois qu'il est un peu agité, minaude cette garce.

L'envie de la gifler me traverse l'esprit, et je souffle un bon coup pour me calmer avant de mettre pied à terre. Je lève les yeux vers Tara qui m'observe depuis la véranda.

— Tout semble très bien se passer de ton côté, on n'a pas de soucis à se faire, non ? Tu vas gérer ça comme une grande… dis-je simplement en me détournant avec ma monture.

Je ne profite même pas de sa mine outrée. J'entre dans la grange et desselle mon cheval. Quelques minutes plus tard, Tara passe dans l'allée avec un grand étalon palomino, sans m'adresser un regard. Elle s'arrête cependant devant le box de Dexter sur le chemin du retour.

— Je te paie pour accomplir un travail donné, Cole. Pas pour faire Dieu sait quoi dans les pâturages avec ma fille ! Quand quelqu'un te demande de faire quelque chose ici, que ce soit ma nièce ou moi, j'aimerais que cela soit fait sans discuter ! Suis-je assez claire ?!

— Limpide. Sachez seulement, M'dame Ridley, qu'Abby et moi sommes allés vérifier le parc entier dans lequel Aaron a découvert hier votre poulain souffrant, à la recherche de pieds de prêle. J'estime donc avoir fait ma part de travail, aujourd'hui. Et oserais-je ajouter que je ne travaille pas pour les petites princesses gâtées pourries qui ont peur de se casser un ongle en sortant un cheval d'un van, comme votre nièce par exemple ? De plus, sauf votre respect, sachez que votre fille et moi-même sommes deux adultes consentants et que ce que nous faisons en dehors des heures de travail sur votre ranch ne regarde que nous. Maintenant, si mon comportement ou mon travail ne vous donnent pas satisfaction, je comprendrai que vous me demandiez de quitter votre propriété, terminé-je en refermant la porte de Dexter.

La mère d'Abby me dévisage un instant, puis pointe la sortie du doigt.

— Qu'il en soit ainsi… qu'avais-je à attendre, me direz-vous, d'une femme qui ne porte pas plus de considération à sa propre fille que si elle était la dernière de ses employées de maison ? conclus-je avant de sortir de l'écurie.

Dans la cour, je croise ma sirène qui m'emboîte le pas jusqu'au bungalow, intriguée par mon regard fermé. J'entre dans le salon tel un ouragan et me dirige vers ma chambre, où je commence à jeter un à un mes vêtements dans mon sac de voyage.

— Qu'est-ce que tu fais ?! s'écrie Abby, effarée.

— Je crois que je viens de me faire virer.

— Quoi ?!

— J'ai sans doute été un peu trop franc dans ma façon de parler à ta mère, dans la grange.

Tara apparaît alors dans l'embrasure de la porte. Elle examine un instant la situation avant de prendre la parole.

— Tu peux rester.

Trois mots, c'est tout. Et elle fait demi-tour.

— Prendrez-vous en considération les paroles que nous avons échangées dans l'écurie ?

Ma question reste en suspens quelques secondes.

— Oui. Je tenterai de faire au mieux, acquiesce-t-elle en regardant sa fille.

Les yeux d'Abby font la navette entre sa mère et moi. J'esquisse un sourire au moment où Tara poursuit sa route et quitte les lieux.

— Je n'y comprends rien… Cole ?!

— Ta mère encaisse mieux les reproches que ce que j'aurais cru, murmuré-je à son oreille.

Je l'attire doucement à moi. Je vois bien qu'elle ne saisit pas tout, mais je m'en moque. Je capture ses lèvres pour la faire taire et je sens son corps se détendre contre le mien.

Je n'ai besoin de rien d'autre pour le moment. Quand viendra l'instant où je voudrai plus, il sera toujours l'heure pour moi de partir…

Chapitre 18

Quand je me réveille dans la chambre de Cole, le soleil perce à peine entre les rideaux fermés et la lampe de chevet éclaire toujours la pièce. Le tatoueur est assis près de moi, penché sur son carnet à dessins. Concentré comme jamais, il ne voit pas que je l'observe. Depuis dimanche, je ne quitte pratiquement plus l'aile des invités. Je pourrais très bien rentrer en douce et dormir dans mon propre lit, mais je préfère de loin passer du temps avec Cole. Cela m'empêche de penser à mes tracas et éloigne l'amertume.

J'ai bien conscience des pitoyables tentatives de réconciliation de ma mère depuis sa crise à son retour de la Colombie Britannique. Cependant, je ne vois pas pourquoi je ferais des efforts pour lui simplifier la tâche. Après tout, ce n'est pas moi qui lui reproche tout et n'importe quoi à tout va !

— La terre appelle l'océan, murmure la voix de Cole.

— Hein ?!

— Tu sembles complètement ailleurs, à me fixer de la sorte.

Un peu perdue dans mes pensées, je ne prends conscience que maintenant que je détaille toujours son corps à moitié dénudé.

— Avoue que tu admirais la vue, rigole-t-il.

— Elle n'est pas déplaisante, en effet !

Je sais qu'il a passé toute la nuit à dessiner, ses doigts sont couverts de fusain, il en a même quelques traces sur le visage. Du pouce, je tente de faire disparaître une marque noire sous son œil. Impossible.

— C'est tenace, Ariel.

— Tout comme ce surnom débile ! Je vais finir par croire que j'ai une nageoire à la place des pieds, grommelé-je en m'enroulant dans le drap qui me recouvre pour m'asseoir au bord du matelas.

— Tu sous-estimes grandement l'effet que tu as sur les hommes, Abby. Je les ai vus, moi, ces mecs qui te regardaient comme s'ils voulaient te dévorer toute crue, pendant le rodéo.

J'éclate de rire.

— Tu es complètement cinglé, Cole. Je n'intéresse pas les mecs du coin, crois-moi…

Ma phrase se termine dans un murmure.

Je me lève et saute dans mes vêtements. Pas question de lui laisser le temps de m'interroger davantage. Je dépose un vif baiser sur ses lèvres et passe la porte. À l'extérieur, la rosée trempe mes chaussures. J'entre dans la maison, passe sans un mot devant ma mère, assise à la table, un journal entre les mains. J'en ressors moins de dix minutes plus tard, juste le temps de prendre une douche, et gagne l'écurie. Aaron s'y trouve déjà et récure les stalles. Après l'avoir salué, je m'attelle également à la tâche au moment où Cole nous rejoint. Son regard est plus sombre que d'habitude quand il se pose sur moi.

À trois, nous expédions la tâche en moins d'une demi-heure.

Nous sommes jeudi, à la veille de notre départ pour le rodéo de *River Creek*, et je n'ai toujours rien de préparé. Pourtant, quand nous terminons, je m'empare de deux lassos et m'avance vers Cole au lieu de commencer à ranger la remorque.

— Je te permets de te moquer de moi, aujourd'hui. Tu m'as beaucoup aidé avec Ghost cette semaine.

Je lui suis extrêmement reconnaissante du soutien qu'il m'apporte depuis son arrivée ici. Dire que j'ai piqué une crise d'hystérie quand je l'ai découvert devant mon pick-up le premier jour ! Concernant le maniement du lasso, il a tenté de me donner quelques leçons durant ces derniers jours, mais je dois bien admettre que je suis une piètre élève.

Le cow-boy me sourit, s'empare du lasso que je lui tends et d'un seau vide. Puis il se dirige vers un petit coin de verdure entre la maison et le manège.

— Tu peux commencer par le rouler comme il faut, dit-il en

posant le récipient devant lui et en retirant la cordelette de cuir qui maintient les boucles.

Du coin de l'œil, j'observe ses gestes assurés. Attacher la corde à son poignet, dérouler son outil de travail, le ramener vers lui, en faire une grande boucle dans sa main droite, avant de le faire tournoyer vivement deux fois au-dessus de sa tête et d'attraper le seau sans difficulté. Je soupire en constatant que je suis très loin d'avoir sa maîtrise, après avoir tout de même placé mon lasso comme il le faut.

Cole m'a montré comment ajuster la boucle et je m'exécute sous son regard attentif. Quand je lève enfin le bras pour le faire tourner, mon lasso ne fait qu'un tour avant de me retomber dessus. Je lève les yeux au ciel et manque de taper du pied tant je sens monter l'agacement ! Cole ne peut réprimer un petit rire en approchant de moi.

— Attention à toi, je ne t'ai toujours pas appris le moindre pas de danse, marmonné-je en me dépêtrant des boucles.

— Ne t'inquiète pas de cette part de notre accord. Quand tu me demanderas de t'accorder une danse, je saurai te surprendre, rétorque-t-il avec un sourire en coin qui m'intrigue au plus haut point.

Il m'aide à me défaire de mes liens et me présente de nouveau le lasso. Je grogne en le lui arrachant des mains. Il doit bien se marrer de me voir me ridiculiser de la sorte, pourtant, si cela peut lui rendre l'éclat dans son regard que je semble avoir fait disparaître ce matin, je suis prête à tous les efforts…

— J'ai fait quelque chose qu'il ne fallait pas, dis-moi ?

— C'est ton poignet qui doit suivre le mouvement de rotation, pas ton coude.

— Non, je…

Cole ne me laisse pas poursuivre. Il passe derrière moi et accompagne chacun de mes gestes. À quatre mains, je parviens à faire tournoyer le lasso au-dessus de nos têtes.

— Ne le fais jamais tourner plus de trois ou quatre tours, sinon la boucle commencera à se déformer, mentionne-t-il en guidant ma main.

Comme si de rien n'était, il laisse filer la corde entre nos doigts et elle part s'accrocher au seau posé devant nous. Je reste un instant sans voix de cette petite victoire, bien que je sache que je n'y suis pas pour grand-chose ! Cole me fait pivoter vers lui et ses yeux plongent dans les miens. Il défait la cordelette de cuir qui orne son poignet et s'empare de mes mains.

— Tu sais ce qui me déplaît, Abby ?

Hypnotisée par ses prunelles vertes qui tournent soudain à cette affolante couleur ambrée que j'affectionne, je réponds par un signe de négation.

— De te voir te sous-estimer sans cesse, assène-t-il en serrant le lien de cuir autour de mes poignets joints.

Mes bras sont tendus vers lui et il termine le nœud qui m'entrave. *Mais qu'est-ce que c'est que cette connerie ?!*

— Cole, qu'est-ce que tu fais ?!

— J'ai conscience que tout le monde n'est pas comme moi. La franchise pour moi, c'est inné. Je ne cache jamais qui je suis. Tu as sans doute de très bonnes raisons de ne pas te dévoiler, je ne remets pas ça en compte, mais cesse de te rabaisser ! Tu es plus forte que ce que tu veux bien croire ! Et bon sang, ouvre un peu les yeux… Dieu seul sait combien de mecs je vais encore devoir tenir à distance ce week-end, si je veux te garder pour moi seul, égoïste que je suis ! ajoute-t-il.

Il attrape la corde entre mes mains et m'attire brusquement contre son torse. Je dois renverser la tête pour l'observer. Nos souffles se mélangent et la tension grimpe. Un frisson me parcourt sous l'intensité de son regard. Sans plus de cérémonie, le cow-boy m'embrasse sauvagement. C'est comme si nous avions été privés d'eau durant trop longtemps. Notre baiser s'éternise, devenant plus lent, plus sensuel… jusqu'à ce qu'un petit toussotement derrière mon dos nous force à nous séparer.

— Désolé de vous interrompre pendant votre… leçon, mais le chargement de foin est arrivé et on a besoin de bras pour décharger, s'excuse Aaron.

— D'accord, j'y vais.

Cole tourne les talons, ramasse son lasso au sol et s'éloigne.

— Hey ! crié-je derrière lui en levant mes mains toujours attachées. Je fais comment moi ?!

— Tu te dépêtres, Ariel. Tu t'en sors très bien avec un lasso, rit le tatoueur en s'éloignant.

Je soupire et tente de défaire la corde avec mes dents. Ce truc est vachement serré, nom d'un chien !

— Viens, je vais t'aider, s'amuse Aaron en arrivant à ma hauteur.

Son sourire en dit long sur ce qu'il pense de la situation.

— Pas un mot, grondé-je alors qu'il me tend la corde que je range dans la poche arrière de mon jean.

— Motus et bouche cousue, Mademoiselle.

Aaron se saisit de l'instrument de torture à mes pieds et le roule avec efficacité tout en marchant vers la grange.

— Au fait, j'ai finalement demandé à ta mère si elle voulait bien venir dîner avec moi, m'annonce le cow-boy.

Je reste un instant sans voix. Le pauvre, elle a dû l'envoyer balader après ce qu'il lui a dit dimanche.

— Qu'a-t-elle répondu ?

— Nous sortons demain soir.

— Sérieusement ?!

— Oui. Elle a accepté, me confirme-t-il en me laissant sur place, stupéfaite.

Au détour de la grange, j'aperçois tout à coup le pick-up de mon oncle et les deux immenses chargements de foin.

— Bonjour, oncle Marc, le salué-je.

Il me serre chaudement dans ses bras et, une fois encore, ma gorge se serre un instant devant sa flagrante ressemblance avec mon père.

— Abby ! Que c'est bon de te voir !

Contrairement à sa fille, Marc sait se montrer gentil envers moi. Depuis toujours, c'est lui qui fournit le foin pour l'élevage et il s'occupe également des terres cultivables du ranch. Je l'étreins à mon tour, quand ma mère et les deux cow-boys nous rejoignent. Cole et Aaron comprennent vite le fonctionnement du déchargement. Tara et moi montons dans la première remorque pour la vider et les hommes récupèrent les ballots afin de les entasser dans le hangar qui donne sur l'écurie. Notre petite équipe fonctionne bien, et le premier chargement est expédié en moins d'une heure.

Tandis que nous nous accordons une courte pause pour nous

désaltérer, ma cousine daigne enfin sortir de la maison. Elle vient saluer son père.

— Tu nous donnes un coup de main avec le deuxième chargement ? lui demande ma mère.

Une moue dégoûtée plaquée sur son parfait petit minois, Megan se dirige vers son pick-up.

— Sans façon. Je dois aller récupérer mes chemises de rodéo au pressing. Mais ton personnel est là pour ça, non ?! répond-elle, perfide, en fermant la porte de son véhicule.

— Ah, les enfants !

Son père s'esclaffe en terminant sa bouteille d'eau.

Le regard de ma mère se porte sur moi. S'attend-elle vraiment à ce que je fasse une remarque concernant l'attitude de ma cousine ? Chaque fois que j'ai osé émettre une opinion qui tendait à dévaloriser Megan, je n'ai eu droit qu'à des reproches et à m'entendre dire que j'étais une sale gamine jalouse. Très peu pour moi aujourd'hui, merci !

Je passe dans l'immense seconde remorque et poursuis le déchargement seule, jusqu'à ce que Tara vienne me rejoindre.

— Abby, tu pourrais au moins m'adresser la parole, commence-t-elle.

— Je n'ai rien à dire. Je bosse, moi, comme tu peux le voir.

Mon ton est sec et je balance la botte de foin suivante avec plus de force que nécessaire.

— Je suis désolée pour ce qui s'est passé à mon retour. Vraiment.

— Tu me dis ça maintenant, parce que Cole t'a mis le nez dedans… mais la même chose va se reproduire dans une semaine ou quelques jours ! J'en ai marre d'être ton bouc émissaire, Maman.

— Tu n'es pas mon…

— Qu'est-ce que je suis alors ? m'exclamé-je en m'arrêtant de travailler.

Tara me fixe, sans savoir quoi répondre.

— Tu es ma fille, Abby. Et rien ne pourra jamais changer cela.

— Malheureusement, tu as raison. Rien ne pourra changer cette situation. Et tu sais quoi ?! Je suis vraiment désolée de ne pas être à la hauteur de tes exigences de mère !

Ma voix résonne dans la cour devenue silencieuse. Les trois hommes me fixent, tandis que je hausse les épaules et saute du haut de la remorque. J'atterris maladroitement près d'Aaron et Cole qui me retiennent de concert.

— On peut changer de place, oncle Marc ?

— Ou… oui, bafouille-t-il.

Nous finissons notre besogne en silence, mais avec la même efficacité. Dès que c'est terminé, je fonce prendre une douche. Il fait chaud aujourd'hui, et je suis couverte de sueur et de poussière. Je décide de retrouver Cole dans l'écurie quelques minutes plus tard. Son cheval et Fire sont dans leurs stalles, mais aucune trace du tatoueur. Aussi rebroussé-je chemin vers le bungalow.

Devant la porte, je me fige quelques secondes en entendant de la musique, à laquelle se mêlent les voix de Cole et Aaron.

Mais qu'est-ce qu'ils peuvent bien mijoter encore, ces deux-là ?!

Pas réellement certaine de vouloir le savoir, je m'éloigne de l'annexe et vais retrouver ma douce Athéna.

Chapitre 19

Cole

Vendredi soir, nous quittons le ranch beaucoup plus tard que prévu pour nous rendre au rodéo du week-end. Une visite surprise de Josh nous a occupés une bonne partie de la journée. J'ai été content de découvrir que, physiquement, il a l'air plus en forme qu'à son départ, toutefois son regard me semble plus tourmenté. Sa nouvelle patronne lui a prêté sa voiture pour qu'il puisse venir saluer son cheval sans devoir déplacer le camping-car. Les deux compagnons avaient visiblement besoin de se retrouver, car le militaire a passé plus d'une heure assis dans l'un des petits pâturages en compagnie de Fire. Le cheval couleur de feu ne l'a ensuite plus quitté d'une semelle.

Ce n'est qu'en milieu d'après-midi, lorsque la petite Volkswagen noire a finalement disparu dans l'allée, qu'Abby et moi avons commencé à préparer nos affaires pour le week-end.

J'avoue que je m'inquiète un peu de la situation de Josh. Il s'est isolé des dernières attaches solides qui apportaient un peu de constance à sa vie, Will et moi. Était-ce réellement une bonne idée de le laisser partir ainsi en ville ? Il ne m'a presque pas parlé de sa nouvelle installation ou de son emploi. Et encore moins de l'évolution de son épaule ! J'ai seulement pu apprendre qu'il n'a pas encore le droit de remonter à cheval, ce qui semble l'agacer. Je ne sais que penser de toute cette histoire, toutefois il est adulte et je ne peux pas m'ingérer sans cesse dans sa vie et ses décisions.

— Tu es avec moi, McKnight ?!

La voix d'Abby me fait sursauter. Son regard m'interroge avec sollicitude.

— Je… je repensais juste à la visite de Josh. Rien de bien important, ajouté-je en plaçant mes lassos à l'arrière du véhicule de la jeune femme.

— Je ne le connais pas aussi bien que toi, mais il m'a semblé perturbé. Enfin, plus que d'habitude…

Je ne suis donc pas le seul à m'alarmer de l'état de Josh. Néanmoins, cela ne change rien au problème… Mon ami ne donne pas l'impression de vouloir discuter et Dieu sait qu'il est impossible de lui tirer les vers du nez lorsqu'il n'a pas envie de se confier. Dans un soupir, j'aide ma rouquine à faire monter Ghost dans le van. Sa jument et Dexter ne tardent pas à le rejoindre, et nous prenons enfin la route.

Le rodéo se déroule aux abords de *River Creek*, et nous avons prévu d'aller faire un saut au ranch des Parker, après les dernières épreuves de dimanche. La semaine a été chargée et le week-end promet de l'être tout autant ! Abby et moi parlons peu sur la route. Nous sommes éreintés, et je crois bien que nous n'avons qu'une seule idée en tête : arriver le plus vite possible sur le site, nous installer et dormir jusqu'à demain matin !

— On y est, baille Abby en tournant enfin dans le grand champ où plusieurs pick-up et remorques sont déjà stationnés.

Les sites de rodéo finissent tous par se ressembler au fil du temps. Les mêmes éléments toujours présents… Ma compagne cherche une place où garer le véhicule et son lourd fardeau, jusqu'à s'arrêter finalement à un endroit un peu en retrait des autres et mettre le moteur au point mort.

Désormais, je sais comment la jeune femme fonctionne, alors je sors aussitôt les affaires du van afin de nous installer en vitesse. Les box portatifs sont assemblés en un tour de main et Abby fait descendre les chevaux. Ne reste plus qu'à positionner la table et les chaises devant la remorque. Quand tout est terminé, ma sirène entre dans la caravane et en ressort quelques minutes plus tard avec deux assiettes de sandwichs. Nous mangeons en silence, en observant les chevaux qui mâchent tranquillement leur foin.

L'atmosphère est calme, et seule la musique country dans les haut-parleurs autour du champ vient troubler notre tranquillité. Je vais me chercher une bière dans le réfrigérateur et en rapporte une à Abby qui la refuse poliment. Le ciel se voile rapidement, l'air se rafraîchit tandis que nous discutons des épreuves du lendemain. Peu avant la tombée du jour, nous décidons de faire la dernière vérification des chevaux avant de rentrer dans la caravane.

— Je trouve dommage que cette satanée douche ne soit pas assez grande pour nous deux.

Je souffle ces mots à son oreille en posant mes mains sur ses hanches. J'aime tant le contact de son corps souple sous mes doigts… Elle m'adresse un sourire avant de se mettre sur la pointe des pieds pour venir cueillir un baiser sur mes lèvres. Nos regards se perdent l'un dans l'autre. C'est si étrange de constater que je n'ai aucune envie de m'éloigner d'elle. Tout, absolument tout, m'attire chez cette femme.

Doucement, je la laisse se soustraire à mon étreinte pour passer dans la salle de bains. Les mains croisées derrière la tête, je me laisse tomber sur le lit… et n'ai même pas conscience de fermer les yeux.

Le lendemain matin, je me réveille seul dans la caravane. Je suis surpris de découvrir que je n'ai plus mon tee-shirt. Celui-ci est sagement plié sur la petite table du coin cuisine. Des bruits à l'extérieur me poussent à me lever en vitesse. Je pousse les rideaux d'une des fenêtres et aperçois Abby qui s'occupe des chevaux. Elle me salue d'un rapide geste de la main. Je me passe les mains sur le visage en soupirant, avant de me traîner sous la douche, espérant chasser ainsi la fatigue de mon corps.

Quand je quitte la petite pièce, une serviette autour des hanches, ma sirène m'attend avec deux tasses de café, son portable à la main. Je prends une gorgée de boisson chaude au passage et laisse le tissu qui me couvre tomber sur le sol de la caravane, sans gêne, avant d'enfiler un jean et un tee-shirt.

— Je suis allée remplir les formulaires d'inscription, m'annonce Abby en me tendant une feuille. J'espère que tout est bon ?

Je vérifie les informations, puis acquiesce en prenant place devant elle.

— Une seule journée ?

— Un jour à la fois, Cole.

Elle sourit en faisant glisser son doigt sur l'écran de son téléphone. Ma tasse de café dans une main, je lui pique l'objet de l'autre. Elle est en train de surfer une fois de plus sur les réseaux sociaux, et je découvre ce qu'elle regardait avec tant d'attention. Des photos prises durant le transfert du troupeau d'Henry.

— C'était deux chouettes journées, dis-je en lui rendant son portable.

— Je suis d'accord.

J'esquisse un sourire en coin.

— J'aimerais bien savoir comment tu m'as retiré mon tee-shirt ?

La rouquine éclate de rire. J'aime entendre ce son rouler entre ses lèvres.

— Je t'ai juste demandé de le faire, Cole. Tu ne t'en souviens pas ?

— Pas du tout.

— Ça ne m'étonne pas… Quand je suis sortie de sous la douche, tu ronflais déjà comme un sonneur !

— Je ne ronfle pas, petite diablesse insolente, m'offusqué-je.

Elle se lève et prend place sur le coin de la table.

— Je sais, murmure-t-elle en posant ses lèvres sur les miennes. Mais tu as passé ces dernières nuits à travailler sur ce mystérieux dessin que tu refuses toujours de me montrer. Et tu dois être exténué…

J'apprécie la chaleur de la main qu'elle pose sur ma joue. Si elle savait que cette esquisse la représente en grande partie, elle fuirait à toutes jambes, je le sais. Et je la regarderais s'éloigner sans pouvoir rien y faire.

— Il n'est pas terminé. Je déteste montrer mes œuvres avant la version finale, expliqué-je simplement.

Elle hausse les épaules avant de m'embrasser une dernière fois et quitte la caravane. Je passe un tee-shirt et la rejoins à l'extérieur.

— L'épreuve des barils femmes va bientôt débuter. Je suis dans les premières avec Ghost, m'explique-t-elle en brossant son cheval.

— Je suis certain que tout va bien se passer.

Et je le pense. Les progrès qu'Abby a réalisés avec Ghost ces derniers temps sont impressionnants.

— J'espère, parce que je l'ai aussi inscrit dans le rodéo de ce soir, m'avoue la jeune femme avec un brin d'inquiétude.

— Très bonne idée, n'en doute pas une seconde !

Le regard qu'elle m'adresse alors vaut tous les remerciements du monde.

Je la regarde se mettre en selle et s'éloigner dans la cohue. Je la suis à bonne distance afin de ne pas perturber sa concentration. Puis je vais prendre place dans les premières estrades, le plus près possible de la chute de départ. J'ai confiance en eux, ils sont prêts cette fois. Quand l'annonceur prononce le nom d'Abby et de sa monture dans les haut-parleurs, je me lève et les observe.

Le hongre galope tout d'abord un peu de biais, jusqu'à ce que sa cavalière avance les rênes dans son encolure. Il part alors comme une flèche. Abby est plus détendue qu'au dernier rodéo et elle se laisse enfin entraîner par sa monture qui contourne le premier tonneau sans problème, à une vitesse impressionnante. Le reste du parcours se fait dans la même dynamique et Ghost la ramène à la barrière comme s'il volait.

Je me dirige vers l'arrière du manège, où Abby félicite son cheval avec une fierté évidente. Je viens poser une main sur sa cuisse et la presse doucement. Elle la serre dans la sienne et ses yeux brillent de bonheur quand ils se posent sur moi. Dès qu'elle met pied à terre, je lui ouvre mes bras.

— Tu as vu ça ?! s'exclame-t-elle en se serrant contre moi.

— Oui, j'ai vu. Vous avez été super !

— Tout ça, c'est grâce à toi, Cole. Merci.

Arrivée devant le pick-up, après avoir longuement fait marcher Ghost pour l'aider à récupérer, elle me fait face.

— Merci, répète-t-elle en plongeant son regard dans le mien.

— Tu as fait le plus gros du travail, Abby.

— Non, tu m'as redonné confiance en moi… en lui, souligne-t-elle en flattant le chanfrein de Ghost.

Je repense aux paroles d'Aaron et je tente de répondre sans trop de maladresse.

— Ce n'est rien. J'ai juste vu ce que vous cherchiez à cacher tous les deux.

Elle remet Ghost dans son enclos, toujours sellé, tandis que je vais m'occuper de Dexter. Ma discipline en tandem avec la jeune femme ne va pas tarder à commencer. Je passe dans la caravane pour récupérer ma chemise et mon chapeau de cow-boy. Quand je retire mon tee-shirt, j'entends le petit bruit caractéristique de l'appareil photo d'un portable.

— Tu veux bien mettre ton chapeau, réclame Abby en observant l'écran de son téléphone.

— Si tu veux des images de moi à moitié nu, c'est dans la chambre qu'il faut me le demander.

Malgré tout, je m'exécute. À ce moment précis, je me rends compte que je serais prêt à faire tout ce qu'elle me demande pour ne plus jamais voir sa bonne humeur disparaître. Je me prête volontiers au jeu, et quand elle me montre le résultat, je ne peux m'empêcher de chuchoter à son oreille.

— Quand aurais-je droit aux miennes ?

Elle se braque immédiatement.

— Je n'aime pas tellement me faire prendre en photo, marmonne-t-elle.

— D'accord, acquiescé-je. Je peux au moins en avoir une de toi et moi ?

Je pose cette question en lui tendant mon téléphone. Sans un mot, elle se colle un peu plus à moi et dépose ses lèvres chaudes contre ma joue, dans l'ombre de mon chapeau. Le déclic retentit, puis j'enfile ma chemise, tout en lui volant un baiser. Elle me sourit presque timidement, ce qui me surprend. Cependant, je ne relève pas et nous gagnons ensemble l'arène pour l'épreuve du terrassement.

Le soir venu, le rodéo commence par les barils femmes. Abby et Athéna placent un temps presque impossible à surpasser. Néanmoins, je suis conscient que la cavalière pourra aisément battre son propre record lors de son passage avec Ghost.

Quand leur équipe s'engouffre dans la chute de départ, le cheval monte en trombe jusqu'au premier baril qu'il contourne sans effort, exactement comme ce matin. Par contre, dès qu'ils abordent le second tonneau, je me dresse derrière la clôture. Je vois immédiatement les postérieurs de Ghost déraper. La chute de l'animal est inévitable. Il tombe lourdement sur sa cavalière et je manque d'air un instant en ne les voyant se relever ni l'un ni l'autre. Le corps frêle de ma sirène a disparu de mon champ de vision, bloqué sous celui de l'imposant destrier.

Ghost se démène enfin pour se remettre sur ses pattes, ébranlé, et j'aperçois le chapeau d'Abby qui roule au sol. Le maître de piste et deux autres hommes se dirigent en courant vers sa forme inerte. J'escalade la clôture, mes pieds semblent s'enfoncer dans le sable, ralentissant ma course, alors que je me précipite vers le corps d'Abby, recroquevillé au bord du manège. Un des hommes attrape Ghost, tandis qu'un autre tente de m'empêcher d'approcher. Je le repousse violemment en justifiant ma présence par la première chose qui me passe par la tête.

— C'est ma petite amie, pousse-toi de là ! m'exclamé-je.

Il s'écarte de ma route et je m'agenouille près de ma compagne, qui essaie déjà de se remettre sur pied. Je l'aide à s'asseoir doucement et dégage les mèches de cheveux qui lui tombent devant les yeux. Du coin de l'œil, je vois l'homme qui a récupéré Ghost le faire sortir du manège. Rassuré que la situation soit sous contrôle de ce côté, je passe un bras sous les genoux d'Abby et l'autre derrière son dos pour la soulever, alors qu'elle éloigne l'intervenant des premiers soins de la main. Quelle tête de mule, cette fille !

— Où est Ghost ?!

— Quelqu'un l'a escorté hors du manège, la rassuré-je en quittant les lieux.

Abby demande à l'homme qui nous suit qui a pris sa monture.

— C'est Joey. Tu le retrouveras à ta remorque, Hamilton.

Elle acquiesce et passe sagement sa main derrière ma nuque, non sans me faire remarquer d'un petit ton ironique :

— Tu sais que je peux très bien marcher, McKnight ?

— Laisse-moi être un peu galant pour une fois et ferme ta jolie bouche.

— J'ai rêvé ou tu lui as dit que j'étais ta petite amie pour qu'il te laisse approcher ?

— Tu voulais que je dise quoi ? « Je suis son copain de baise ! » Avoue que ça ne l'aurait pas trop fait.

Elle me sourit en grimaçant de douleur. Puis elle jette un regard derrière mon épaule et soupire.

— Quoi ?!

— Mon chapeau est complètement fichu, marmonne-t-elle en laissant aller sa tête contre moi. Ghost semblait comment ?

— Mieux que toi !

Abby me tape mollement le torse.

— Je suis sérieuse !

— On arrive, tu le verras par toi-même, Ariel.

À peine ces mots ont-ils franchi mes lèvres, qu'elle se tortille déjà entre mes bras et manque de tomber dans l'herbe dans son empressement à aller voir sa monture. Le hongre mange tranquillement du foin dans son enclos. Le dénommé Joey lui a retiré sa bride, mais il porte toujours sa selle couverte de sable sur le dos. Quand la jeune femme s'approche pour le dessangler, je l'en empêche et la fais sortir du box.

— Toi, tu montes dans la caravane, tu retires ces vêtements et tu sautes sous la douche. Je m'occupe des chevaux et je te rejoins, ordonné-je d'un ton sans appel.

Elle semble surprise de mon attitude inhabituellement autoritaire, elle n'a sans doute pas saisi à quel point j'ai eu peur pour elle durant les quelques secondes qu'a duré sa chute. Et les minutes interminables qu'il m'a fallu pour arriver près d'elle et la tenir contre moi. Cependant, elle ne rouspète pas et s'engouffre dans la remorque.

Dans l'obscurité naissante, je desselle Ghost et m'assure qu'il ne porte aucune blessure apparente. Ma respiration se calme peu à peu. Je fais le tour de nos montures, remplis les seaux d'eau et leur donne le foin avant de rentrer à mon tour.

Abby s'essore les cheveux quand, sans un mot, je passe dans la salle de bains. Je laisse l'eau chaude dévaler mon corps, tentant ainsi de calmer mes nerfs. Quand je sors, Abby est déjà allongée dans les couvertures. Je n'ose pas la prendre dans mes bras tant j'ai peur de lui faire mal, alors c'est elle qui passe un bras en travers de mon ventre et pose sa tête sur mon torse. Étendu sur le dos, je la laisse faire, ma joue effleurant ses cheveux humides. L'une de ses jambes passe par-dessus les miennes et je la sens se détendre peu à peu contre moi.

Le sommeil l'emporte, tandis que je fixe le plafond et que la musique de fin de soirée résonne à mes oreilles.

Chapitre 20

Je grimace de douleur en me réveillant le lendemain. Je n'ai pas bougé de la nuit et je peux sentir le regard de Cole déjà posé sur moi. Quand je tente de me redresser, une vive douleur me tiraille le cou et le dos.

— Aïe !

La main chaude du tatoueur se pose doucement derrière ma tête et je ne peux retenir un grognement. Qu'est-ce que j'ai mal !

— Comment te sens-tu ? me questionne-t-il.

— Comme si un cheval m'était tombé dessus.

— C'est exactement ce qui s'est passé, Ariel.

Je perçois sans peine un fond de moquerie dans sa voix. Levant les yeux vers son visage, je me perds un instant dans sa contemplation. Il me sourit et dépose un délicat baiser sur mon front.

— Je suis contente d'avoir un ami comme toi, Cole. Merci d'avoir été là pour moi, hier soir, mais aussi dans mon cheminement avec Ghost.

Il nous enferme dans une bulle qui me semble indestructible, tant l'intensité de son regard est puissante.

— Tu m'as fait très peur, m'avoue-t-il en caressant ma joue du bout des doigts.

— Ça va. J'ai seulement mal partout. Je vais avoir de belles ecchymoses et des courbatures pendant quelques jours, c'est tout. Rien de bien méchant.

J'ai déjà vécu bien pire comme chute, toutefois lui en faire part ne me semble pas une idée brillante.

— Je peux m'occuper seul des chevaux, si tu veux, me propose-t-il.

— Non. Je t'assure que ça ira. Va t'occuper de tes inscriptions pour la journée, mais ne compte pas sur moi pour le terrassement.

Il me sourit et me soutient ensuite pendant que je m'extirpe du lit. Tout mon corps est en miettes ! Chacun de mes muscles est douloureux. Cole m'aide à enfiler mes vêtements et je sursaute quand l'une de ses mains effleure mes côtes.

— Merde !

— Quoi ?! m'inquiété-je.

— Tu as une contusion énorme sur le flanc droit.

Je me tortille pour essayer de voir, mais impossible de constater les dégâts par moi-même. Décidément, je ne suis bonne à rien ces temps-ci. Je n'arrive toujours pas à adresser la parole à ma mère malgré ses efforts pour s'approcher de moi, je peine à monter mon cheval correctement. Ma cascade doit déjà avoir fait le tour du circuit. Je soupire longuement en m'asseyant à la table.

— Mais qu'est-ce que j'ai à toujours tout faire de travers, marmonné-je dans ma barbe.

— De quoi parles-tu ?

Mon compagnon s'installe en face de moi et prend mes mains entre les siennes.

— Qu'est-ce qui cloche chez moi, Cole ?! Tout ce que je tente d'entreprendre finit en catastrophe !

— Et que tentes-tu de faire, Abby ?

— Je voudrais être capable de parler avec ma mère, lui dire ce que j'ai sur le cœur, mais je n'arrive qu'à la repousser loin de moi…

— Tu n'as pas à culpabiliser vis-à-vis de ta mère. C'est à elle de franchir les obstacles qu'elle seule a mis sur votre route. C'est à elle de venir jusqu'à toi parce que c'est elle qui ne te traite pas comme elle le devrait.

— Et puis, je suis une véritable catastrophe avec Ghost, ajouté-je.

Il éclate de rire.

— Tu te fous de moi, là ?! Tu as déjà oublié votre parcours

d'hier matin ? Pas moi ! Tu as fourni tous les efforts nécessaires. Personne, pas même moi, n'aurait pu anticiper cette chute. C'est la faute à pas de chance, certainement pas la tienne !

Cole martèle ces mots avec une telle conviction que j'arrive presque à y croire moi aussi.

— Je me répète, mais je suis heureuse que tu sois là pour me secouer un peu.

— Je vais quand même m'abstenir de trop te secouer… aujourd'hui.

Il presse mes mains, puis se lève et sort de la caravane. Lentement, je le rejoins à l'extérieur et l'aide avec les trois chevaux, autant que mes douleurs me le permettent. Cole se charge des seaux d'eau, tandis que je distribue les rations. Je le regarde ensuite nettoyer les enclos avec efficacité avant d'aller remplir ses fiches d'inscription au secrétariat.

Dès qu'il disparaît de mon champ de vision, je m'empresse de sortir Ghost et de le faire marcher d'un côté et de l'autre pour m'assurer qu'il se porte bien. Je suis soulagée de constater que, de nous deux, il semble n'y avoir que moi qui suis amochée. J'avance tranquillement avec mon cheval, quand mon portable sonne. Surprise, je reconnais aussitôt le numéro de ma mère. Je décroche en fronçant les sourcils.

— Allo ?

— Abby ? interroge la voix essoufflée d'Aaron.

— Oui ! Que se passe-t-il ? Ma mère va bien ?

Ce n'est pas dans les habitudes de Tara de prêter son téléphone.

— Oui. Mais nous avons trois nouveaux cas d'intoxication sur les bras et on aurait bien besoin d'aide. La vétérinaire ne peut pas être là avant deux heures, m'explique le cow-boy. J'ignore si la situation est aussi grave que la première, seulement nous aurons peut-être besoin de la remorque.

— Très bien !

Je raccroche et remets Ghost dans son enclos avant de m'élancer dans la direction que Cole a empruntée. Je percute quelques personnes sur ma route et m'excuse machinalement sans ralentir ma course. Cole m'aperçoit de loin et presse le pas. Dieu merci, car mon corps souffre le martyre !

— Abby, pourquoi cours-tu comme ça ?!

Je cherche mon souffle en me tenant les côtes.

— Faut rentrer. Trois intoxications à la prêle, au ranch. Besoin d'aide et peut-être aussi du van.

— Très bien.

Cole s'active à tout ranger le plus rapidement possible pendant que je retrouve péniblement une respiration normale. Dès que les enclos sont défaits, je fais monter les chevaux un à un dans la remorque et ferme bien le tout derrière moi.

— Tu peux prendre le volant ? demandé-je à Cole.

— Oui, pas de problème.

Je grimpe à la place du passager et ferme les yeux un instant pour reprendre mes esprits. Alors que Cole sort du stationnement, je constate d'un coup d'œil sur le tableau de bord, que nous avons mis près de quarante minutes à tout remballer. J'espère que tout va bien au ranch. Je tente de rappeler ma mère, mais je tombe directement sur la messagerie. J'envoie alors un message à Becca pour la prévenir que nous ne passerons pas les voir ce week-end…

Sur la route, je ne dis pas un mot. Mon anxiété grimpe au fur et à mesure du temps et Cole le remarque.

— Ne t'en fais pas, tout va bien se passer, me rassure-t-il en caressant mes doigts crispés sur la console.

— Mais…

— Ils gèrent la situation. On ne peut faire plus que ce qu'on est déjà en train de faire, d'accord ?

J'acquiesce en silence et reporte mon attention sur le paysage qui défile derrière la vitre du pick-up. Il a raison, pourtant le trajet me paraît interminable !

Quand Cole arrête le véhicule devant la grange, je saute pratiquement hors de l'habitacle et me précipite vers le bâtiment. Le tatoueur me rejoint en deux foulées et me retient par l'avant-bras avant que je puisse franchir les portes.

— Tu es mal en point, tu ne leur seras d'aucune utilité ! Fais tranquillement descendre les chevaux de la remorque, je vais les rejoindre, m'ordonne-t-il.

— Je…

— Abby ! Ne discute pas, s'il te plaît.

Son regard semble me transpercer de part en part. Comprenant qu'il a encore une fois raison, j'acquiesce et regagne le van. Il disparaît dans l'écurie tandis que j'ouvre les portes pour faire sortir Athéna. Ma jument me suit docilement jusqu'à son box. Les yeux de ma mère se posent sur moi un instant, mais je me glace, incapable de prononcer un mot pour tenter de la rassurer, et repars en direction de mon pick-up. *Quelle nullité, même pas capable d'affronter le regard de ma propre mère !* C'est peut-être parce que je sais qu'elle me considère comme sa plus grande déception que je n'ose presque jamais m'opposer à elle. J'ai été la première étonnée par mon élan de colère, jeudi, quand nous déchargions le foin.

Dexter me suit docilement à son tour et manifeste bruyamment sa joie de retrouver son compagnon de route, dès qu'il aperçoit le cheval de Josh. Je l'installe dans sa stalle et repars chercher Ghost. La voiture d'Emily arrive à l'instant où je débarque le cheval et vient se garer près de mon véhicule. La vétérinaire en descend rapidement et nous pénétrons dans l'écurie en même temps. Une fois la porte de Ghost refermée, je rejoins ma mère, Aaron et Cole. Aaron se démène pour maintenir une grande jument baie en place.

— Cole, va l'aider ! Je m'occupe de celui-là, m'exclamé-je en désignant le poulain pommelé comme Dexter.

Quand j'entre dans le box, Cole me stoppe un court instant.

— Ne te blesse pas.

— Promis, lui dis-je.

Emily analyse rapidement la situation sous ses yeux et décide de traiter en priorité la jument baie qu'Aaron et Cole peinent à maîtriser. Elle prépare l'injection avec des gestes précis et rejoint les deux hommes dans la stalle.

— Essayez de la maintenir en place quelques secondes.

Quand c'est chose faite, elle s'empresse de désinfecter la zone et injecte rapidement le sérum à la jument. Après un rapide examen, elle passe dans le box où se trouve ma mère avec Heaven. Je comprends mieux son air paniqué de tout à l'heure… je n'avais même pas remarqué que c'était sa monture qui se trouvait dans l'autre stalle.

Une fois la deuxième dose de thiamine administrée, Emily me

rejoint et répète les mêmes gestes avec le poulain gris, plutôt calme comparé aux deux juments.

— Je vais rester une petite demi-heure, mais je crois que tout devrait être rentré dans l'ordre d'ici une douzaine d'heures, affirme Emily en refermant sa trousse. L'intoxication ne paraît pas aussi sévère que la première fois.

Cole laisse Aaron gérer la grande jument et s'approche de notre vétérinaire.

— Ghost a fait une lourde chute hier, il semble aller bien, mais ce serait peut-être judicieux de l'examiner tant que vous êtes là.

— Oui, bien sûr.

Emily suit le tatoueur jusqu'au box de mon cheval. Quand la vétérinaire demande à voir ma monture en longe, après un rapide examen dans l'écurie, mon compagnon vient me trouver.

— Tu veux y aller ?

— Non, je… je te laisse faire. Je vais plutôt rester avec lui, assuré-je en désignant le poulain.

Sans un mot, il s'éloigne et saisit une longe sur son passage. Je les regarde sortir avec Ghost et mon cœur se serre quand je remarque que quelque chose cloche dans la démarche de mon cheval… quelque chose que je n'ai pas décelé ce matin ni en le descendant de la remorque tout à l'heure.

— Est-ce que tu vas bien, Abby ? me demande ma mère.

Je me tourne un instant vers elle et hoche la tête.

— Oui. Seulement des courbatures et quelques contusions.

— Tu es certaine que…

— Je vais bien, Maman ! la coupé-je sèchement.

Je soupire quand le poulain tente de manger le bas de mon tee-shirt. Les minutes s'étirent, interminables, et lorsque Cole revient avec Ghost, l'expression sur son visage me tétanise. Emily vient directement jusqu'à moi.

— Je vais devoir lui faire une échographie pour confirmer le tout, mais je pense que le ligament suspenseur de son antérieur droit est abîmé.

— Est-ce qu'il y a quelque chose à faire ?

— Malheureusement, seuls le temps et le repos seront

bénéfiques dans un cas comme celui-ci, m'annonce la vétérinaire d'un air désolé.

Je repousse rageusement quelques mèches rebelles de mon visage. J'ai vraiment la poisse !

— D'accord.

C'est la seule réponse que je trouve à lui donner. Que puis-je faire de plus ? Pleurer, car ma saison de compétition est terminée alors qu'elle commençait tout juste à prendre une meilleure tournure ? Cela ne changera absolument rien à la situation.

L'examen confirme les doutes de la vétérinaire, qui me montre les images du ligament étiré. Du repos, des soins et une vérification dans trois mois, voilà le programme de Ghost pour la fin de l'été.

L'état des chevaux empoisonnés étant stabilisé, je sors de la grange et m'assieds sur l'aile de ma remorque. La tête entre les mains, je ne vois pas Cole approcher. C'est la vision de ses bottes qui m'informe de sa présence.

— Ça va ?

— La question ne te paraît pas un peu stupide ? ironisé-je sans bouger.

Il hausse les épaules et s'installe près de moi.

— Si, j'avoue.

— Ça ne me servira plus à grand-chose de me présenter dans les rodéos.

— Tu as toujours Athéna.

Je pivote vers lui et esquisse un pauvre sourire.

— Il ne manquerait plus que je surmène ma jument maintenant ! Elle a dix-sept ans, je peux bien la laisser prendre un peu de repos durant le reste de l'été. Mon challenge, c'était Ghost, expliqué-je.

— Je vois.

Il tapote son menton un instant.

— Tu pourrais prendre Dexter ? me propose-t-il.

— C'est gentil, Cole, mais c'est ton cheval. Ce ne serait pas la même chose.

Le tatoueur hoche la tête et passe son bras autour de mes épaules afin de m'attirer contre lui.

— Alors je vais avoir tout le loisir de t'apprendre à manier le lasso avec ta jument, me console-t-il en souriant.

— Quel désastre ça va être !

Grâce à sa présence réconfortante, je parviens à pouffer en imaginant la scène.

— Tu tiens vraiment à me ridiculiser, c'est ça ?

— En fait, j'adore te voir en colère contre moi, ça m'excite, chuchote-t-il à mon oreille avant de retourner dans l'écurie.

Je ne peux retenir un éclat de rire.

Cole

J'entre dans l'écurie, au moment où Emily et Aaron en sortent. Je me retrouve donc en tête-à-tête avec la mère d'Abby. Seul le bruit des chevaux qui mangent tranquillement brise le silence des lieux. Tara est toujours dans la stalle de sa jument. Elle lui caresse tendrement la tête. Je passe devant elles sans un mot et sursaute presque quand elle m'interpelle.

— Cole ?

Je me vois mal passer sous le nez de ma patronne sans lui répondre !

— Oui.

— Est-ce qu'elle va bien ?

La stupéfaction doit se lire sur mon visage, car Tara reporte son regard gêné sur sa monture.

— Vous devriez le lui demander vous-même.

— Tu as bien vu qu'elle ne veut pas me parler, me fait-elle remarquer.

— Je ne vais pas l'en blâmer… ni lui demander de venir vous rassurer, si c'est ce à quoi vous songiez.

Tara soupire en sortant de la stalle.

— S'il te plaît, cesse donc de me vouvoyer, j'ai chaque fois l'impression de prendre vingt ans. Et je ne veux pas que tu lui dises de venir me voir, je veux seulement savoir si je dois m'inquiéter pour ma fille après cette chute.

— Elle a eu le sommeil très agité. Je suis persuadé qu'elle

souffre bien plus qu'elle ne le montre vraiment. C'est une dure à cuire, Abby.

Elle esquisse un sourire.

— En effet. Je te remercie d'avoir pris soin d'elle.

— C'est normal, entre amis.

Je me tourne pour m'éloigner, quand la main de Tara se pose sur mon bras.

— Je suis une mère si affreuse que ça, Cole ?

Mon regard descend vers elle. Que répondre ?

— Vous êtes affreuse avec Abby, oui. Cependant, j'ignore quel genre de mère cela fait de vous. Je ne sais qu'une chose. Jamais ma mère ne m'a traité comme vous traitez Abby en présence de Megan. J'ignore de quelle manière votre nièce réussit à vous manipuler à ce point, mais sachez qu'un jour, il sera trop tard pour faire marche arrière… vous aurez définitivement perdu votre propre fille.

— Il est déjà trop tard pour tant de choses, chuchote-t-elle pour elle-même en s'éloignant de moi.

C'est vraiment une drôle de journée, songé-je en m'activant.

Je décharge mon équipement et celui d'Abby de la remorque. Aaron me donne un coup de main pour les tâches d'entretien jusqu'à ce qu'il soit l'heure de rejoindre les deux femmes pour le repas du soir. Dans la maison, l'ambiance est lourde de tension.

Aaron prend place près de Tara, et ma compagne et moi restons un peu en retrait à l'autre bout de la table. Les propos que Tara m'a tenus dans l'écurie m'ont mis mal à l'aise. Pourquoi cette soudaine inquiétude pour sa fille, quand elle passe son temps à la dénigrer ? Décidément, les femmes sont bien difficiles à comprendre !

De son côté, ma sirène reste silencieuse, ce qui n'est pourtant pas dans ses habitudes lorsqu'Aaron anime la conversation. Elle a sans doute du mal à digérer la nouvelle de la blessure de Ghost. Je n'ai jamais eu à vivre ce genre de situation, c'est sûrement pour cette raison que je ne sais pas trop comment m'y prendre pour la rassurer.

La dernière bouchée avalée, nous débarrassons les couverts, et Abby et moi nous éclipsons dans l'aile des invités. À peine le battant refermé dans notre dos, ma diablesse est de retour et attrape le bas de mon tee-shirt d'une main, tout en reculant lentement vers le couloir, plus précisément vers la salle de bains.

— J'ai besoin de toi, murmure-t-elle, ses lèvres tout près des miennes.

— Fais de moi ce que tu veux.

Ma réponse illumine ses iris émeraude. Ses doigts délicats passent dans mon cou et m'attirent à elle. Je lui offre ce qu'elle me demande. Je brûle de désir pour elle. Ma bouche s'empare de la sienne et mes bras la plaquent contre mon corps. Elle gémit aussitôt et je la relâche vivement.

— Merde… Je t'ai fait mal, m'exclamé-je, désolé d'avoir oublié une seconde sa chute de la veille.

— Ne t'en fais pas pour ça, je ne suis pas en sucre, McKnight !

Elle se penche de manière volontairement exagérée vers la baignoire pour mettre le bouchon et m'offre une vue sublime sur son postérieur rebondi. Je me colle à son corps comme une seconde peau. La chaleur et la tension montent entre nous tandis que l'eau remplit la baignoire, dégageant des nuages de vapeur.

Abby se retourne, une moue coquine affichée sur son magnifique visage.

— Retire tes vêtements, ordonne-t-elle.

Sa voix est d'une telle sensualité que j'obéis sans un mot. Je commence par retirer mon tee-shirt sans me presser, que je lui jette ensuite malicieusement au visage. Elle attrape mon vêtement au vol en souriant. Je la laisse observer à loisir les œuvres qui recouvrent mon torse, mon dos et mes bras. Son regard est de braise quand il descend sur moi. J'adore cette sensation ! Je retire mon jean qui entraîne tout le reste sur son passage et le balance près de la baignoire presque pleine.

Abby se tient immobile devant moi. Puis elle écarte les bras de son corps dans une invitation muette, laissant échapper mon tee-shirt qui tombe sur le carrelage. Mes mains font doucement passer son débardeur par-dessus sa tête et ses bras levés. Ses boucles retombent en cascade dans son dos et je peux voir son souffle s'accélérer quand sa poitrine, divinement tentatrice dans son soutien-gorge noir, se soulève plus vite. La chanson *Love Me Now* de *John Legend* traverse mes pensées au moment où le sous-vêtement rejoint nos autres affaires à mes pieds. Je me mets à genoux devant elle pour faire glisser ses derniers habits le long de ses jambes à la peau ivoirine. Mes doigts dessinent un tracé imaginaire sur son corps, suivi de près par ma bouche. Je me délecte de chaque centimètre que je parcours.

Quand j'embrasse son ventre, ses ongles s'enfoncent dans mon crâne et un soupir lui échappe. Je me relève et l'embrasse passionnément. Ensemble, nous pénétrons dans le bain fumant. La chaleur de l'eau ne fait qu'augmenter le désir entre nous. Je l'entraîne avec moi et elle prend place à califourchon sur mes cuisses. J'attrape ses cheveux au moment où elle renverse sa tête vers l'arrière, dégageant ainsi sa peau. Nos corps, si près l'un de l'autre, ne font qu'attiser mon envie. Je couvre son cou et ses seins de baisers.

Les paumes de ma sirène se posent sur mes épaules et elle se soulève pour venir s'empaler sur moi. Je passe mes mains sous ses fesses et la maintiens ainsi un instant.

— Je… Pas maintenant… Pas de capote, soufflé-je avec difficulté.

Elle éteint le robinet et m'embrasse avidement.

— Ne t'inquiète pas, il n'y a pas de risques de mon côté, soupire-t-elle. Et je te fais confiance…

Ces derniers mots suffisent à m'achever. Je laisse son corps descendre sur le mien. Un râle de plaisir franchit mes lèvres à la seconde où nous fusionnons. Quand elle commence à bouger sur moi, mes mains caressent chaque parcelle de sa peau. Si elle savait le spectacle qu'elle m'offre en cet instant, elle en rougirait sans doute. L'eau se déverse légèrement hors du bain quand nos mouvements gagnent en intensité.

Abby cale son visage dans le creux de mon épaule et je sens ses dents qui s'enfoncent dans ma peau. Mon plaisir ne fait qu'augmenter sous la douleur. Mes doigts pétrissent ses hanches et je la force à accélérer encore la cadence. Nous sommes tous les deux au bord du gouffre. Sa peau a un goût exotique sous ma langue, comment pourrais-je me passer un jour de cette saveur ?!

Dans un cri qu'elle ne retient pas, Abby se cambre contre moi. Cette vision m'entraîne à sa suite dans la jouissance.

Avec force, je me lève et l'emporte hors de l'eau. Ses jambes se nouent autour de ma taille et ses bras se referment derrière mon cou. Je sors de la baignoire, mon précieux fardeau entre les mains. Nos corps trempés laissent des flaques sur notre passage. Je tends une oreille en direction du salon, toutefois aucun bruit ne perturbe le calme du bungalow. Dans notre passion, nous avons négligé de fermer la porte derrière nous, ce qui me permet de traverser le couloir sans la lâcher pour gagner ma chambre. Du pied, je fais claquer le battant dans mon dos. Toujours plongé dans sa chaleur, j'installe ma sirène sur mon lit. Je la surplombe, mais c'est elle qui me domine totalement.

Décidément, je vais avoir du mal à me passer de ce spectacle quand il sera temps pour moi de partir, songé-je en observant ma petite sirène qui dort près de moi. Un infime rayon de soleil effleure son dos découvert. Je me demande si un jour, elle me laissera marquer sa peau de mes aiguilles. D'humeur taquine, je survole du doigt sa colonne vertébrale, descendant jusqu'à la cambrure de ses reins. Ses jolis yeux s'ouvrent et se posent sur moi. Elle me sourit en s'étirant paresseusement.

— Salut, marmonne-t-elle.

Pour toute réponse, je l'embrasse juste sous l'oreille. Elle pouffe et se tourne sur le dos, entre les draps.

— J'espère que tu n'as pas trop mal, ce matin ?

— Non. Je me sens bien. Vraiment bien, ajoute-t-elle, presque surprise.

— Tant mieux. J'avais peur de t'avoir un peu malmenée, cette nuit.

Elle passe un bras derrière ma nuque et approche son visage du mien.

— Je veux bien être malmenée de cette façon n'importe quand, chuchote-t-elle à mon oreille.

— J'en prends bonne note, Mademoiselle Hamilton.

Ses doigts caressent ma joue et elle pose tendrement ses lèvres sur les miennes. Au moment où elle allait passer une jambe par-dessus mon corps, quelqu'un toque à la porte de ma chambre. Je grogne de mécontentement contre sa bouche. Elle me délaisse et me fait signe d'aller voir. Un peu énervé, je sors du lit, enfile mon survêtement posé sur la commode et ouvre vivement la porte.

— J'espère que c'est important, Aaron ?! m'exclamé-je tandis que le cow-boy me traîne derrière lui jusque dans la cour.

Non, mais c'est quoi ces conneries de bon matin ?

— J'ai besoin de tes conseils !

Le ton d'Aaron me surprend. Que lui arrive-t-il ?!

— Tu as des ennuis ?

— Oui !… Enfin… Non !

— Respire, mon vieux, tu vas nous faire un malaise !

Mais qu'est-ce qui lui prend ?!

— Je l'ai embrassée !

J'ai dû mal comprendre, là !

— Quoi ?!

— Tara ! Je l'ai embrassée hier soir, me répète-t-il.

D'accord, je suis sûrement mal réveillé… Je passe mes mains sur mon visage et me gratte un instant l'arrière du crâne.

— Et…?

Le cow-boy me dévisage. J'ai l'impression que ses yeux pourraient sortir de leurs orbites si j'appuyais sur son ventre !

— Et ?! Mais comment suis-je censé agir avec ma patronne après… ça ?!

Je suis tombé dans la quatrième dimension, là, ou quoi ?!

— Mais merde, Aaron, tu l'as invitée à sortir vendredi soir ! Tu t'attendais à quoi ?! Une poignée de main amicale et on en parle plus ?!

— Je…

— Je n'en reviens pas que tu m'aies privé d'une partie de jambes en l'air extatique pour avoir ce genre de conversation ! Une question… Est-ce qu'elle t'a repoussé ?

Il semble prendre le temps d'analyser la situation.

— Non.

— Alors pourquoi avons-nous cette discussion ?! m'écrié-je. Tu sais que normalement, c'est moi qui devrais te demander conseil concernant mes relations amoureuses, et pas le contraire ?!

C'est à son tour de se passer une main dans les cheveux.

— Je dois avouer que tu as raison… j'ai paniqué, je crois !

Je pousse un long soupir avant de tourner les talons. Quand je passe la porte, je manque de me heurter à ma diablesse. Elle se tient devant moi, seulement vêtue de l'un de mes tee-shirts.

— Désolée, mais mes vêtements sont complètement trempés, rit la jeune femme en me bousculant un peu.

— Je meurs de faim.

Je prononce ces mots en l'observant des pieds à la tête sans la moindre gêne.

— Que voulait Aaron ?

Sans répondre, je m'avance vers elle. Ses cheveux en bataille et son regard pétillant ont réveillé mon désir. Comme lors de notre première rencontre, je la saisis à bras-le-corps et la charge comme un sac sur mon épaule.

— Des conseils matrimoniaux ! m'exclamé-je en lui claquant une fesse. Pas de culotte ? …comme c'est intéressant !

Arrivé dans ma chambre, je la dépose dans les couvertures qui ont accueilli nos ébats la nuit dernière, et la détaille longuement. Mes yeux ne peuvent se détacher d'elle. Bien installée sur mon lit, Abby profite de la vue tandis que je me débarrasse de mon jogging pour enfiler un jean et un tee-shirt propre. Une fois vêtu, je me penche sur elle et lui vole un baiser.

— Je meurs *vraiment* de faim, chuchoté-je en la remettant sur ses pieds.

— Je croyais que tu voulais autre chose, maugrée-t-elle, boudeuse.

Elle passe la porte du couloir en se trémoussant et je la suis, les yeux rivés à son postérieur qui ondule sous le tissu de mon vêtement. *Plus tard*, songé-je.

Nous franchissons le seuil de la maison en coup de vent pour rejoindre la chambre d'Abby, où elle passe en vitesse des vêtements décents. Puis, main dans la main, nous remontons le couloir vers la cuisine quand ma sirène se fige. Un rire – ou plutôt le son d'un cochon qu'on égorge – résonne depuis la salle à manger. Megan…

Décidément, cette greluche est tenace ! Je passe un bras autour des épaules de ma sirène et la pousse légèrement en avant. Elle n'a rien à envier à cette pauvre fille !

— N'y fais pas attention.

— C'est facile à dire pour toi. Elle ne fait pas la pluie et le beau temps dans ta famille, murmure-t-elle, les lèvres serrées.

Je dépose un baiser sur sa joue juste avant d'atteindre la pièce. Tara est encore dans la cuisine avec Aaron, je les entends parler à voix basse, et c'est Megan qui nous accueille, assise à la table, un iPad à la main.

— Tu as vraiment été d'un pathétique, rigole la garce en montrant l'écran à sa cousine.

Abby blêmit d'un coup. Je m'approche et constate que sa cousine rejoue en boucle la vidéo de sa chute avec Ghost.

— Vraiment ? Ça te fait rire ?! lâché-je froidement.

Elle me regarde en haussant les épaules.

— Avoue que c'est hilarant, Cole !

Je n'ai pas le temps de répondre, Tara vient d'entrer dans la pièce et lui arrache la tablette des mains. Elle regarde la vidéo durant quelques minutes, et l'effroi se peint sur son visage, quand elle comprend la gravité de la chute dont a été victime sa fille.

— Ça suffit, Megan ! Abby aurait pu se blesser gravement !

Sa voix a retenti comme un coup de fouet dans la maison. Abby en reste bouche bée. Sa mère éteint la tablette et la jette sur la table. Furieuse, Megan la récupère et quitte la maison en claquant la porte.

Enfin ! songé-je, triomphant.

Chapitre 22

Le mois d'août se profile doucement à l'horizon. Les journées défilent et se ressemblent toutes. Le beau temps accompagne nos heures de travail et d'entraînement, et la nuit, la chaleur du corps de Cole me comble. J'aime cette relation de complicité que nous entretenons. Je n'exige rien de lui et il n'attend rien non plus de ma part. Un équilibre parfait pour une fille comme moi. Ma vie a déjà dû faire face à beaucoup trop de déceptions pour que je me laisse aller à également en vivre une émotionnelle. Le sexe et l'amitié qui nous lient me conviennent tout à fait.

Cole m'entraîne à la prise au lasso avec Athéna. Contrairement à moi, ma jument se débrouille comme si elle avait toujours fait ça. Moi… je m'empêtre encore dans les boucles de mon instrument ! Ce matin ne faisant pas exception à la règle, je suis assise sur le dos de ma monture et je rumine contre le tatoueur, installé sur le quad, hilare.

— Tu m'énerves, Cole ! Tu vois très bien que je n'y arrive pas !

— Arrête de te plaindre, Ariel ! Je sais que tu en es capable.

D'accord, je suis désormais capable d'attraper cette fichue tête de veau en plastique fichée sur une botte de foin, mais à l'arrêt ! En mouvement, c'est une tout autre histoire !

— Ça n'a rien à voir avec la semaine dernière !

Je sais que je me plains comme une gamine, mais franchement, le lasso, ce n'est pas mon truc !

— Tu dois prendre appui sur tes étriers et ne lâcher ton lasso qu'à deux heures, intervient la voix d'Aaron.

Le cow-boy avance vers moi dans le manège.

— Tu comprends ce que je veux dire ?

J'exécute les mouvements qu'il m'a décrits et, effectivement, la corde vient s'enrouler autour de l'accessoire. Je souris.

— Maintenant, tu dois réussir la même chose, mais en marchant derrière le quad avec ta jument, me dit Aaron.

— Vous complotez ensemble, c'est ça ?!

Les deux hommes échangent un regard rapide.

— Vous souhaitez ma mort, n'est-ce pas ?!

Ils éclatent de rire tandis que je roule mon lasso en souriant également. Il n'y a pas que le temps qui est au beau fixe depuis quelques jours. Mes relations avec ma mère sont un peu moins tendues grâce à l'histoire de la vidéo. Nous nous parlons peu, mais au moins je n'ai plus envie de lui balancer au visage tout ce qui me passe sous la main. Le fait que Megan brille par son absence doit sans aucun doute aider aussi ! L'air est devenu beaucoup plus respirable au *Heaven's* ! Néanmoins, faire une croix sur ma saison de compétition me laisse toujours un goût amer. Je sais bien que Cole tente de me changer les idées comme il peut avec cet apprentissage de la maîtrise du lasso, mais cela ne m'empêche pas de me sentir responsable de la blessure de Ghost.

Après plus d'une interminable demi-heure de torture, mes bourreaux me permettent enfin de regagner l'écurie. Ma mère nous y accueille. Enfin… elle accueille surtout Aaron. Ils échangent un chaste baiser. Je suis contente pour elle, même si je ne sais pas encore comment lui en faire part. C'est sans doute trop tôt pour que nous ayons ce genre de conversation.

Quand j'en ai terminé avec Athéna, je sors Ghost. Son membre blessé nécessite un traitement d'hydrothérapie chaque jour. J'installe au soleil le petit banc qu'Aaron a eu la gentillesse de me fabriquer et m'assois avec le tuyau d'arrosage. C'est devenu notre routine. Dans l'écurie, j'entends ma mère s'entretenir avec Cole. Le mot *Sky* retient mon attention, juste au moment où, en manque d'attention, mon cheval tape du sabot dans la flaque d'eau qui s'est formée à ses pieds. Je me retrouve couverte d'herbe trempée et de boue. *Génial !*

Vingt minutes plus tard, je ferme l'arrivée d'eau et regagne la grange avec ma monture. Je lui passe un coup de brosse quand Cole vient me rejoindre. Il me sourit et m'aide dans ma tâche. Nous sommes à présent seuls dans le bâtiment. Un agréable silence plane sur nous jusqu'à ce que le son d'un moteur m'attire à l'extérieur. Je reste figée en découvrant ce qui se trame dans la cour. Cole me percute à l'instant où mes jambes cessent de me porter vers l'avant.

— Qu'est-ce qu'il y a ?

Je ne réponds pas. J'observe Megan qui descend du pick-up derrière lequel est attelée une remorque, suivie de Cliff. Il m'avait dit que l'on se reverrait… Ma mère s'approche du duo et serre la main de Cliff. Mon cœur s'affole dans ma poitrine. Elle, lui… tout me revient en plein visage. Il ne manque qu'une pièce au tableau.

— Abby ? Ça va ? s'inquiète Cole dans mon dos.

— N… non.

Tara et Aaron échangent quelques mots et ce dernier disparaît un instant dans l'écurie pour en ressortir avec Sky. Le grand palomino le suit docilement. Je manque d'air. Cole a posé ses mains sur mes hanches et je me détache vivement de son emprise pour m'approcher des nouveaux arrivants. Au moment où Cliff tend un chèque à ma mère, je m'en empare au vol.

— Qu'est-ce que tu fiches ici ?!

Ma question s'adresse directement à Cliff.

— C'est assez évident, ma belle. Je viens m'acheter un nouveau cheval.

Son ton condescendant me fait grincer des dents. Son regard concupiscent se pose sur moi pour me mettre à nu.

— Tu ne peux pas lui vendre l'un de nos chevaux !

Je hurle en déchirant le chèque sous le nez de ma mère. Ma propre voix me paraît pourtant tellement lointaine.

— Abby…

— Tu ne vas pas te mettre en plus à ruiner les affaires de ta mère ?! riposte Megan en coupant la parole à Tara.

Mes yeux naviguent entre Cole, ma mère et Aaron. Je m'arrête cependant sur Tara. Un voile rouge envahit mon champ de vision.

— Comment peux-tu me faire une chose pareille ?! Comme si je n'avais pas déjà été assez humiliée ! m'écrié-je, perdant complètement le contrôle.

— Tu ne vas pas recommencer avec cette histoire, Abbygael !

Le ton de ma mère est sans appel. Mais j'en ai subitement assez de faire comme si rien ne s'était jamais passé. Assez de voir ma propre mère refuser de me croire…

— Tu sais très bien ce qu'ils m'ont fait ! Tu sais très bien que ta précieuse Madyson m'a forcée à avaler cette bouteille de *vodka*, pendant que ta nièce si parfaite me maintenait en place ! Pendant que ce pervers retirait mes vêtements un à un avant de m'allonger sur une table de billard !

Les larmes brouillent ma vue. Je n'ai plus devant les yeux que les images atroces de cette soirée.

— Tu sais tout ça ! Et pourtant, tu ne m'as jamais crue ! Tu n'as jamais cru ta propre fille ! Tu as préféré détourner les yeux que de voir la noirceur des garces que tu protèges envers et contre tout !

— Tu délires complètement, ma pauvre, crache Megan. Tu étais bourrée et tu t'es jetée dans ses bras.

La colère m'aveugle, et cette fois, c'est vers Megan que je me tourne. Les larmes laissent place à la rage. Je n'en peux plus de la voir, là. Agir chez moi, dans ma maison, comme si le monde lui appartenait ! Me traiter comme une moins que rien. Le fait qu'elle nie ouvertement cette histoire qui a ruiné ma vie, qu'elle en fasse une nouvelle excuse pour me traîner dans la boue, c'est la goutte de trop. Je fonce sur elle, mais Clifford me retient alors que Megan recule vers la remorque. Je pousse un hurlement de fureur quand ses sales mains se posent sur moi et que ses bras m'enserrent !

Je tente de lui envoyer mes coudes dans les côtes, en vain. Il me soulève de terre comme si je ne pesais rien. Je dois avoir l'air d'une échappée de l'asile à me débattre ainsi. Dans mon champ de vision, je vois soudain Aaron qui tente d'intervenir, mais Sky, nerveux, panique à ses côtés. Mes ongles se plantent dans les avant-bras du monstre qui me retient. Dans un grognement de douleur, sa prise se relâche et je reprends contact avec le sol. Lorsque je tourne la tête, Cliff est à terre, sa chemise est couverte de poussière et Cole se tient entre lui et moi. Ses poings serrés tremblent, la haine brûle dans son regard. Il se détourne de mon assaillant et m'observe un instant avec compassion, incapable de prononcer le moindre mot.

— Je suis désolée de n'avoir toujours été qu'une déception pour toi, Maman ! Mais est-ce ma faute si ta précieuse Mady a préféré partir avec Papa ?! Moi non plus, ils ne m'ont pas laissé le choix… aucun autre choix que de rester ici, dans ce ranch pourri, avec toi !

La colère brûle ma gorge à chaque mot. Je réprime un haut-le-cœur en songeant que Cliff a de nouveau posé les mains sur moi. Tout semble tourner autour de moi.

— Désolée de ne pas être à la hauteur de ce que tu espérais. Mais franchement, Maman, qui inventerait une histoire aussi répugnante et humiliante simplement pour cacher le fait qu'elle aurait soi-disant trop bu ?! Qui te ment depuis le premier jour, hormis cette garce ?! crié-je en me tournant vers Megan.

— Nous reparlerons de toute cette histoire une autre…

— Non !

Mon cri fait sursauter ma mère.

— Non ! Je ne veux plus jamais reparler de cette histoire. De toute façon, elle sort tout droit de mon imagination, n'est-ce pas ?! Un jour, Maman, tu te décideras peut-être à ouvrir les yeux toute seule, mais ce sera trop tard…

Le sarcasme dans ma voix me donne des frissons.

Sous les regards – surpris, blasés ou furieux – qui se sont tous braqués sur moi, je tourne les talons et m'élance vers la maison. Leur seule vue me donne envie de vomir ! Mon cœur bat la chamade et je peine à reprendre mon souffle. Je m'engage dans l'étroit sentier qui donne sur la terrasse. Derrière moi, j'entends gronder la voix de Cole et Sky qui piétine de plus belle. Mais je n'en ai que faire.

Je me laisse tomber sur le sol, face au foyer éteint. Par tous les moyens, je tente de faire disparaître les voix qui résonnent à mes oreilles et les images sordides qui ressurgissent de ma mémoire. Mon regard se perd dans des flammes imaginaires. Le monde cesse de tourner.

Je voudrais que cet instant ne s'arrête jamais. Que le calme absolu qui tout à coup m'enveloppe dure pour toujours…

Chapitre 23

Cole

Je regarde ce crétin de Clifford se remettre sur ses pieds. Megan l'aide à retirer la poussière qui souille sa chemise. S'il n'en tenait qu'à moi, je lui ferais manger le gravier. Lorsque je repense à la réaction hystérique d'Abby quand il a posé ses mains sur elle, j'ai des envies de meurtre. J'avoue ne pas avoir tout compris de la scène qui vient de se dérouler dans la cour. Toutefois une chose est sûre, Abby en a gros sur le cœur, et ces deux-là et sa mère ont vraisemblablement leur part de responsabilité dans cette affaire. Je me doutais bien qu'une sordide histoire se cachait derrière son attitude. Et cette façon qu'elle a eue de réagir en présence de Clifford me pousse à croire sans hésiter les faits qu'elle a énoncés et que Tara ne semble pas valider. Depuis combien de temps cette situation perdure-t-elle ?

Je ne peux même pas leur dire à tous le fond de ma pensée, car Aaron m'interpelle. Le cow-boy peine à contenir Sky. Sans surprise, les cris d'Abby ont mis le Palomino sur les nerfs. J'aide mon camarade à maîtriser le cheval, pendant que la jeune femme en larmes s'enfuit vers la maison.

— Eh bien, il a du caractère, ricane Clifford en voyant Sky se cabrer au centre de la cour.

J'aperçois son sourire suffisant en tournant la tête vers lui. Je n'ose croire que Tara puisse envisager un seul instant de ne pas accorder foi aux paroles de sa fille. Ce type est un véritable pervers. Un rictus au coin des lèvres, l'ami de Megan remplit un autre chèque et le tend à ma patronne, qui semble cette fois hésiter à s'en

saisir. Aaron plaque la longe du cheval sur ma poitrine et s'empare du morceau de papier à sa place.

— Je crains que vous ne soyez obligé de repartir d'ici avec une remorque vide, jeune homme, lâche froidement le cow-boy en pliant le chèque en deux sans quitter Clifford des yeux.

Du bout des doigts, il le glisse dans la poche de sa chemise et lui fait signe de disparaître.

— Mais enfin, tante Tara ?! s'exclame Megan, outrée.

— Ça suffit ! Partez, tous les deux.

La voix de Tara reste posée, néanmoins je peux voir que son masque de sérénité – identique à celui que porte sa fille en tout temps – est sur le point de se fissurer. Incapable de supporter plus longtemps les soupirs dramatiques de Megan, je tourne les talons avec Sky avant de fracasser la mâchoire de l'un ou l'autre de ces deux crétins. À l'instant où je referme la stalle du cheval, le bruit d'un véhicule qui démarre sur les chapeaux de roues résonne dans la cour. Aaron vient à ma rencontre. Il retire doucement son chapeau et passe une main lasse dans ses cheveux.

— Tu crois que ce qu'elle a dit est la vérité ? me demande-t-il.

Je regarde un instant l'encre qui couvre mes mains, et mes yeux se posent sur la date inscrite sur mon poignet.

— Oui. Bien que j'ignore encore le fond de cette histoire…

— Je crois qu'elle a besoin de toi, gamin.

La silhouette de Tara apparaît dans l'encadrement de la porte.

— C'est d'une mère qu'elle aurait besoin, Aaron. Malheureusement, tu as raison, elle devra faire avec moi.

Ma patronne baisse les yeux quand je passe près d'elle. Je traverse la cour et pénètre dans la maison pour me rendre directement dans la chambre d'Abby. Vide…

— Abby ?!

Ma voix résonne dans toute la demeure. Je parcours chacune des pièces au pas de charge. Personne. Ce n'est qu'en traversant la cuisine, que j'aperçois enfin ses boucles de feu sur la terrasse. Je fais coulisser la porte et m'approche d'elle. Ma sirène ne semble ni me voir ni m'entendre. Ses bras entourent ses genoux, qu'elle a ramenés contre sa poitrine. Aucune expression sur son visage de poupée. Je reste muet devant l'horreur de la scène.

— Ariel, murmuré-je en m'accroupissant devant elle.

Pas de réponse, pas même un sursaut.

Je pose délicatement une main sur sa joue pour la forcer à tourner la tête vers moi. Rien. Aucun éclat ne fait briller ses yeux. Ils sont comme un gouffre sans fond. Le vent se lève et ses cheveux virevoltent dans la brise. En silence, je la soulève comme lorsque je l'ai récupérée après sa chute. Cette fois, elle ne dit rien, elle se contente d'enfouir son visage dans le creux de mon cou. Je peux sentir ses larmes s'écouler sur ma peau.

Lentement, je passe derrière la maison et gagne le bungalow. Aaron arrive au même moment que moi et m'ouvre la porte sans un mot. Il n'entre pas avec nous et se poste devant l'entrée pour veiller à notre tranquillité. C'est comme si je tenais un oiseau blessé entre mes mains. Quand je la dépose sur le matelas de mon lit et lui retire ses bottes, Abby se recroqueville de nouveau, entraînant les couvertures tout autour d'elle. Je m'assois à ses côtés et me laisse aller contre la tête de lit. J'ignore quels sont les mots qui pourraient l'apaiser, alors je me contente de caresser doucement ses boucles. Des torrents de larmes dévalent le long de ses joues et elle vient poser sa tête sur mon ventre. Naturellement, mes bras l'entourent, tentant de former une barrière entre elle et le monde extérieur.

— Tu dois croire que je suis complètement cinglée, souffle-t-elle.

— Non. Je crois seulement qu'on t'a brisée.

— J'imagine que tu te demandes si tu as baisé la victime d'un viol…

Je fronce les sourcils. J'aimerais la secouer comme un prunier tant ses paroles me bouleversent, mais je doute que ce soit la solution.

— Abby, si tu ne veux pas en parler, je le respecte, mais je t'interdis de te rabaisser encore devant moi, dis-je d'une voix rauque.

Elle renifle avant de lever les yeux sur moi.

— La réponse est non.

— Alors…

— Alors j'ai *juste* été prise une fois de trop dans l'un des pièges méprisables de Madyson, mais cela n'est pas allé jusqu'au viol, chuchote-t-elle en refermant son poing sur mon tee-shirt.

— Qui est-ce, cette Madyson ?

Ma question lui laisse l'opportunité de répondre ou de garder cette histoire pour elle. Malgré la situation, j'aimerais qu'elle s'ouvre à moi. Qu'elle me laisse entrevoir la véritable Abby. Elle soupire et se redresse pour s'installer près de moi.

— Mady… est ma sœur jumelle.

D'accord… si je m'y attendais à celle-là !

— Je vois d'ici ton regard pétiller à l'idée de t'offrir un sandwich avec les deux sœurs Hamilton. Je t'arrête tout de suite, nous ne sommes pas identiques.

— Tu crois que je pourrais imaginer une telle chose ?!

— Tu es un mec, tu es conditionné pour penser à ce genre de choses.

Elle marque un point, l'idée m'a effleuré l'esprit un quart de seconde. Le silence règne un instant dans la pièce avant qu'elle ne reprenne.

— Nous n'avons jamais été au même niveau. Elle a toujours été plus jolie, plus populaire, plus intelligente, plus aimée de mes parents… Elle et Megan sont comme…

— …des sœurs jumelles ?

— Exactement ! approuve-t-elle dans un éclat de rire amer. Tu vois, même encore aujourd'hui, elles me pourrissent la vie. À toutes les deux, elles ont toujours manipulé ma mère comme un pantin. Elles savaient aussi s'y prendre pour me pousser à faire tout ce qu'elles souhaitaient…

— Quel est le rapport avec ce type ?

J'évite de prononcer son nom, je ne veux pas qu'elle se braque.

— J'y viens. Au lycée, j'ai toujours été dans l'ombre de Madyson et Megan, alors quand le beau Clifford Olson m'a approchée pour me demander de sortir avec lui, tu imagines ma réaction ! Comment le meilleur joueur de l'équipe de football, élève de dernière année, avait-il pu me remarquer ?!

J'ai bien peur de deviner la suite, mais je la laisse poursuivre sans m'avancer.

— On s'est fréquentés quelques semaines. On passait du temps ensemble, il m'invitait à des fêtes où je ne serais jamais allée sans lui. Tu vois le genre ? Le cliché dans toute sa splendeur.

— Qu'est-il arrivé à cette soirée ?

Ma voix est calme, même si je peine à contenir la rage qui gronde en moi.

— C'était une fête comme une autre. Musique, alcool bon marché, des ados ivres morts un peu partout. Je ne me souviens même plus où c'était, soupire-t-elle. J'avais bu quelques verres quand Cliff m'a attirée au sous-sol, prétextant vouloir jouer au billard. Je suis très douée à ce jeu… je te l'avais déjà dit ?

— Non, mais je n'en doute pas une seconde.

Elle tourne autour du pot et je la laisse faire. Toutes les images qui me passent par la tête me donnent envie de tuer ce Clifford Olson, et puis d'en faire autant avec la mère d'Abby. Alors je respire un bon coup tandis qu'elle poursuit.

— J'ai été tellement stupide ! Les escaliers étaient plongés dans le noir quand on est descendus. Mais ce n'est que lorsque j'ai entendu son rire pervers que j'ai compris que je m'étais fait rouler comme une idiote. J'ai voulu remonter les marches le plus vite possible, mais Cliff m'a retenue et forcée à descendre. Megan a alors allumé la lumière. J'ai compris que c'était une mauvaise blague en apercevant également ma sœur, juste avant de comprendre qu'une fois encore, c'était moi qui en étais la cible.

Abby fait une pause dans son récit. Ses yeux fixent le mur devant elle. Les images de cette soirée doivent défiler dans sa tête comme le film d'un mauvais souvenir. Au travers des couvertures dans lesquelles elle s'est emmitouflée, je presse sa cuisse de ma main.

— Cliff m'a violemment poussée en direction des filles. Megan m'a attrapée par les poignets et les a tordus derrière mon dos. J'ai cru un instant qu'elle allait me déboîter une épaule. Et puis, Mady a sorti la bouteille de *vodka*. Tu sais à quel point c'est simple de forcer quelqu'un à ouvrir la bouche ? Il suffit de lui pincer le nez. Le cerveau fait le reste…

Ma sirène passe doucement ses doigts sur son cou.

— Je me rappelle parfaitement la sensation de brûlure causée par la boisson qui descendait dans ma gorge. Les efforts que j'ai

déployés pour ne pas m'étouffer, pour recracher l'alcool infect. L'odeur capiteuse du parfum de Megan. Ce qui m'a le plus marqué pourtant, c'est le regard chargé de haine que ma sœur posait sur moi. Puis est venu le tour de Cliff, qui est entré dans la danse entre deux rasades d'alcool.

Je la rapproche de moi, alors qu'elle ramène encore les couvertures sur elle.

— Il a déchiré mon chemisier pour m'exposer tel un trophée au milieu de la pièce. Le reste de mes vêtements a suivi peu après. La *vodka* m'avait rendue aussi molle qu'une poupée de chiffon. Il m'a retiré mes sous-vêtements, puis m'a allongée sur la table de billard. Ses mains et sa bouche répugnante n'ont épargné aucun centimètre de ma peau, pendant que Mady déversait le reste de la bouteille sur moi. J'ai hurlé à m'en briser les cordes vocales, mais la musique de la fête emprisonnait chacun de mes cris.

— Tu m'as dit qu'il ne t'avait pas…

— Il ne m'a pas violée, me coupe-t-elle.

Pourtant, tout dans ce qu'elle me décrit ressemble fortement à un viol ! Je peine à contenir ma colère. Je respire profondément.

— Il n'y a pas eu… de pénétration, murmure-t-elle. Comme je ne réagissais plus, Cliff s'est désintéressé de moi et je me suis écroulée sur la moquette infecte de la pièce. Mes derniers souvenirs sont comme des flashs derrière mes paupières que je ne parvenais plus à garder ouvertes. Puis ils m'ont laissée là, étendue par terre. J'entends encore le rire de Madyson, le bruit de leurs pas dans les escaliers, et enfin, la lumière s'est éteinte pour me plonger dans l'obscurité. J'ai sans doute fini par perdre conscience à cause de tout l'alcool ingéré. J'ignore combien de temps je suis restée là… c'est Lucas qui m'a trouvée. Il m'a couverte de sa chemise, m'a transportée jusqu'à sa voiture et m'a allongée sur la banquette arrière. Il ne restait que quelques personnes à la fête. Il m'a aussitôt conduite à l'hôpital. Becca n'était pas avec moi ce soir-là. Son chevalier Will partageait déjà sa vie…

Je ferme les yeux un instant. Lucas… comme j'aime ce type en cet instant !

— On m'a rapidement prise en charge aux urgences. Selon les médecins, je n'étais pas très loin du coma éthylique. Quand ils ont su dans quel état Lucas m'avait trouvée, ils m'ont envoyé une infirmière avec un kit de viol.

— Je ne comprends pas l'attitude de ta mère ! Elle ne s'est pas précipitée à ton chevet ? Tu ne lui as pas tout raconté ?

Mon ton est plus vif que je ne l'aurais voulu.

— Laisse-moi finir, s'il te plaît… Megan et Mady étaient déjà rentrées à la maison depuis longtemps quand l'hôpital lui a téléphoné. La police a pris ma déposition, puis celles de Mady et de Megan qui concordaient tout à fait, contrairement à la mienne qui était très décousue : elles m'avaient vue boire plus que de raison, mais jamais en compagnie de Clifford Olson.

— Putain !

Je rage en passant mes mains dans mes cheveux.

— Et ta mère a gobé cette histoire malgré l'état dans lequel tu te trouvais ?!

— Ma mère a toujours cru sa fille chérie. Madyson était intouchable. Ma plainte contre Clifford n'a donné aucune suite. Son père a fait étouffer l'affaire.

— Un putain de gosse de riche ! craché-je.

Elle acquiesce en silence en fixant le bout de ses pieds qui dépasse des draps.

— Mais ce n'était pas fini… l'humiliation s'est poursuivie le lundi matin.

— Qu'est-ce que tu veux dire ?

— Ces flashs lumineux que j'avais cru percevoir avant de perdre connaissance avaient bel et bien existé. Sur tous les casiers, dans tous les corridors et les classes du lycée, il y avait des photos de moi, étendue sur cette moquette, complètement nue. Il y en avait partout…

Je ferme les yeux un instant. Comment peut-on infliger une chose pareille à sa propre sœur ?

— Je suis devenue la traînée de l'école. Peu de temps après, j'ai appris que tout ça venait en fait d'un pari stupide lancé à Clifford par ma sœur. Et comme je n'ai jamais vu personne dire non à Madyson Hamilton…

— Tu avais quel âge ?

— Tout juste seize ans. J'ai eu de la chance, les réseaux sociaux n'existaient pas encore à cette époque…

Elle m'observe un moment. Je comprends mieux sa réaction de l'autre jour, quand j'ai mentionné le fait de prendre des photos d'elle.

— Mes parents ont divorcé quelques mois plus tard, et Mady a déposé une demande auprès du juge pour partir avec mon père en Californie. Ma mère n'a jamais digéré qu'elle soit partie loin d'elle. Mais mon père a toujours été plus manipulable encore que Tara. Je sais que Megan a gardé le contact avec elle. Elles se voient même plusieurs fois par an. Toutefois Madyson n'est jamais revenue ici. Depuis ce jour, j'ai beaucoup de mal à faire confiance, je ne laisse rien échapper à mon contrôle. Je prends ce que je désire, et c'est tout. Plus personne ne me prendra quoique ce soit, termine-t-elle.

Comment suis-je censé réagir à toute cette histoire ? Pour moi, Abby a été ni plus ni moins victime d'une tentative de viol. Ce mec infâme mériterait d'être enterré dans le désert !

— Je ne sais pas quoi faire pour t'aider, Abby, chuchoté-je.

Elle pose son front contre le mien. Les yeux fermés, elle murmure contre mes lèvres.

— Ne me regarde pas autrement qu'hier. C'est tout ce que je te demande, Cole. Je suis légèrement bousillée, mais je crois que tu le savais déjà. Je ne veux pas que cette histoire gâche aussi notre amitié.

Notre amitié. Elle ne voit toujours en moi qu'un ami. Mon cœur et mes poings se serrent.

Malgré tout, je la prends dans mes bras et la fais rouler avec moi sur le lit. Son corps se colle au mien et je pose mes lèvres dans ses cheveux.

Abby

Aaron nous a apporté de quoi manger. Le silence règne dans l'aile des invités et j'ai l'éprouvante sensation d'être de trop. Le bruit des couverts contre les assiettes est tout ce que l'on entend dans la pièce. Personne ne parle. Je crois que Cole craint que je me casse en milliers de morceaux à la moindre parole. Pourtant, j'ai réussi à faire face et à m'en sortir toute seule, alors je peux en parler sans m'effondrer. Est-ce qu'ils pensent tous les deux que j'ai eu une réaction excessive face à Cliff et Megan ? Je ne crois pas. Pas après ce qu'ils m'ont fait subir, eux et ma sœur.

Quand je pense que les policiers et ma propre mère ont tout d'abord tenté d'accuser Lucas d'avoir commis de tels actes, j'ai honte d'avoir une telle famille. Par ma faute, parce qu'il est le seul à m'être venu en aide, il a été traité comme un sale type pendant des semaines. Une chance pour moi qu'il soit resté dans ma vie. Tout comme Becca, il a été mon pilier dans cette épreuve.

J'observe Cole un moment, les traits de son visage sont tendus et il pense sans doute que j'ai volontairement minimisé la responsabilité de chacun. Peut-être n'a-t-il pas vraiment tort, mais que pouvais-je faire à l'époque ? Le kit de viol n'avait rien donné et personne ne me croyait. J'ai donc décidé d'enterrer moi-même toute cette histoire. Elle refait surface de temps à autre, toutefois je m'y suis habituée.

La tension dans la pièce est devenue trop intense pour moi. Je finis par me lever de table et me dirige vers la sortie. Une chaise racle le sol et les mains de Cole viennent se poser sur mes hanches.

Sa barbe me chatouille quand son menton vient frôler la peau de mon cou.

— Reste avec moi, murmure-t-il à mon oreille.

Son corps puissant se presse contre mon dos.

— Seulement si tu cesses de me dévisager de cette façon.

Je me défais de son étreinte et lui fais face. Nous nous affrontons du regard.

— Très bien, se résigne-t-il.

— Je peux occuper la salle de bains ?

Ma question s'adresse aux deux hommes. Aaron acquiesce en silence et Cole m'accompagne dans le couloir.

— Tu veux bien que je t'emprunte un tee-shirt ? lui demandé-je.

— Oui. Je te l'apporte dans une minute.

Je le regarde s'éloigner et soupire. Il ne me verra plus jamais comme lors de notre première rencontre. Mady vient de gâcher ma vie une fois de plus. Mon amitié avec Cole ne sera plus jamais la même.

Je laisse couler l'eau de la douche et retire mes vêtements. Quand je pénètre dans la cabine, une chaleur bienfaisante m'accueille et brûle ma peau en même temps. J'ai conscience d'avoir mis la température plus haut que nécessaire, mais j'en ai besoin. J'entends à peine Cole ouvrir la porte au moment où il vient déposer mon pyjama de fortune.

Je passe le savon sur tout mon corps et je frotte. Je frotte tellement fort que ma peau en devient rouge. La vapeur s'engouffre dans mes poumons, j'ai le sentiment d'étouffer lentement. J'essaie de faire disparaître ces images dans ma tête en frottant ma peau plus durement encore. Encore et encore, comme si le fait que Clifford ait posé les mains sur moi m'avait souillée à nouveau. Je manque d'air et les larmes dévalent mes joues. Le souffle court, je me laisse glisser contre la paroi en verre de la cabine.

Le jet brûlant toujours dirigé sur moi, je laisse ma tête partir vers l'arrière et l'eau me purifier. Je me ressaisis quand Cole toque au battant.

— Abby ? Tout va bien là-dedans ?

Sa voix grave est étouffée par la porte qui nous sépare. Je me relève et coupe l'eau.

— Oui. Je sors dans quelques minutes !

S'il me voyait ainsi, toute dégoulinante d'eau, les mains et le front appuyés à la porte, il n'en croirait pas un traître mot. J'avais juste besoin de remettre les choses à leur place, maintenant cela ira mieux. J'entends ses pas s'éloigner et Aaron qui reprend son morceau de guitare interrompu. Je m'empare d'une serviette, me sèche et enfile le grand tee-shirt de Cole. Assise sur la cuvette des toilettes, j'essore mes cheveux quand le tatoueur franchit le seuil de la pièce.

— Je vais prendre ma douche, si tu as terminé.

— Bien sûr, acquiescé-je en me levant. Je t'attends dehors.

Il retire son haut quand je referme la porte derrière moi. Je gagne le petit salon où se trouve Aaron et me love dans le canapé face au sien. Les mains posées sagement sur mes genoux, je laisse mon esprit dériver au son de la musique.

Avec Mady, nous avons toujours eu une relation malsaine. D'un côté, c'était ma sœur, l'unique personne à partager mon quotidien, mais elle était également la source d'une cruauté sans nom. Je ne lui ai jamais demandé pour quelle raison elle me détestait autant. Lorsque je repense à ce qu'elle m'a fait subir avec Megan et Clifford, je sais sans l'ombre d'un doute que c'est de la haine pure et simple qu'elle ressentait à mon encontre. Toutefois, je me demande bien ce qu'elle pouvait m'envier pour me maudire autant, elle était si parfaite. La seule chose que je maîtrisais mieux qu'elle, c'était les chevaux. Était-ce à cause de cela ? Je ne le saurai jamais, car cela fait dix ans que je ne lui ai plus adressé la parole et ce n'est pas près de changer.

Les notes de l'instrument d'Aaron me tirent de mes pensées et me font doucement sourire quand je reconnais la chanson, *True Colors* de *Cyndi Lauper*. Il la joue plus lentement que la version originale. Ses yeux se lèvent vers moi.

— Tu vas bien ?

Je hausse les épaules. Je ne crois pas qu'il y ait de bonne réponse à sa question. J'ignore s'il nous a entendus parler, Cole et moi, cependant je n'ai pas envie de lui raconter cette histoire. Ma peau me brûle encore au souvenir de tant d'horreur.

— Elle l'a vendu ?

Il pose sa guitare à ses côtés sur le canapé.

— Non. J'ai demandé à ce jeune homme et ta cousine de repartir. Cole a ramené Sky à l'intérieur.

— Et ma mère ?

Aaron me fixe un instant.

— Elle semble sous le choc.

— Sûrement parce qu'elle n'accepte toujours pas que sa fille invente de telles histoires, murmuré-je.

— Vu ta réaction, je sais que tout est vrai. Je ne connais pas les détails, mais une telle panique ne se simule pas, Abby. J'espère que ta mère l'a compris également, et que c'est la raison de son hébétude.

Ses paroles me réconfortent. Savoir que Sky est toujours dans la grange aussi. J'ignore si un jour ma mère me croira, la parole de Mady a toujours valu de l'or, même après qu'elle soit partie avec mon père sans se retourner. Pourtant, je ne peux m'empêcher de l'espérer…

Le cow-boy reprend sa douce mélodie et je me perds dans les notes. Les mains chaudes de Cole sur mes épaules me sortent de ma transe avant la fin de la chanson. Je renverse la tête et le fixe. Les ténèbres ont envahi ses iris, disparue la belle couleur ambrée de son désir.

Je soupire, me lève et gagne la chambre du tatoueur à sa suite. La pénombre de la pièce ne me gêne pas. Épuisée émotionnellement, je me glisse sous les draps et les rabats sur moi. Le lit grince sous son poids, au moment où il me rejoint pour se coller contre mon corps. La chaleur de sa peau m'inonde, bienfaitrice dans ma solitude.

— Dis-moi ce qui te passe par la tête, Ariel.

Sa voix n'est qu'un chuchotement.

— Je vois toute cette pitié dans ton regard, Cole. Et c'est insoutenable.

— Comment veux-tu que je reste impassible face à ce que tu m'as raconté ?

— Je n'aurais pas dû t'en parler. Plus jamais tu ne me regarderas comme cette femme qui t'a tellement plu chez Becca. Même si cette femme n'est qu'une facette de moi-même. Un rôle que j'emprunte,

200

c'est elle qui t'a séduite. Maintenant, je suis devenue une petite chose fragile…

Il repousse mes cheveux et dépose ses lèvres sur ma nuque.

— Je te verrai toujours comme la furie rousse qui m'a hurlé dessus dès les premières minutes. Tu m'as attirée à toi comme la sirène que tu es, Abby.

Cole ponctue chacun de ses mots avec des baisers.

— Alors, prouve-le-moi, le défié-je en me tournant dans ses bras.

Je fais passer son tee-shirt par-dessus ma tête et le regarde fixement, dans l'attente d'un geste de sa part.

— Prouve-moi que l'attraction qui nous unit n'est pas détruite.

Ses mains passent dans le creux de mes reins et me rapprochent de lui. Mes seins se plaquent contre son torse et sa bouche s'égare dans mon cou.

— Je ne crois pas être un jour capable de refréner mon désir pour toi, Abby.

Difficilement, sous les couvertures, je fais glisser son survêtement sur ses hanches. Je me cambre contre lui quand ses doigts partent à la découverte de mon corps.

J'oublie tout.

Ne reste que son souffle sur ma peau, et les frissons de plaisir qui me transpercent.

C'est la première fois depuis notre rencontre que je me réveille collée ainsi au corps de Cole. Il me maintient contre lui comme s'il craignait que je m'envole durant mon sommeil. Je peine à me défaire de son étreinte pour me lever. Le tatoueur a ramené mes vêtements de la veille dans sa chambre. J'enfile mon jean, mon soutien-gorge et son tee-shirt avant de me diriger sans bruit vers la table de chevet de l'autre côté du lit. Je parviens à mettre la main sur son fameux cahier à dessins… et la curiosité l'emporte.

Cependant, je n'ai le temps de parcourir que quelques pages, avant que sa main couverte d'encre ne s'en empare.

— La curiosité est un vilain défaut.

Sa voix est légèrement enrouée et je souris en lui rendant son bien. Je lève les yeux au ciel et étouffe un cri quand il me fait basculer sur le matelas.

— Chut, tu vas réveiller Aaron.

— Je suis certaine qu'il est déjà sorti. Qui sait même s'il n'est pas avec ma mère ?

Je songe tout à coup qu'un homme comme Aaron saura peut-être lui ouvrir les yeux. On peut toujours rêver !

— Bien dormi ?

Cole m'a l'air particulièrement satisfait, ce matin. Et pour cause, grâce à ses prouesses, la nuit a été courte !

— Très bien, dis-je en m'allongeant sur son corps.

Je pose un doigt sur le bout de son nez et souris de plus belle.

— Pourquoi tant de mystère avec ton cahier ? Je croyais que les artistes aimaient que l'on s'extasie devant leurs œuvres ?!

— Mes plus grandes œuvres ornent mon corps, tu peux te rincer l'œil autant que tu veux, rit Cole en détournant habilement la conversation.

L'étincelle qui brille de nouveau dans ses iris me réconforte.

— Les jeunes ?! nous interrompt la voix tendue d'Aaron à travers la porte.

Cole pousse un long soupir en me faisant rouler près de lui.

— Décidément, c'est une manie chez ce type, grogne-t-il.

— Qu'est-ce qu'il y a, Aaron ?! m'inquiété-je en me redressant.

— Emily arrive. On a deux autres suspicions d'intoxication sur les bras ce matin, déclare-t-il d'une voix lugubre.

Je fronce les sourcils en me levant et rejoins le cow-boy dans la cuisine.

— Encore ?! m'exclamé-je.

Il acquiesce en silence.

— J'ai proposé à ta mère de ramener tout le troupeau plus près de l'écurie. Si la prêle se trouve dans les pâtures qu'ils occupent actuellement, nous les mettrons ainsi à l'abri un moment, le temps de bien faire le tour de tous les parcs. Tu en penses quoi ?

Je suis surprise qu'il me demande mon avis. Personne ne le fait jamais habituellement.

— Ce serait sans doute plus raisonnable, en effet.

— Les deux nouveaux cas ont été pris à temps. Les chevaux pourront rester ici le temps que l'injection fasse son effet.

Je suis soulagée d'apprendre qu'ils ne devront pas eux aussi faire un séjour à la clinique. Cole nous rejoint à l'instant où j'enfile mes bottes. Nous sortons tous les trois, pour apercevoir la voiture d'Emily qui se gare dans la cour.

— Ça, c'est du service rapide, affirme Cole.

— Tara s'occupe des malades, allons faire descendre le troupeau jusqu'ici.

J'approuve et suis Aaron jusqu'à l'écurie. Nos montures sont vite harnachées. Cole s'occupe d'ouvrir les barrières qui mènent d'un pré à l'autre pendant qu'Aaron et moi conduisons les chevaux le plus près possible de l'écurie.

Cette tâche nous prend presque deux heures, les poulains étant assez difficiles à manœuvrer, toutefois je me sens rassurée de les savoir désormais à portée de vue. Je mets pied à terre pour fermer la dernière clôture et admirer le troupeau qui broute paisiblement tandis que Cole s'éloigne avec Athéna et Dexter.

À aucun moment je ne l'entends arriver derrière moi, seule la puissance de l'impact dans mon dos me surprend et mon front percute violemment la barrière de métal. À demi assommée, je peine à me retourner et Megan en profite pour me pousser de plus belle contre l'enclos.

— Tu avais vraiment besoin de remettre cette vieille histoire sur le tapis ?! Personne ne te croira, personne ne t'a jamais crue, pauvre andouille !

— Comment as-tu osé amener cette raclure ici ?! hurlé-je sans tenir compte de ses paroles.

Megan ricane en m'écrasant de son regard méprisant.

— Juste l'expression sur ton visage en valait largement la peine. Tu te serais vue ! Une véritable hystérique, ricane-t-elle.

La rage l'emporte sur la raison et je me rue sur elle, la renversant sur le sol. Le bruit des chevaux qui hennissent derrière nous couvre le son de notre altercation. Je suis prête à rouer de coups son précieux minois quand la main de Cole retient de justesse mon poing serré par la haine.

— Elle n'en vaut pas la peine.

Je me démène comme une diablesse entre ses bras puissants, pourtant il n'en démord pas et me maintient fermement contre lui.

Megan se relève et remet ses cheveux en place comme si rien ne s'était passé. Aaron l'empoigne alors par l'avant-bras et la conduit sans la moindre délicatesse jusqu'à son véhicule. Elle l'invective copieusement, mais elle a déjà disparu dans l'allée lorsque ma mère sort de l'écurie avec la vétérinaire.

— Viens, Abby. Tu saignes, m'ordonne Cole en m'escortant vers l'aile des invités.

Mon regard croise celui de Tara, totalement inexpressif, et je perds tout espoir d'avoir un jour une relation normale avec elle.

Chapitre 25

Cole

La diablesse se débat avec frénésie entre mes bras. Elle a beau ne mesurer qu'un petit mètre soixante, elle se déchaîne comme une forcenée. Pourtant, je sais que si je l'avais laissé donner ce coup de poing et les suivants, c'est sur elle que Megan aurait fait peser le blâme. Je reçois un coup de talon dans le tibia et réprime un juron, tandis qu'Aaron pousse Megan dans son pick-up sans la moindre complaisance. C'est à cet instant que je sens une goutte de liquide tomber sur l'une de mes mains et que je constate qu'Abby saigne abondamment.

Je la retourne face à moi et découvre la vilaine blessure qui orne le haut de son front. Du sang coule le long de sa joue. Je l'entraîne aussitôt vers le bungalow. Tara nous regarde passer sans dire un mot en sortant de l'écurie, et je manque de peu de déverser sur ma patronne toute la colère que je réprime depuis hier. Mais heureusement pour elle, c'est encore à moi de jouer les infirmiers ! Abby, enfin décidée à coopérer, avance devant et ouvre la porte d'un violent coup de pied, avant de se laisser tomber sur le premier canapé. Par chance, la trousse de premiers soins n'est pas bien loin.

Je prends place sur la table basse et lui fais lever la tête d'un doigt sous le menton.

— Pourquoi es-tu intervenu ?!

Sa voix tremble de fureur contenue.

— Tu sais très bien qu'elle t'aurait une fois encore tout mis sur le dos. Bon, pas besoin d'aller à l'hôpital, ça n'a pas l'air très profond.

Je repousse ses mèches rebelles et sors une gaze propre pour nettoyer la plaie.

— Qu'est-ce que ça change ? On me met toujours tout sur le dos !

Dans un soupir, j'essuie la ligne de sang qui descend sur son visage. Comment être franc, sans la froisser pour autant ? La dernière chose que je souhaite, c'est qu'elle se braque contre moi.

— Tu vas devoir parler de tout ça avec ta mère, Abby. Rectifier cette situation malsaine entre vous. Toutes ces choses… Il faut qu'elle ouvre les yeux.

Nous nous affrontons du regard un instant et je suis presque heureux de voir une étincelle de détermination apparaître dans ses iris.

— Je suis défigurée ? me demande-t-elle.

— Belle tentative pour changer de sujet, mais tu perds d'avance avec moi.

Après avoir nettoyé son front, j'applique un onguent sur la blessure.

— Non. Cela dit, j'aime beaucoup, ça te donne un petit air de dure à cuire.

— Sexy ?

— Plutôt le genre, n'approche pas si tu ne veux pas prendre mon poing dans la gueule.

Elle hausse les épaules.

— J'aurais bien aimé pouvoir le faire, marmonne-t-elle en se délestant de ses bottes et s'allongeant sur le sofa.

— Et alors j'aurais dû aussi m'occuper de tes jointures écorchées !

Abby m'adresse un sourire et je me penche pour lui voler un baiser.

— La roue tourne, Abby. Pour tout le monde. Son tour viendra, murmuré-je contre ses lèvres.

— Si seulement elle pouvait tourner un peu plus vite.

Je secoue la tête. Elle n'est pas croyable. Cette fille se prend une barrière en plein front et tout ce qu'elle souhaite, c'est démolir la peste qui l'a poussée… D'accord, si j'avais été à sa place, il ne resterait sans doute pas grand-chose de Megan ! Mais Abby n'est pas moi…

— Repose-toi un peu, le choc t'a ramolli le cerveau !

En guise de réponse, je reçois son poing dans l'épaule.

— « *Merci d'avoir pris soin de moi une fois encore, Cole. Je te serai éternellement redevable !* » m'exclamé-je d'une voix suraiguë, dans une piètre imitation de ma sirène.

— Je ne parle pas de cette façon, grogne Abby, les yeux fermés.

Sourire aux lèvres, je la laisse se reposer et vais remettre la trousse à sa place. Je me demande bien comment fait Josh pour survivre sans la mallette de premiers soins ?! La dernière fois qu'il est passé voir Fire, il ne semblait pas en forme… et ce n'est jamais de bon augure quand on connaît le militaire !

Comme Tara avait l'air de maîtriser la situation avec les deux nouveaux cas d'intoxication, je décide de rester à l'intérieur. Avec mon cahier à dessins et le reste de mon attirail, je m'installe aux pieds d'Abby sur le canapé.

Il ne doit pas s'être écoulé plus d'une heure quand elle se redresse brusquement. Je remarque la petite bosse qui commence à prendre forme près de son cuir chevelu. Afin de limiter les dégâts, je me lève pour aller lui chercher une serviette d'eau froide.

— Je peux ? me questionne-t-elle en posant la main sur mon cahier.

Mes yeux passent de la table à la jeune femme.

— Oui.

Je pars dans la salle de bains chercher la compresse. Quand je regagne le salon, je la regarde parcourir les feuillets de mon vieux cahier. Ses doigts tracent parfois les contours d'un dessin, un sourire fugace étire ses lèvres à la page suivante. Puis toute expression quitte son visage dans un bruissement de papier. Elle est face à elle-même.

— C'est…

— C'est toi, oui. Ce qui est étrange, c'est que j'avais commencé cette esquisse avant même de te rencontrer, soufflé-je en posant le linge sur son front avant de reprendre ma place près d'elle.

De l'index, elle suit les tracés des ronces qui la retiennent prisonnière sur le croquis. La ressemblance est plus que frappante,

je dois l'avouer. Ce dessin représente des heures de travail et de multiples modifications, aussi infimes soient-elles. Le seul élément de couleur vient de ses boucles de feu. Mon souffle se bloque en travers de ma gorge dans l'attente de sa réaction. Quand elle détache enfin ses yeux du papier, c'est pour se tourner vers moi.

— C'est impressionnant, chuchote-t-elle. Un peu déconcertant, mais très impressionnant.

Je reprends mon carnet.

— J'adore, Cole. C'est magnifique.

— Je suis content que tu l'aimes.

Son compliment me touche. C'est loin d'être la première fois que l'on me fait des éloges sur mes créations, seulement venant d'Abby, c'est différent. Même si j'espère encore obtenir plus de notre relation, j'ai la conviction qu'une réelle amitié est d'ores et déjà née entre nous. Elle a certes quelques avantages acquis non négligeables, mais cette confiance réciproque me plaît. Je lui souris quand la voix d'Aaron m'interpelle depuis la cour.

— Va. Je te promets de ne commettre aucune nouvelle tentative de meurtre, rigole Abby.

Soulagé de la voir de meilleure humeur, je sors donner un coup de main au cow-boy. Pendant que nous remplissons les abreuvoirs des chevaux qui sont maintenant près de l'écurie, je vois ma sirène sortir du bungalow pour gagner la maison d'un pas déterminé. Je me tourne vers Aaron.

— Tara est toujours dans l'écurie ?

— Non, elle est rentrée avant que je passe te chercher.

Nous échangeons un regard qui en dit long et il coupe l'arrivée d'eau en vitesse. Des voix en provenance de la demeure s'élèvent crescendo et résonnent jusque dans la cour. Je suis le premier à franchir les barrières, mais le cow-boy me retient alors que j'atteins les marches de la terrasse.

— Elles ont peut-être besoin de ce qui va suivre, me dit-il posément.

Je ne bouge pas, néanmoins je reste sur le qui-vive, prêt à faire irruption à tout moment, tel un boulet de canon.

— Tu sais que je dois vendre les chevaux qui sont prêts à quitter le ranch, Abby ! Tu ne peux pas éternellement faire l'enfant !

— Je me fous que tu vendes les chevaux, c'est *ton* élevage ! Mais vendre l'un d'eux à Clifford Olson, après ce qu'il m'a fait subir…

Une main tape contre un meuble.

— Ça suffit avec cette histoire ! Tu es la seule à maintenir cette version des faits depuis des années ! Ta sœur n'est pas responsable de tes écarts de conduite, hurle Tara.

Mes poings se serrent et mes jointures blanchissent.

— Tu ne m'as jamais crue, Maman. Tu refuses de croire qu'ils aient pu me faire une chose pareille, mais tu n'as pas hésité une seconde à accuser Lucas de ces mêmes actes ! Pourquoi avoir reporté le blâme sur mon ami, si tu ne croyais pas à ce qui s'était passé, dis-moi ?!

La voix d'Abby est d'une froideur glaçante.

— Voyons, Abby, jamais ta propre sœur n'aurait été capable de te faire une telle chose. Et puis, Megan et Madyson étaient à la maison quand l'hôpital a téléphoné pour nous informer de ton état. Tout ça n'a aucun sens ! Mady ne…

— Madyson quoi ?! N'était pas assez vicieuse pour vous manipuler, Papa et toi ?! Pour me faire endurer une telle humiliation ? Si ! Tu sais très bien que ta fille chérie en est largement capable ! Parce qu'elle ne t'a pas épargnée une seule seconde toi non plus…

Un silence s'installe dans la maison.

— Tout devient toujours dramatique avec toi, Abbygael. C'est assez !

— Quel terrible boulet je suis pour toi, n'est-ce pas ?! La fille minable que son père a laissée derrière lui ! Je l'ai supplié de me prendre avec lui, juste pour ne plus devoir supporter Madyson, tu le savais ? J'étais tellement certaine qu'elle resterait auprès de toi. Mais il m'a rejetée, comme tu le fais toi aussi ! Comme vous l'avez toujours fait, tous les deux !

— Abby, soupire Tara.

— Non, Maman, dis-le ! Dis-le une bonne fois pour toutes que je ne suis qu'une pauvre cloche sans intérêt, assez minable pour choisir d'abandonner ses études après s'être bourré la gueule à une soirée !

C'est trop pour moi. Je refuse de rester là à l'écouter se rabaisser ainsi devant sa mère, sans que celle-ci n'esquisse le moindre geste pour l'arrêter. Je me défais de la poigne d'Aaron et pénètre dans la cuisine. Les deux femmes tournent la tête dans ma direction. Je vois les larmes dévaler les joues de ma sirène et je fulmine.

— Ça suffit, Abby. Arrête de te rabaisser ainsi !

— Ah ! Merci d'intervenir, Cole… Quelle comédie !

C'est la phrase de trop. Toute ma rage se libère quand je me tourne vers ma patronne.

— Vous, vous devriez sérieusement songer à entendre ce que votre fille s'épuise à vous dire ! Cessez donc de vous faire manipuler par votre garce de nièce ! Ouvrez les yeux, nom d'un chien !

Son regard médusé se porte sur Aaron qui m'a suivi.

— Il a raison, Tara. Il n'y a que toi ici qui refuses de voir la réalité.

— Vous croyez vraiment qu'une adolescente de seize ans pourrait inventer ce genre d'histoire monstrueuse ?! Pourquoi le ferait-elle ? Pour attirer l'attention ? Il y a de meilleurs moyens, je crois !

Je reconnais à peine ma propre voix. Je suis en colère contre cette femme comme jamais je ne l'ai été auparavant contre quiconque. Pas même contre mon père qui m'a pourtant envoyé en prison à sa place !

— Je ne peux pas croire qu'une mère soit à ce point incapable de remarquer la souffrance de son enfant, alors qu'elle vit pourtant sous le même toit !

Un silence de mort s'abat sur la pièce.

Je sens la main d'Abby qui se pose sur la mienne.

Abby

Je sais très bien que son but était de désamorcer la situation, pourtant je reste stupéfaite par la colère que j'entends percer dans sa voix. C'est la première fois que quelqu'un prend ma défense avec une telle véhémence. Je ne sais pas quoi dire, ni comment l'arrêter. Mais quand Aaron donne également son avis à ma mère qui semble chercher son appui, je manque de souffle, et de nouveau, les larmes brouillent ma vue. Des gens que je ne connaissais pas il y a un mois de cela ont su voir ce qui se cache derrière la barrière que j'ai tenté de dresser autour de moi, alors que ma propre mère s'entête encore à nier l'évidence.

Même à des milliers de kilomètres de nous, Madyson exerce toujours son contrôle sur Tara. Je n'ose imaginer à quel point elle doit tenir mon père dans le creux de sa main.

J'ai rapidement perdu le contrôle face à ma mère. Le mal de tête qui a surgi suite à ma blessure me fait brusquement perdre le fil de la scène qui se joue dans la cuisine. Je presse la main de Cole entre mes doigts. Il se tourne vers moi et le silence s'abat sur la pièce. Le tatoueur doit lire la lassitude dans mon regard. J'en ai juste assez de tenter de me faire entendre. C'est comme souffler dans un ballon percé : une perte de temps.

Dans un soupir, je lève les yeux vers ma mère.

— Je suis fatiguée de tout ça, Maman. Tu as été incapable d'accepter les faits à l'époque, et c'est encore la même chose aujourd'hui. L'hôpital, la version de Lucas, mon récit, les photographies au lycée… Rien n'a su te convaincre. Je suis épuisée,

mais surtout, je n'ai plus envie de me battre, parce que j'ai enfin compris que je n'avais rien à te prouver. Tu ne verras jamais autre chose en moi qu'une version manquée de Madyson.

Je n'ai même plus la force de hausser la voix. Délaissant la main de Cole, je tourne les talons et gagne ma chambre. Je ferme derrière moi et tire les rideaux pour plonger la pièce dans l'obscurité. Étendue sur mon lit, je me perds dans la contemplation du plafond. Des éclats de voix me parviennent depuis la cuisine, mais je n'en ai cure et ferme les yeux. J'ai l'impression que mon cœur bat au centre de mon crâne. C'est une sensation très désagréable.

Quand me suis-je endormie ? Mystère. Toutes ces émotions ont eu raison de moi. Je suis réveillée par quelqu'un qui toque doucement à la porte de ma chambre. La tête dans mon oreiller, je marmonne un *entrez* étouffé.

— Je ne dérange pas ? m'interroge la voix calme d'Aaron.

Surprise, je me redresse trop vite et la tête me tourne, m'obligeant à me rallonger aussitôt.

— Merde, grogné-je en saisissant mes cheveux à pleine main.

— Tu veux que je demande à Cole de venir ?

Ce serait le comble qu'il me voit dans cet état, il se mettrait encore plus en colère qu'il ne l'est déjà.

— Non. J'ai juste mal à la tête, soupiré-je.

— Je peux…?

Le cow-boy, toujours sur le pas de ma porte, désigne le pied de mon lit. Je me redresse, plus doucement cette fois, et lui fais signe d'entrer. Aaron referme doucement le battant derrière lui et avance dans la pièce sombre. Il semble presque gêné quand il prend place au bout du matelas.

— Cole m'a raconté ce qui t'était arrivé, commence-t-il.

— Je…

L'air me manque.

— La situation globale, je te rassure. Il n'est pas entré dans les détails, même si je dois t'avouer avoir entendu une partie de votre conversation hier.

Horrifiée, je détourne le regard et sens une larme solitaire rouler sur ma joue.

Mais qu'est-ce qu'elle vient faire ici, celle-là ? songé-je en l'essuyant rageusement du revers de la main.

— Je ne sais pas ce que c'est, la vie de famille, je n'ai jamais eu ni frère ni sœur. Et je sais encore moins ce que c'est que d'être parent…

— Pourtant, tu n'as pas pris son parti dans la cuisine. Tu sembles même croire à mon… à ce qui m'est arrivé.

Viol. C'est le mot que Cole a employé. Celui que je n'ai jamais osé mettre sur cette histoire. Et pourtant…

La main rugueuse d'Aaron sur la mienne me sort de mes propres cauchemars.

— Je crois simplement que ta mère ne voit pas les choses comme Cole et moi. Elle n'a pas ce point de vue extérieur que nous pouvons poser sur la situation. Si elle te croit, l'une de ses filles devient un monstre sans scrupule, et l'autre, une victime laissée pour compte, m'explique-t-il. Et si elle ne te croit pas, tu deviens une menteuse.

— Dans un cas comme dans l'autre…

— …elle ternit l'image de l'un de ses enfants, termine-t-il.

J'acquiesce en silence. Jamais je n'avais envisagé la situation de cette façon, depuis la position de ma mère.

— Cela n'explique pas son comportement de tous les jours avec moi, Aaron.

— Je crois que Tara est une femme extrêmement facile à manipuler. Mais tu la connais mieux que moi.

— Megan lui ferait faire n'importe quoi… confirmé-je.

Son regard paisible me fixe, m'invitant à poursuivre.

— Je ne saurais même pas quoi lui dire.

— Peut-être que juste vous asseoir devant une bonne tasse de café sans vous la lancer au visage serait un bon début, propose-t-il. Et commencer par un sujet simple à aborder ? La vente des chevaux par exemple ? Sa relation avec l'un de ses employés ?

Malgré tout, je parviens à sourire à son sous-entendu.

— Je vais essayer de faire mon bout de chemin, accepté-je. Le reste ne dépendra que d'elle.

— Un pas à la fois, acquiesce Aaron.

Sur le salut d'un chapeau de cow-boy imaginaire, il quitte ma chambre et referme derrière lui. Si seulement j'avais eu un homme dans son genre comme père !

Le silence règne dans la maison. Je me lève et gagne la cuisine en traînant les pieds. Je mets la machine à café en marche et sors deux tasses. Avec beaucoup plus d'attention que nécessaire, j'observe le liquide qui remplit peu à peu la carafe. Le bruit de la porte d'entrée me parvient au moment où je termine de remplir les tasses. Je vais déposer l'une d'elles sur un coin de la table et prends place en face.

Surprise, ma mère s'arrête sur le seuil en fixant la tasse fumante. Elle doit sans doute songer que j'y ai mis de la mort-aux-rats !

— Ce n'est pas empoisonné, et c'est pour toi, l'informé-je en prenant une gorgée de mon nectar.

Sans réagir à mon commentaire sarcastique, elle s'installe en face de moi.

— Et si tu me parlais de l'évolution de ta relation avec Aaron ? demandé-je.

C'est le sujet le moins épineux qui me passe par la tête.

— Tu veux vraiment que je te parle de cet aspect de ma vie ?

Je soupire et bois mon café.

— Je tente de faire un pas vers toi, au cas où tu ne le verrais pas.

Mon apparente tranquillité menace de s'envoler !

— Très bien alors… C'est étrange.

Les sourcils froncés, je lève les yeux sur elle.

— Étrange ?

— Oui. Je n'ai pas eu d'homme dans ma vie depuis le départ de ton père. J'ai tant dépensé mon énergie à travailler sur ce ranch, que j'en suis venue à oublier que j'étais aussi une femme avec des envies à combler…

Je manque de recracher mon café sur la table !

— Je ne veux rien savoir de ta vie sexuelle, Maman ! m'exclamé-je.

— Seigneur, Abby, je ne te parle pas de ma vie sex… Enfin bref… de cet aspect de ma vie, voyons ! Je veux seulement dire que c'est étrange pour moi de ravoir un homme près de moi. Je ne sais pas toujours comment réagir. Un peu comme avec toi, ajoute-t-elle.

— Mais encore ?

— Aaron est quelqu'un de si facile à vivre. Il tente de me faire voir les choses différemment. Je sais que j'ai été très dure avec toi, après le divorce. Mais je veux que tu saches que je suis heureuse que tu sois restée sur ce ranch avec moi, même si c'est un ranch pourri, comme tu dis…

— Je n'ai pas non plus été très facile à gérer après avoir quitté le lycée.

— Ne commençons pas à nous jeter la pierre, ou nous serons encore assises ici demain soir.

Depuis combien de temps n'ai-je pas eu ce genre de conversation normale avec ma mère ? Des années !

— Alors, tu crois que ça peut devenir sérieux avec Aaron ? la questionné-je.

Ma mère rougit et je souris.

— Je crois que c'est envisageable, oui.

— D'accord. Je l'aime bien, il est de bon conseil.

— Et toi ?

Je lève les yeux de mes mains qui enveloppent ma tasse.

— Quoi moi ?

— Eh bien, Cole et toi ?

— Oh !

Que répondre à sa mère quand elle pose ce type de question sur le sex-friend du moment ?

— Ça n'a rien de sentimental. Entre nous, c'est purement physique, avoué-je enfin.

— Est-ce qu'il le sait ?

— Bien sûr que oui !

Je ris devant la mine effarée de ma mère.

— C'est même lui qui a conclu les termes de notre accord.

— Très bien. Il semble en tout cas te faire beaucoup de bien.

Le rouge me monte aux joues.

— Ce n'est pas ce que je voulais… je ne parlais dans ce sens, bafouille aussitôt ma mère. Je voulais dire en tant qu'ami !

— Oui, en effet. Il me redonne confiance en moi.

Tara acquiesce en silence et je constate que ma tasse est vide.

— Je vais aller prendre une douche, annoncé-je en me levant.

— D'accord. Il y a de quoi manger dans le frigo… comme tu n'es pas venue dîner.

— Je n'ai pas très faim.

Les choses sont encore difficiles et manquent de naturel entre nous, aucune de nous deux ne pourrait le nier.

Quand je m'engouffre dans la salle de bains, je prends un moment pour observer mon visage dans le miroir. J'ai une mine affreuse et une jolie balafre accompagnée d'une bosse dans le haut du front. Cependant j'ai suivi le conseil d'Aaron et j'ai l'esprit plus calme. *Un pas à la fois*, m'a-t-il dit.

Un pas à la fois…

Les jours ont passé, et le vendredi suivant, mon moral est toujours au beau fixe. Enfin… c'est un bien grand mot, mais au moins, je ne me sens plus au fond du trou. La situation avec ma mère est un peu comme un épais brouillard. On arrive à avancer, mais pas trop à voir où cela nous mène. C'est un jour après l'autre. Les choses me paraissent aussi plus simples, car Megan n'a pas remis les pieds au ranch depuis qu'Aaron l'a mise dehors.

Je trouve toujours un soutien sans faille auprès de Cole et cela me conforte dans l'idée que j'adore cette amitié qui nous unit. C'est l'équilibre parfait à mon sens !

Je m'active à brosser ma jument dans l'écurie quand mon compagnon apparaît, tout sourire.

— En parlant du loup…

— …on en voit la queue ?

Je pouffe sans pouvoir me retenir. Quel idiot !

— Je pensais justement à toi, ris-je en sortant de la stalle d'Athéna.

— Je dois peupler tes pensées les plus débridées.

Il hausse les sourcils de façon suggestive, et pour toute réponse, je lui balance la brosse que je tiens en main. Il la rattrape au vol sans difficulté.

— Abby ?! s'exclame la voix enjouée d'Aaron, juste derrière Cole.

Je soupçonne que des rapprochements plus que conséquents avec ma mère se sont passés dans le courant de la semaine. Ils ont l'air tous les deux bien plus détendus quand ils sont en présence l'un de l'autre.

— Je voulais savoir si cela posait un problème que j'accompagne Tara en Saskatchewan ?

— Elle part ce soir si ma mémoire est bonne ?

Il acquiesce, et je peux déjà voir le sourire ravageur de Cole s'afficher sur son visage.

— Aucun problème. Tu es libre de l'accompagner, Aaron. Je n'ai pas mon mot à dire sur ce… cette affaire, conclus-je.

— Vous saurez vous débrouiller tous les deux ?

Cole pose une main sur l'épaule du cow-boy.

— Évidemment ! On n'est plus des gamins, mon vieux.

— J'ai parfois un doute te concernant, ricane Aaron en le pointant du doigt.

Tandis qu'il s'éloigne, le tatoueur s'approche de moi tel un prédateur le ferait de sa proie.

— Toi… tu as quelque chose en tête !

Il sort un prospectus de la poche arrière de son jean.

— J'ai trouvé ça sur la table de la cuisine, parmi les publicités.

Cole agite la feuille rouge et noire devant mon visage.

— Une soirée au *Black Horse* avec moi, ça te dit ?

— Tu sais qu'il y a un risque non négligeable que je te demande de danser ?

— Je prends le risque.

Je ne peux résister à la tentation de le voir danser en ligne.

J'acquiesce et l'attire à moi par le col de son tee-shirt. Nous échangeons un long baiser et je le fais reculer contre la porte d'une stalle. Il m'agrippe la taille et me colle contre son corps.

— J'espère que tu n'as pas peur du ridicule, chuchoté-je contre ses lèvres.

— Je pourrais te surprendre, petite sirène.

Son dernier mot se perd dans ma bouche.

Cole

En fin d'après-midi, Abby et moi nous séparons. Je n'ai aucune idée du temps que cela va lui prendre de se préparer pour notre sortie. C'est la première fois que nous décidons d'aller passer une soirée hors du ranch. Le rendez-vous nocturne au poste de police à mon arrivée ne compte pas, bien entendu ! J'avais un peu peur qu'elle refuse de m'accompagner dans ce bar. Après tout, cela voulait dire qu'elle accepte de sortir avec moi, ailleurs que dans un rodéo. J'espère que je me rapproche du but que je souhaite atteindre plus que tout : une relation plus poussée entre nous. Je veux que nos sentiments s'en mêlent, voire qu'ils prennent le dessus sur notre amitié.

À moins que je sois le seul à ressentir quelque chose de plus fort qu'une simple alchimie sexuelle ? songé-je en pénétrant sous la douche.

J'ai compris depuis quelque temps déjà que je suis fichu. Cette fille m'a complètement déboussolé et fait perdre le nord. Si je dois essuyer un rejet, j'ignore quelle sera ma réaction. Ce n'est pas le moment de penser à tout cela de toute façon, car ce n'est pas ce soir que je compte lui avouer qu'elle m'a totalement retourné le cerveau !

Quand je sors de la cabine, j'entends Aaron s'affairer dans sa chambre. Tara et lui ne seront pas de retour avant samedi soir, voire dimanche matin. Ce qui nous laisse le ranch pour nous tout seuls. Je prends quelques minutes pour tailler ma barbe, ne laissant qu'une fine repousse. Dans ma commode, je déniche un jean délavé et un tee-shirt blanc. Me compliquer la vie ne fait pas partie de mes habitudes. Sauf dans ma relation avec Abby, cela va sans dire ! Les cheveux ébouriffés, je rejoins mon colocataire et nous regagnons la maison ensemble. Comme deux adolescents attendant leurs cavalières, nous nous asseyons sagement devant la demeure.

C'est Tara qui apparaît en premier. Elle vient déposer un sac près de son véhicule et retourne à l'intérieur. J'ai un sourire en coin en voyant qu'Aaron semble nerveux, sa jambe tressaute impatiemment depuis un moment déjà. Quand la porte s'ouvre une nouvelle fois, les deux dames de la maisonnée sortent côte à côte. Dans un mouvement désordonné, le cow-boy, qui retire son chapeau, et moi nous levons.

Je ne peux m'empêcher de dévorer ma sirène du regard. Son jean blanc, troué par endroits, moule délicieusement ces courbes que j'apprécie tant et son débardeur noir contraste avec l'éclat nacré de sa peau. Ses cheveux lâchés dévalent ses épaules en une cascade de feu. Pas de maquillage, juste ma diablesse au naturel. Un pur délice pour les yeux.

— Prêt à te ridiculiser sur la piste, McKnight ?

Sa voix me sort de ma contemplation. *Tu assouviras tes fantasmes plus tard, mon pote !* Elle me lance les clés de son pick-up.

— Comme c'est toi qui m'as invitée, c'est toi le chauffeur !

— Alors après vous, ma chère, ris-je en faisant un large mouvement de la main vers le véhicule.

— Amusez-vous bien ! nous souhaite la voix de Tara dans notre dos, alors que nous gagnons le pick-up.

À l'instant où je mets le contact, Abby se tourne vers moi.

— Tu crois qu'ils vont s'envoyer en l'air ?

Je regarde le couple qui se tient sous les lumières de la galerie pendant une seconde, avant d'enclencher la marche arrière.

— Sans aucun doute, affirmé-je.

— Cole !

— Quoi ?! Tu me poses une question, j'y réponds !

Elle grogne.

— Ça semble être un peu moins tendu avec ta mère…

— Évitons le sujet complexe de ma relation mère-fille.

— De quoi veux-tu parler, Ariel ?

Malicieuse, Abby me dévisage pendant que j'emprunte la route qui nous mènera en ville.

— Tu me jures que tu ne passeras pas la soirée assis au bar ?

— Je t'ai dit que je tiendrais ma partie de notre entente. Cesse de douter de ma bonne foi ! clamé-je en prenant un air faussement outré.

— J'ai hâte de voir ça.

— Tu pourrais être surprise, répété-je d'un air mystérieux.

La nuit est déjà bien installée et nous roulons en silence. J'entends Abby fredonner les paroles de la chanson qui passe à la radio. Suivant les indications du GPS, je me gare finalement dans un parking bondé.

— Ça fait un sacré bout de temps que je n'ai pas remis les pieds au *Black Horse* ! s'exclame ma compagne en marchant à reculons pour me faire face.

Elle prend mes mains entre les siennes et m'entraîne à l'intérieur. L'endroit est plein à craquer et la musique assourdissante résonne dans mes oreilles.

— Je ne m'attendais pas à trouver tant de monde ! m'écrié-je.

— C'est le seul endroit qui mérite que l'on s'y arrête ! Alors toutes les personnes de vingt et un ans et plus traînent ici le week-end !

Nous sommes obligés de hausser la voix pour nous entendre parler. Abby nous fait passer habilement entre les danseurs et mes yeux ne quittent pas son déhanché qui suit le rythme. Arrivée au bar, elle commande deux bières tandis que je me retourne pour observer les lieux. Des lumières en mouvement balayent la piste de danse. Les murs rouges et noirs donnent une ambiance un peu rétro à la grande salle. Un palier surplombe l'autre côté de la piste, où certains clients sont groupés en petites bandes près de quelques tables.

Je paie nos consommations et descends ma boisson d'un coup. Tout le monde semble danser en tandem. J'avale péniblement ma salive. Dans quoi est-ce que je me suis embarqué ?! Je ne suis pas encore prêt pour ça !

Ma sirène affiche un petit sourire en coin. *Merde !*

— Tu ne vas pas te dégonfler, McKnight…? susurre-t-elle à mon oreille en s'approchant de moi. J'ai appris à manier le lasso, moi.

— J'ai l'air de quelqu'un qui se dégonfle ?

— Là, tout de suite… oui, s'esclaffe la rouquine.

La musique change tout à coup de tempo et se fait plus lente. C'est ma chance, le moment de sortir mes fabuleux pas de danse. J'espère éviter la catastrophe ! Je tends la main à ma sirène et, après avoir déposé sa bouteille sur le bar, elle mêle ses doigts aux miens et me suit sur la piste. Je souffle un coup alors que les couples se forment autour de nous. Je pose une main derrière son épaule et la sienne vient rejoindre tout naturellement le dessus de mon biceps, tandis que je soulève son autre main, comme pour une valse. Elle replace un peu ma position et me sourit. Tout à fait à son aise, Abby recule quand je fais le premier pas. Je me sens aussi raide qu'une barre de métal et me concentre sur mes mouvements. Deux rapides, deux lents… et ainsi de suite.

Tous les couples tournent en rond et nous suivons le mouvement. Quand je commence à me détendre un peu, je lui fais faire deux tours sur elle-même, un rapide, un lentement, et la ramène à moi.

— Très bien… Quel est ton secret, champion ? me demande-t-elle en tournant à nouveau.

Je commence à prendre mes aises et lui souris.

— YouTube.

— Menteur !

— Ne me déconcentre pas, je dois encore compter dans ma tête.

Elle rit franchement et ses boucles de feu frôlent mon visage.

— C'est Aaron qui m'a appris, avoué-je.

— Tu lui as demandé de t'apprendre à danser ?!

Je hausse une épaule en la faisant tourner derechef. J'adore voir ses yeux briller de la sorte. C'est comme une étincelle de lumière en pleine obscurité. Dans un petit élan de courage, et en priant pour ne pas m'emmêler les pieds, je nous fais tourner ensemble. Abby rapproche son visage du mien, alors que nous revenons face à face. Elle me vole un baiser, avant que je ne la fasse virevolter.

— Tu te débrouilles comme un chef, s'amuse-t-elle.

Tout devient plus fluide, et j'ajoute même quelques petits mouvements qu'Aaron m'a appris. Je suis plutôt fier d'avoir réussi à maîtriser cette épreuve et, encore plus heureux de voir qu'Abby apprécie l'effort. Nous enchaînons plusieurs danses, plus ou moins rythmées. Ma petite sirène sourit, et c'est tout ce qui m'importe.

Mais quand le son d'une guitare résonne dans les amplis, Abby ne me laisse pas le temps de réagir et se place en ligne avec les autres danseurs qui ont déjà tous changé de place. Je reconnais la chanson.

Et merde !

Fake ID de *Big & Rich* retentit dans la grande salle. Moi qui espérais m'en tirer, c'est loupé ! Tant pis, autant ne pas faire les choses à moitié ! Je me place en ligne également et Abby me dévisage, surprise.

— Tu n'es pas obligé, Cole…

— Je t'ai dit que j'allais te surprendre, Ariel. Ne me fais pas mentir, dis-je en esquissant les premiers pas.

Une chance pour moi qu'Aaron ait insisté pour m'apprendre également cette danse. Je me sens comme dans le clip du remix de *Footloose*, que nous avons regardé ensemble. Je suis moi-même surpris par mon déhanchement et les mouvements qui reviennent naturellement. J'ai presque l'air de savoir ce que je fais ! Comme un seul homme, tous les danseurs tapent dans leurs mains en tournant. Je croise le regard d'Abby et je suis content d'y lire la stupéfaction.

Nous repartons de plus belle en faisant claquer les talons de nos bottes sur le plancher. *Je ne me doutais pas que la danse en ligne pouvait être si... attrayante,* songé-je en observant le postérieur d'Abby. Au moment du refrain, les lignes se défont et j'attire ma rouquine vers moi. Ses cheveux s'agitent en rythme avec la musique et elle lève les bras au-dessus de sa tête, laissant paraître la peau ivoirine de ses hanches. Je la fais tourner puis elle vient se coller à moi. Je suis son déhanché, quand d'un coup, nous sommes séparés. Je la vois disparaître, happée par la foule de danseurs.

Je l'entends à peine entre le changement de musiques, mais sa voix hystérique crie mon nom. À grands coups de coudes, je pousse les gens et aperçois enfin la couleur vive de ses boucles. La rage monte en moi à l'instant où j'entrevois le visage de Clifford tout près du sien. Ses mains sont posées sur la peau que dévoile son débardeur. Quand le regard de ma sirène croise le mien, je peux y lire toute la terreur qu'elle ressent. Je ne réfléchis pas une seconde de plus et me rue sur eux. J'abats violemment mes mains sur les épaules de ce mec répugnant et le tire en arrière par le tissu de sa chemise. Sa poigne sur Abby se relâche et je le retourne face à moi.

— Dégage de là ! me crache-t-il au visage.

Impassible, je tends la main à Abby qui s'en empare. Je tente vraiment de garder mon calme. Vraiment ! Et je nous éloigne de lui. Seulement ce crétin me balance son poing à l'arrière de la tête. Je me stoppe net et pousse légèrement ma compagne sur le côté. Les clients du bar commencent à s'écarter autour de nous.

— Prendre les gens en traître, c'est minable. Même pour une raclure comme toi, grondé-je, alors que le volume de la musique diminue.

— De quel droit tu me voles ma cavalière ?!

Je lui fais face en serrant les poings. Aucun doute, je suis en droit de riposter.

— Quand tu veux danser avec quelqu'un, crétin, tu dois d'abord obtenir son consentement. Mais c'est probablement un truc qui t'échappe.

Ma voix calme ne laisse rien présager de la fureur qui gronde en moi.

— Ce n'est qu'une traînée, et tout le monde le sait ici ! Pas besoin de lui demander son avis, ricane Clifford en écartant les bras pour englober la salle, où personne ne prend la défense d'Abby.

J'esquisse un sourire en coin et ancre mon regard au sien. Je me fous pas mal de qui ce mec est le fils, mon poing part et le frappe si durement qu'il tombe directement au sol à mes pieds. Je bouge lentement mes phalanges et me tourne vers Abby. J'ai juste le temps de la voir se frayer un chemin vers les toilettes. Je la poursuis et entre à sa suite dans la petite pièce. Je referme la porte derrière nous et enclenche le verrou. L'endroit est loin d'être attrayant. Le distributeur de capotes gît sur le sol et le miroir est fracturé en deux. Abby pousse de toutes ses forces contre mon torse, me forçant à reculer, dos à la porte.

— Sors d'ici ! hurle-t-elle.

Les larmes dévalent sur ses joues et elle serre mon tee-shirt entre ses poings. Un cri de rage lui échappe quand je tente de la prendre dans mes bras.

— Ne me touche pas !

— Abby…

— Laisse-moi, Cole. Franchement, tu as mieux à faire de ton temps que de le perdre avec moi ! rugit-elle en se détournant pour essuyer ses larmes avec colère.

Je ne bouge pas d'un pouce.

— Je ne peux pas, dis-je alors que la musique reprend derrière le battant.

— Mais fiche le camp !

— Non.

— Pourquoi ?!

Je fais un pas vers elle et m'arrête quand je la vois reculer.

— Parce que je t'aime ! Voilà pourquoi !

Elle se fige, comme si je venais de lui lancer une bombe au visage. Mes mains passent dans mes cheveux. J'aurais dû la fermer !

— Non… Tu m'as dit l'autre jour que…

— Je t'ai menti, Abby ! Je n'y peux rien, d'accord ! C'est inexplicable !

— Tu ne peux pas…

— Mais cesse de me dire ce que je peux ressentir ou non, bordel ! Je t'aime et tu ne peux rien y faire ! m'écrié-je.

Un ange passe tandis que nous restons immobiles à nous fixer.

— Je n'ai jamais ressenti ça auparavant ! C'est plus fort que tout, plus intense que tout ce que j'ai déjà vécu. Même mon passé avec Cassie me paraît fade si je le compare à mon présent avec toi ! Et je n'ai pas l'intention de laisser ce sentiment me passer sous le nez…

— Et tu me jettes ça au visage dans les toilettes d'un bar ?!

— Je veux seulement être là pour toi, Abby. Être avec toi, peu m'importe l'endroit ou le moment…

La jeune femme me dévisage sans un mot.

— Je ne m'attends pas à ce que tu ressentes la même chose. Je voulais seulement que tu le saches, conclus-je.

Aucune parole. Elle avance vers moi et s'arrête.

— Ramène-moi à la maison.

Je crois que mon cœur se fige dans la pierre quand sa voix de glace me parvient. J'acquiesce en silence. Elle passe devant moi et gagne la sortie.

Qu'est-ce que j'ai fait ?

Et surtout, qu'est-ce que je fais, maintenant que j'ai tout fichu en l'air ?

Abby

Quand je pousse la lourde porte du *Black Horse*, l'air frais de fin de soirée me fait frissonner. Je percute des gens sur mon chemin sans même en avoir conscience et serre mes bras autour de moi dans une vaine tentative pour me réchauffer. Je me sens glacée jusqu'à la moelle.

— Abby !

La voix de Cole résonne brusquement dans mon dos alors qu'il m'attrape par les épaules et me pousse hors de la trajectoire d'une voiture qui entre dans le parking. La personne au volant klaxonne en passant près de nous. Je me défais sèchement de sa prise et me rends jusqu'à mon véhicule. Le tatoueur déverrouille les portières et je m'engouffre à l'intérieur. En tendant un bras derrière mon siège, je déniche une veste et me couvre avec. Sans un mot, Cole reprend la route du *Heaven's*. Le tableau de bord indique près de vingt-deux heures. Le front contre la vitre, je regarde disparaître les lumières de la ville.

« Je t'aime ! »

Ces trois mots me hantent. Comment vais-je faire pour le regarder en face maintenant qu'il m'a avoué ses sentiments. Je ne suis pas sans cœur, mais je ne ressens pas la même chose que lui. J'en suis bien incapable de toute façon, bousillée comme je suis. Pourtant, devoir songer à prendre mes distances avec Cole, avec notre amitié et nos moments de complicité, me déchire de l'intérieur. Pourquoi a-t-il fallu qu'il me le dise ? Ne pouvait-il pas garder ses émotions pour lui ?

Nous regagnons le ranch dans le silence le plus total. Une atmosphère malsaine règne dans l'habitacle. Quand les phares éclairent enfin la maison, je descends du pick-up avant même qu'il soit passé au point mort. Je marche vers l'écurie en enfilant ma veste. Le son d'une portière retentit et Cole m'interpelle, alors que j'entre dans la grange. J'allume sur mon passage. Le seul réconfort que je souhaite, après cette soirée merdique, est celui que m'apportera Athéna. Le son de mes pas résonne sur le béton, j'avance vers sa stalle.

Puis je me fige face à la porte.

— Cole !

Je hurle à pleins poumons, horrifiée par le tableau qui s'offre à moi. Ma respiration se coupe et je me précipite dans le box d'Athéna. Le bruit du loquet est comme un coup de feu à mes oreilles. Puis je n'entends plus qu'une chose, le souffle lourd de ma jument en nage qui m'observe, couchée sur le dos, un postérieur prit derrière l'abreuvoir. Je ne prends pas la peine d'attendre le tatoueur pour m'approcher d'elle et, avec toute la force que je possède, je dégage son sabot.

Toutefois Athéna ne se remet pas sur ses pattes, elle se roule frénétiquement dans l'espace restreint du box. Je manque de recevoir un coup de fer dans la jambe, et brusquement, je comprends. Ma jument souffre d'une colique. Par des mots doux, je tente de l'apaiser quand elle s'immobilise enfin, allongée sur le flanc le long d'un mur, sa tête massive reposant à moitié dans l'allée de l'écurie. Des spasmes l'agitent tandis que je lui passe son licol. Cole arrive au même moment. Il ne pose pas de questions, comprenant aussitôt la situation, et en sortant son portable, repart au pas de course vers le tableau où sont notés tous les numéros de téléphone importants, dont celui d'Emily.

Je suis incapable de contenir ma monture qui se roule de plus belle. Ma voix n'est qu'un croassement quand je crie de nouveau le nom de Cole. Il revient et pénètre dans la stalle avec moi. À nous deux, nous tentons de notre mieux d'empêcher la jument de tourner. Nous essayons de la forcer à se remettre debout, mais rien à faire, elle se laisse mollement aller sur le sol.

— La vétérinaire m'a dit qu'elle serait là d'ici une demi-heure.

J'ai aussi appelé Josh, il est en route pour venir nous donner un coup de main.

Le cow-boy me désigne l'encolure d'Athéna.

— Assieds-toi à la base de son épaule, elle ne pourra pas se rouler de nouveau si on l'empêche de soulever la tête. Je vais chercher de la *banamine* dans la remorque pour calmer les crampes.

Je perçois clairement l'incertitude dans sa voix et mon cœur s'emballe de terreur, résonnant dans mon corps tout entier.

Pour en venir à lui administrer lui-même des antalgiques, c'est que Cole pense exactement comme moi. Ce n'est pas une petite colique passagère… mais que faire d'autre ? Ma jument n'a déjà plus la force de se remettre debout pour que nous puissions la faire marcher, ce qui est conseillé dans ce cas de figure. La pauvre a une grande balafre au-dessus de l'œil droit. Et en poursuivant mon examen, je remarque également ses postérieurs, entaillés à plusieurs endroits, et une vilaine plaie sous son ventre. C'est à ce moment-là qu'elles jaillissent. Durant ce court instant de répit et d'inaction, les larmes dévalent mon visage pour atterrir sur la robe couverte de sueur d'Athéna.

Quand Cole revient, il glisse une seringue dans la bouche du cheval et lui administre cinq millilitres d'antidouleurs. Il vient ensuite s'installer derrière moi pour frotter son ventre gonflé.

Les minutes me semblent durer des heures, j'ai l'impression de naviguer hors de mon corps. *Ça ne peut pas lui arriver ! Pas à elle !* songé-je en refoulant mes larmes, tandis que l'orage gronde à l'extérieur sans libérer la moindre goutte de pluie. Des phares illuminent enfin la cour et une silhouette apparaît. C'est Josh qui se précipite vers nous. Mes deux amis ne sont pas incompétents, et la gravité de la situation ne leur échappe pas. En mon for intérieur, je prie de tout mon être pour qu'Emily arrive bientôt. Les minutes s'égrènent, interminables.

— Depuis combien de temps est-elle allongée ainsi ? nous questionne Josh.

— Un peu plus de trente minutes, mais elle était déjà coincée sur le dos à mon arrivée. Alors, je ne sais pas depuis quand dure la colique… Deux ou trois heures peut-être…

Ma voix me paraît lointaine.

Le jeune homme acquiesce et nous rejoint dans la stalle. Il adresse quelques mots à Cole, mais je n'y prête pas attention. Mon regard est braqué sur celui, terne, de mon âme sœur. Je sais déjà comment la journée de demain va débuter…

— Il faut la remettre sur ses pattes, Abby, me murmure Cole, la main posée sur mon épaule.

En silence, j'acquiesce et me redresse. Aussitôt, Athéna tente de se rouler en relevant brusquement sa tête massive. Les garçons la bloquent contre la paroi du box. La *banamine* ne semble plus faire effet, mais elle est trop instable pour que nous tentions de lui en administrer en intraveineuse sans l'avis d'Emily. Alors que les deux cow-boys l'empêchent de tourner, Cole se prend un violent coup de sabot dans la jambe gauche et un second sur un pectoral dans la foulée. Je suis figée sur place, incapable de faire quoi que ce soit. Je reste là, debout dans l'allée avec la longe de ma jument entre les mains, impuissante… le visage baigné de larmes intarissables. Après de nombreux essais et encouragements, les garçons parviennent enfin à remettre ma jument sur pied. Emily franchit le seuil de l'écurie au même moment, au pas de course, sa mallette d'urgence entre les mains.

Cole et Josh maintiennent Athéna plaquée contre le mur de toutes leurs forces, et je m'occupe de lui soutenir la tête tandis que la vétérinaire commence son examen. Rythme cardiaque trop élevé, température trop basse, vérification des muqueuses et fouille rectale. Elle est rapide et efficace, car elle voit bien que la jument risque à tout moment de s'effondrer. Elle procède à l'administration d'un léger sédatif pour pouvoir passer un long tube nasogastrique afin de déterminer où se situe le blocage qui cause la colique tout en y versant de l'eau pour faire un lavement. Du sang s'écoule rapidement du tube et s'étale sur le béton. Mes mains tremblent sur le licol de ma jument.

Les garçons tiennent bon jusqu'à ce qu'elle en ait terminé avec le tube, après avoir fait passer un anti-gaz dans ce dernier pour tenter de soulager Athéna. Puis ma jument s'effondre, les pattes face au mur cette fois. Son fascia musculaire tremble. Du sang coule de ses dents, car elle s'est cogné la mâchoire sur le chambranle de la porte en chutant.

Emily m'entraîne doucement à l'écart après avoir demandé aux garçons de la laisser se reposer. Une main plaquée sur la bouche pour m'empêcher de hurler, je marmonne :

— Qu'est-ce qu'on fait maintenant ?

— Je vais être franche avec toi, Abby. Si elle ne se relève pas bientôt pour marcher au moins deux bonnes heures, je crains de ne rien pouvoir faire de plus, m'explique-t-elle d'une voix douce.

Nous ne sommes pas assez nombreux pour la faire se relever de force, et le début de la soirée nous a déjà épuisés. Près d'une heure et demie plus tard, ma jument est toujours immobile à terre. Je m'écroule au sol près d'elle et prends sa tête sur mes genoux. Je caresse lentement son chanfrein et passe mes doigts dans son toupet emmêlé avec tendresse. Mon front contre le sien, je lui murmure de douces paroles, destinées à elle seule. C'est à ce moment qu'elle se décide à se mettre sur ses pattes dans un ultime effort. Cole et Josh l'escortent rapidement vers le manège intérieur. Emily et moi suivons. Athéna marche avec toute la fierté qu'elle possède. Comme pour faire savoir aux autres chevaux que tout va bien, qu'elle est encore la championne invaincue qu'ils ont connue. Pendant un instant, je reconnais ma compagne de vie, et l'espoir renaît.

C'est Cole qui commence à la faire marcher.

— Elle semble épuisée, mentionne tout de même Josh à Emily.

— Athéna n'est plus toute jeune, malgré son incroyable force de volonté.

La vétérinaire pose son regard sur moi.

— Je vais rester ici jusqu'à ce qu'elle se porte mieux, d'accord ?

— C'est gentil, Emily.

— C'est normal, vous êtes la famille.

Au moment où ma monture menace de s'écrouler dans le sable, j'accours vers Cole et tape violemment dans mes mains dans l'espoir de la faire sursauter un peu. Cela fonctionne. Ma vaillante partenaire reprend lentement sa marche. S'ensuivent alors deux heures interminables. Nous alternons chacun notre tour nos positions pour faire avancer Athéna et l'encourager à poursuivre. Josh et Emily sont partis dans la maison faire du café. Il ne doit pas être loin de deux heures du matin. Et brusquement, Athéna décide que c'en est assez et se laisse lourdement tomber dans le sable, allongée sur le flanc de tout son long, la respiration lourde.

— Deux heures… Elle a marché ses deux heures, murmure Cole en regardant son téléphone.

Mes yeux se remplissent à nouveau de larmes et je m'allonge dans le sable près d'elle. Je cale ma tête dans son cou massif, tandis qu'elle regarde son ventre. Athéna ne tente plus de se relever. Plus aucune lueur ne brille dans ses beaux yeux.

Je ne remarque même pas que Josh et Emily sont revenus. Ce n'est qu'au moment où cette dernière s'agenouille près de moi que mes sanglots redoublent. J'acquiesce finalement d'un hochement de tête. Sans un mot, la vétérinaire presse sa main sur mon épaule et part chercher sa mallette.

— Oh mon Dieu ! hurlé-je enfin, de rage et de peine, n'osant croire à ce qui va bientôt se produire.

Je sens la silhouette de Cole derrière moi, il tente de me remettre sur pied, mais je me débats en m'accrochant à la crinière de ma jument. Pas question que je la laisse seule dans ce qui sera notre dernier pas ensemble. Jamais. Je lui ai promis que je serais là, avec elle, jusqu'à la fin.

Le tatoueur renonce finalement à me détacher de mon cheval. Emily est de retour.

— Il n'y a pas d'autre option ? lui demandé-je entre deux sanglots.

— Elle est à bout de forces, Abby. Jamais elle ne réussira à entrer dans une remorque et encore moins à survivre au transport jusqu'à la clinique. Et puis… je ne miserais pas sur une opération. Pas à son âge.

Dans un énième flot de larmes, je la laisse installer un cathéter dans le cou d'Athéna. J'enserre ensuite son épaule de toutes mes pauvres forces et pose de nouveau ma tête dans son encolure. Emily, après lui avoir administré un relaxant musculaire, procède à l'injection de la seconde seringue qu'elle tient entre ses mains.

Moins d'une minute. Cela prend moins d'une minute. J'ignorais que le cœur produisait un son en s'arrêtant de battre. Un *clac* sonore résonne dans mon oreille. Un bruit qui restera à jamais gravé dans ma mémoire. Le son fatidique de la mort qui emporte une vie. Et à cet instant, je souhaite ardemment qu'elle m'emporte avec elle. Durant un moment, je reste là, à pleurer en silence sur le corps chaud de mon âme sœur. Pour la première fois de mon existence, je me surprends à prier un Dieu en qui je n'ai jamais cru, pour que tout ceci ne soit qu'un terrible et affreux cauchemar. Mais le battement de son cœur ne revient pas…

Pourtant, le mien, ce traître, bat toujours.

Seul Cole est resté dans le manège avec moi, me laissant un long moment pleurer sur la dépouille d'Athéna. Quand je me mets à trembler, de froid, de fatigue, de désespoir… il me relève de force et enfouit mon visage rouge et bouffi dans son cou, tandis que Josh entre avec une grande bâche pour couvrir mon amour envolé. Je m'agrippe au tee-shirt de Cole en reniflant bruyamment. Sa main passe dans mes cheveux et son bras me serre encore plus fort contre lui. Dans cette position, il nous fait sortir du manège par la porte qui donne sur la cour.

Le flot de mes larmes ne tarit pas. Il ne fait que redoubler quand Josh revient vers nous en me tendant le licol maculé de sable d'Athéna. Celui-là même qui est gravé à son nom. Voilà donc tout ce qu'il me restera de l'amour de ma vie. De celle qui partageait mon monde et mon existence depuis plus de quinze ans. Celle qui m'a aidée à me remettre sur pied et à survivre à l'enfer…

Je me détache brusquement de Cole et cours vers la maison, manquant de percuter Emily au passage. Quand la porte claque derrière mon dos, je me laisse lamentablement choir contre elle, serrant le licol de ma jument contre mon cœur.

Puis je hurle.

Je hurle jusqu'à en perdre la voix.

Jusqu'à en perdre les quelques forces qu'il me restait, qui ne s'étaient pas envolées avec l'ultime battement de cœur d'Athéna…

Chapitre 29

Cole

Quand Athéna se laisse tomber sur le sable dans un soupir résigné, Abby la suit au sol et s'accroche à son encolure. Je ne sais quoi faire ni quoi dire. Nous connaissons tous deux l'issue de cette nuit interminable. Ce six août commence sous le signe de la mort et de la douleur. En silence, Josh et Emily me rejoignent. Le militaire détourne pudiquement les yeux de la scène. Le tonnerre gronde de plus belle à l'extérieur. Et toujours pas le moindre signe de pluie.

Au moment où la vétérinaire pose une main sur son épaule, Abby lève les yeux et acquiesce dans un sanglot qui me pulvérise le cœur. Son corps est secoué de tremblement et elle crie son désespoir. Sa voix résonne et se casse alors qu'elle repose sa tête dans le cou de sa jument.

Lentement, je m'approche d'elle et tente de la remettre debout, mais elle s'accroche de toutes ses forces à la crinière d'Athéna en se débattant. Je la laisse me filer entre les mains et se serrer à nouveau contre sa jument. Je ne peux rien faire pour la suite. Impuissant, je la regarde pleurer sur le corps de l'animal. Athéna est maculée de sable et semble dans un sale état.

Lorsqu'Emily injecte la dose létale, la jument sursaute et les sanglots de ma sirène redoublent. Je la laisse tranquille un moment, toutefois, quand Josh revient avec une bâche, je relève Abby de force et passe une main derrière sa tête pour la serrer contre moi.

Elle s'accroche à mon tee-shirt. Ma pauvre petite sirène tient à peine sur ses jambes. Personne ne parle, Emily est sortie, son portable en main et Josh retire le licol d'Athéna avant de couvrir son

corps désormais sans vie. Maintenant Abby contre moi, je la fais sortir du manège. Le ciel nous menace toujours de ses caprices. Josh s'approche pour remettre le licol de sa jument à ma rouquine. Je vois la panique et la douleur ravager son regard. Je n'ai pas le temps de la retenir qu'elle part en courant vers la maison. Le son de la porte qui claque violemment nous fait sursauter à l'instant où la vétérinaire nous rejoint.

— Je viens de téléphoner au transporteur, pour… pour la dépouille. Malheureusement, il ne passera que demain en fin de journée. C'est ce que j'ai pu obtenir de plus rapide, annonce-t-elle, abattue.

Un hurlement strident retentit dans la maison. Un cri inhumain à faire froid dans le dos, empli de toute la haine qu'Abby porte au monde entier.

— Tu devrais peut-être aller la voir, suggère Josh. J'ai un dernier truc à faire, et puis je repars si tu n'as plus besoin de moi.

Il semble très affecté par ce qui vient de se passer. J'acquiesce en silence et mon ami retourne dans le manège alors que je pars en direction de la demeure. Je stoppe un instant mon avancée et me tourne vers Emily.

— Tu pourrais… prévenir Tara ?

— Oui. Je vais le faire.

Quand je pousse la porte, celle-ci refuse de s'ouvrir, j'entends cependant les sanglots d'Abby juste derrière. Je fais donc le tour de la maison et entre par la baie coulissante qui donne sur la terrasse. L'obscurité totale plane sur les lieux. Je gagne l'entrée en allumant sur mon passage. Je m'arrête net quand je découvre ma rouquine assise dos au battant, recroquevillée, les genoux sur la poitrine, le licol couvert de sable d'Athéna collé contre son cœur.

Je fais un pas vers elle, mais elle hurle dans ma direction. L'hystérie de la perte de sa jument l'a gagnée tout entière et elle ne contrôle plus rien. Elle crie sa peine en étreignant le dernier vestige de son âme sœur contre elle. Elle manque de s'étouffer dans ses propres sanglots. Je m'assois en face d'elle, dos au mur et laisse aller ma tête vers l'arrière. Quelle nuit de merde !

Être tombé amoureux de ma sex-friend, c'était déjà une connerie sans nom. Le lui avouer après qu'elle ait eu à faire face à son agresseur d'il y a dix ans, n'en parlons même pas ! Mais regarder cette femme, dont je me suis épris un peu plus chaque jour, s'effondrer de la sorte sans pouvoir y faire quoi que ce soit, c'est juste insupportable. Alors, je fais ce qui me semble être le mieux… je reste près d'elle en silence. Les mots sont inutiles et sans cohérence dans une telle situation. Je ne peux qu'attendre qu'elle s'épuise.

Au moment où la fatigue s'abat sur elle, Abby fixe l'objet entre ses doigts, perdue dans ses noires pensées. Je me remets sur pied et passe mes mains sous ses bras pour la soulever. Une fois qu'elle est debout devant moi, je repousse ses cheveux désordonnés derrière son épaule et la conduis sans bruit jusqu'à la salle de bains. Je suis la seule personne présente qui puisse prendre soin d'elle.

Après avoir allumé derrière moi, je la laisse plantée au centre de la pièce et prépare un bain chaud en y ajoutant des bulles. Abby tremble comme une feuille. Son regard se perd dans le vide. Accompagné du son de l'eau qui remplit la baignoire, je me rapproche et lui retire délicatement le licol d'Athéna qu'elle tient toujours entre ses doigts crispés, pour le poser sur le comptoir. Elle ne le quitte pas des yeux. Lentement, je lui enlève ses vêtements avec précaution et la guide vers le bain, d'où une vapeur réconfortante s'échappe. Son pied s'enfonce dans l'eau et disparaît sous la mousse. Je ferme le robinet tandis qu'elle se laisse glisser dans la baignoire.

Je l'abandonne un instant pour ramasser ses vêtements sales et aller chercher un peignoir dans sa chambre. Comment vais-je réussir à gérer cette situation tout seul ? Sans savoir quels mots employer pour la réconforter…

Le menton posé contre le rebord du bain, elle me semble si loin. Comme perdue dans les limbes. Totalement inaccessible. Je passe derrière elle après avoir pris un gant de toilette et enfonce ma main dans l'eau. Je fais doucement glisser le tissu sur ses épaules, dégage ses cheveux pour parcourir sa nuque. Pas un bruit autour de nous.

— Je suis là, Abby, murmuré-je.

Elle renverse la tête et son regard se plonge dans le mien. Il est éteint, complètement mort.

— Tu ne seras pas toujours là.

— Mais pour le moment…

— Pour le moment, le seul et unique amour de ma vie gît, morte, dans le manège, murmure-t-elle en reposant ses yeux sur le licol de la jument.

Une larme glisse à nouveau sur sa joue. Solitaire. Je ne sais pas quoi répondre et, pendant un instant, je n'esquisse plus le moindre geste tant j'ai l'impression qu'elle est sur le point de se briser entre mes mains. C'est quand elle se lève que je réagis et lui ouvre son peignoir. Elle s'emmitoufle dedans comme si elle espérait disparaître ou y étouffer sa souffrance.

— Tu devrais peut-être aller dormir, proposé-je en la voyant vaciller.

Elle attrape le licol sur le comptoir et part tel un robot vers sa chambre. La porte se referme dans un bruit sourd. Je soupire en retirant la bonde de la baignoire. Quand je gagne enfin le salon, j'entends ses pleurs reprendre de plus belle. J'hésite à aller la rejoindre, avant de repartir en direction du canapé. Je m'y laisse choir et tente de trouver un peu de repos, quelques heures. Ensuite, il me faudra retourner dans l'écurie.

L'alarme de mon portable me fait sursauter. Je n'ai pas réussi à fermer l'œil du reste de la nuit, aussi suis-je déjà dans la grange. Le récurage des stalles est terminé et je distribue les rations en carburant à la caféine. J'ai reçu aux aurores un coup de fil de Tara, elle ne pourra rentrer que demain matin. Ce qui veut dire que je dois gérer au mieux. Le ranch, et Abby…

Une fois les corvées accomplies, je retourne dans la maison et toque doucement à la porte de sa chambre. Un murmure rauque me répond, m'invitant à entrer. Ma sirène est enroulée dans ses draps comme une chenille dans son cocon.

— Ça va ?

Son regard me lance des éclairs. Sa voix acide perce sous les sanglots.

— Tu as d'autres questions idiotes ?

Je vais prendre place au pied de son lit et me passe vivement les mains dans les cheveux en soupirant.

— Je tente de faire de mon mieux, Abby. Alors, s'il te plaît, ne rends pas les choses plus difficiles qu'elles ne le sont déjà.

— Plus difficiles ?! hurle-t-elle en se redressant.

Elle me dévisage avec une telle fureur que j'en reste bouche bée.

— Ce n'est pas toi qui souffres ! Ce n'est pas toi qui viens de tout perdre ! Ce n'est pas toi qui as le cœur en mille morceaux !

Je bondis sur mes pieds.

— Tu crois que je suis indifférent à ce qui vient de se passer, à ce que tu viens de perdre ?! Je suis resté à tes côtés, alors que rien ne m'y obligeait ! Tu crois vraiment être la seule à avoir le cœur en lambeaux ?

M'approchant d'elle, je me penche au-dessus de son visage.

— Hier, quand je t'ai avoué mes sentiments, ton regard était si froid et impersonnel que tu m'as glacé sur place…

— C'est toi qui as tout gâché ! Tu n'avais qu'à garder tes stupides sentiments pour toi !

Elle me repousse brusquement et sort de son lit. Debout de chaque côté du matelas, nous nous faisons face.

— C'est de ta faute si elle est morte ! éructe Abby, tandis que les larmes dévalent sur son visage. Si tu ne m'avais pas invitée à sortir, j'aurais pu la sauver. Elle serait encore avec moi ! Si tu n'avais jamais été là tout simplement, tout ça ne serait pas arrivé !

J'encaisse ses paroles sans broncher. Après tout, peut-être a-t-elle raison ? Mon arrivée sur ce ranch a provoqué tant de bouleversements.

— C'est vraiment ce que tu penses ?

— Oui ! Tu as tout mis sens dessus dessous dès ton arrivée ici ! Jamais je n'aurais dû poser les yeux sur toi ! Et maintenant, tu clames haut et fort être amoureux de moi ! Je ne veux pas de cet amour ! Je ne veux rien. Rien, sauf qu'on me rende ma jument !

J'acquiesce en silence et m'apprête à sortir de la pièce.

— Désolé de n'être qu'un être humain.

Dans la cuisine, je regarde par la fenêtre au-dessus de l'évier et soupire longuement. Je suis presque certain que tout ce qu'elle m'a dit a dépassé sa pensée, mû par le chagrin de ce qu'elle endure. Du moins, je l'espère de tout cœur.

La journée qui passe est un enfer. Entre les crises d'hystérie régulières que j'entends depuis l'écurie et le boucan qui a éclaté dans la maison dès que j'en suis sorti, je tente de me changer les idées en m'activant çà et là. Je range la sellerie, prodigue les soins à Ghost et le fais marcher un peu à l'extérieur avant de le remettre dans son box. Quand le bruit d'un camion résonne dans l'allée, je découvre le véhicule du transporteur qui traverse la cour pour ensuite longer la grange. Emily a dû lui indiquer où se trouvait le corps de l'animal, car il vient se garer directement à côté du manège intérieur.

Je cours vers la maison en voyant la silhouette d'Abby apparaître derrière la fenêtre du salon. Le son du moteur est si fort dans la cour silencieuse. Je sais ce qui va suivre et je ne veux pas qu'elle y assiste. Qu'elle voit son âme sœur ainsi malmenée. Je franchis la porte et la saisis par les épaules. La jeune femme tente de résister, mais j'use de ma force pour m'enfermer avec elle dans sa chambre. Je manque de justesse de mettre les pieds dans les débris de verre qui jonchent le sol. Son miroir est complètement fracassé.

Je la laisse me rouer de coups et griffer mes bras pour se défaire de mon emprise. Tant qu'elle n'atteint pas la porte, je me fous de ce qu'elle me fait. Mais quand un *bang* sonore résonne depuis l'extérieur, elle se fige entre mes bras. Le corps de sa jument vient d'atterrir dans la benne métallique du camion. Ses yeux croisent les miens et elle fond en larmes. Ses jambes menaçant de céder sous elle, je me laisse glisser au sol en l'entraînant avec moi. Elle hurle de nouveau, en enfouissant son visage contre mon torse.

Longtemps, nous restons assis sur le sol entre les éclats du miroir. Abby finit tout de même par s'endormir la tête sur mes genoux, épuisée d'avoir tant pleuré. Elle est si fragile entre mes bras. Je la soulève et l'allonge sur son matelas. Les heures ont défilé sans nous attendre et le soleil descend déjà sur l'horizon. Je sors pour nourrir les chevaux et, quand j'ai terminé, je rejoins la jeune femme, toujours endormie au même endroit.

Je nettoie les débris de la glace fracassée en silence et pars m'allonger sur le canapé. Je sombre dans le sommeil sans même m'en rendre compte.

Au milieu de la nuit, la porte de la maison s'ouvre à la volée et toutes les lumières s'allument. Tara se fige en m'apercevant dans le salon.

— Où est-elle ? panique brusquement ma patronne.

— Dans sa chambre. Elle ne va pas bien.

Elle se rue dans la pièce où se trouve sa fille et j'entends la voix brisée d'Abby prononcer le mot *Maman* en sanglotant.

Aaron vient prendre place près de moi et pose une main sur mon épaule quand je me redresse enfin.

— Ça va aller, me rassure-t-il.

Je détourne le regard vers la pièce où se trouve ma sirène.

— J'en doute fort, Aaron. Je lui ai tout dit. Je lui ai avoué mes sentiments…

— Et ?

Le cow-boy attend ma réponse en me fixant.

— J'avais raison depuis le départ. Cette histoire était fichue d'avance. Elle ne veut pas de moi. Elle ne ressent rien pour moi. Cela n'a toujours été que du sexe, et je me suis laissé prendre à mon propre piège…

Abby

— Abby ?

C'est la voix de ma mère qui me tire de mon sommeil. Quand je découvre l'expression sur son visage, je ne peux m'empêcher de fondre de nouveau en larmes.

— Maman, murmuré-je.

Elle pénètre dans ma chambre d'un pas vif et me rejoint pour me serrer contre elle de toutes ses forces. Mon cœur éclate dans ma poitrine. L'impuissance, la fatigue, la colère, la détresse, tout refait surface d'un coup. Je manque d'air et ma gorge se serre.

— Pourquoi elle ? demandé-je dans un sanglot, étouffé par la veste que ma mère porte encore.

— Oh ma chérie… je n'en sais rien. Personne ne pouvait savoir.

Sa main caresse doucement mes cheveux en bataille et je me laisse aller dans son étreinte. Depuis quand n'ai-je pas cherché le réconfort auprès de ma propre mère ? Plus de dix ans… Depuis cette nuit fatidique qui m'a forcée à me renfermer sur moi-même, j'allais toujours trouver secours près d'Athéna, mais maintenant, même ce soutien-là m'a été retiré. Comme tant d'autres choses.

— Je suis désolée que tu aies dû vivre cela toute seule. Nous avons fait notre maximum pour revenir le plus rapidement possible.

Ses lèvres sont posées sur ma tempe pendant qu'elle me parle.

— Je n'étais pas seule, reniflé-je, apaisée.

Je me laisse bercer par sa chaleur.

En effet, je n'étais pas seule. Josh est venu nous apporter son aide dès qu'il a pu, Emily est restée avec moi jusqu'à la fin. Et il y avait Cole. Cole qui est non seulement resté avec moi, mais qui m'a soutenue malgré ma colère et ma mauvaise foi… Pourtant, je suis consciente d'avoir mis un terme à cette belle amitié entre nous. Seulement tout *ça*, ses sentiments pour moi, c'est quelque chose que je suis incapable de gérer. Que je ne veux en aucun cas gérer.

Tant pis si son cœur doit en pâtir.

Le mien est complètement éteint…

Les jours défilent sans que je les voie passer, le temps s'écoule autour de moi dans un épais brouillard, c'est comme si je flottais hors de mon corps. Une loque humaine, voilà ce que je suis devenue. Je traîne dans la maison en pyjama, jetant quelques regards indifférents par la fenêtre de temps à autre. Je n'ai pas remis les pieds dans l'écurie depuis plus d'une semaine. Mes yeux sont perpétuellement rougis par les flots de larmes qui me surprennent à tout moment.

Ma mère ne me fait toujours pas de reproches sur mon état. Elle semble comprendre que je n'arrive pas à accuser le choc. Dans ma tête, je me dis bêtement que tant je ne verrai pas par moi-même sa stalle vide, rien de tout cela ne sera réel. Pourtant, son licol est accroché à la poignée de porte de ma chambre. Me narguant tous les matins par sa couleur violette qui jure sur le battant immaculé. Par sa plaque qui scintille au moindre rayon du soleil.

Mes journées se résument à regarder des émissions de télévision débiles, dormir et traîner ma carcasse entre le salon, ma chambre et la douche. Aujourd'hui, je suis restée au lit. Je n'ai plus la force de croiser le regard empli d'empathie d'Aaron et celui, peiné, de Cole. Les rideaux sont clos et tout n'est que ténèbres dans la pièce. Je les entends chuchoter quand ils passent près de ma porte. Tara m'a dit qu'elle s'occupait des soins de Ghost avec Cole. Tant mieux, car je n'ai pas plus envie de voir mon cheval que de croiser mon reflet dans la glace.

La porte d'entrée claque soudain et des voix me parviennent. Je soupire de soulagement en ne reconnaissant pas celle de Cole. Je me dépêtre de mes couvertures et me traîne lentement jusqu'à la cuisine. Je ne suis pas assez rapide pour faire demi-tour quand j'aperçois ma cousine près du plan de travail.

— Abby ?! Quelle mine terrifiante tu as, s'exclame-t-elle, presque outragée.

— Je ne te retiens pas.

Je pointe la sortie du doigt avant d'ouvrir le réfrigérateur. J'en retire une bouteille d'eau que je pose sur le comptoir. *Qu'est-ce que je peux en avoir à faire de ne pas avoir l'air d'un mannequin play-boy ?* songé-je en fixant Megan avec hargne. Je la vois alors sourire, mesquine. Ma mère est en train de préparer un repas rapide et nous tourne le dos.

— Alors, comme ça, tu as perdu ta championne ?! Le seul être sur cette Terre encore capable d'accepter ta présence sans broncher, me balance-t-elle avec nonchalance.

— Megan !

Tara s'insurge en se retournant vivement vers nous, au moment où ma main claque violemment sur la joue de Megan. Ma cousine me domine par la taille, pourtant je rêve de démolir son visage si parfait depuis si longtemps qu'une autre gifle part dans sa direction avant même qu'elle ait pu se remettre de la première. Le bruit résonne dans la cuisine. Ma mère fait reculer Megan de quelques pas.

— Mais qu'est-ce qui te prend de venir lui dire de telles horreurs ! rugit-elle en secouant sa nièce.

Je reste muette de stupeur, jamais ma mère n'a employé ce ton avec Megan.

— Sors d'ici, maintenant !

Comme moi un instant plutôt, elle lui désigne la sortie et ma cousine, outrée et les joues écarlates marquées par l'empreinte de mes doigts, ne se fait pas prier pour prendre la poudre d'escampette. Ma mère me fait face, les poings sur les hanches. Je ne baisse pas le regard.

— La seconde gifle était-elle vraiment nécessaire ?

Je pose les yeux sur mes mains.

— Elle m'a fait du bien, admis-je.

— La prochaine fois, je te conseille tout de même de t'en tenir à la première. Même si les deux étaient clairement méritées.

Qu'a-t-on fait de ma mère ?! songé-je en la fixant avec stupéfaction.

— Je retourne à l'extérieur, tu m'accompagnes ? Ghost serait heureux de te voir, même si tu as l'air d'un vampire.

— Non. Je ne préfère pas. Une autre fois…

Laissant ma phrase en suspens, je prends ma bouteille et regagne mon antre en silence, me renfermant dans mes ténèbres. Les mêmes qui régissent mon âme depuis son départ. J'avale une grande gorgée d'eau et plonge à nouveau sous mes couvertures. Elles sont accueillantes et ne posent pas de questions, elles. Je suis consciente de ne rien faire pour me sortir du mal-être qui me ronge, je veux juste endurer ma peine en paix. Est-ce trop demander ?

J'entends sans arrêt le *clac* sonore qu'a fait son cœur quand il a cessé de battre. Je suis toujours en colère contre le mien de ne pas avoir fait la même chose. De ne pas m'avoir laissé partir avec elle. Loin de toute cette souffrance que je suis incapable de gérer. Loin d'un monde sans elle à mes côtés.

Les larmes affluent encore et je les laisse couler. Je n'ai pas la force ni la volonté de les retenir. Je m'endors en pleurant.

Je suis réveillée par quelqu'un qui toque à ma porte. J'évite tout le monde depuis dix jours, alors pourquoi n'arrête-t-on pas de me déranger aujourd'hui ? Ne peut-on plus dormir en paix dans ce monde qu'est l'Enfer ?!

— C'est ouvert, grogné-je.

La porte grince doucement sur ses gonds et la voix de ma meilleure amie résonne dans la pièce.

— Eh, la belle au bois dormant, murmure Becca Parker en entrant.

Je me redresse pour lui adresser un faible sourire.

— La belle au bois dormant a les cheveux blonds, tu te trompes de Disney, soupiré-je.

— C'est vrai. Toi, c'est plutôt Ariel.

Mon corps se fige au son de ce prénom. *Ariel. Petite sirène.* Mon ami me manque, son réconfort me manque et sa voix me manque également. Je tente de me refermer sur moi-même, toutefois Becca voit clair en moi. Elle me connaît comme personne.

— Je suis désolée pour Athéna, dit-elle en s'asseyant à mes côtés sur les couvertures.

— Tout le monde est désolé.

J'étouffe un rire amer en essuyant une larme sur ma joue. Je renifle bruyamment alors que ma meilleure amie m'attire doucement vers elle. Becca me murmure des mots à l'oreille, tandis que je pleure en silence. Je suis fatiguée de pleurer. Fatiguée de respirer avec ce poids sur ma poitrine. Ne puis-je pas juste m'endormir et ne plus jamais me réveiller ? Est-ce trop demander que de vouloir faire disparaître cette étouffante douleur qui étreint mon cœur ?

— Ça va aller, ma chérie, me murmure mon amie.

Je me braque entre ses bras.

Comment peut-elle me dire une telle chose ?! Comment *ose-t-elle* me dire une telle chose ?! Je me redresse brusquement et la repousse.

— Qu'est-ce que tu fais ici au juste ? Ma mère t'a demandé de venir ?

— Non… En fait, j'avais rendez-vous avec Cole, m'avoue-t-elle un peu gênée. J'ai appris pour Athéna en arrivant…

Dans l'incompréhension la plus totale, je fronce les sourcils.

— Avec Cole ?

— Oui. Euh… je me suis fait faire un tatouage.

Encore plus abasourdie, je la dévisage.

— Toi ? Un tatouage ?

Elle acquiesce en silence.

— C'est l'anniversaire de Will dans deux jours et je voulais lui faire une surprise, avoue Becca en me montrant le dos de son épaule.

Sous le papier cellophane que Cole a placé par-dessus l'encre, je distingue un fer à cheval et la première lettre de leurs prénoms.

— Tu l'as laissé te marquer comme du bétail ! m'exclamé-je, ahurie.

Son regard change, et c'est son tour de me lorgner d'un drôle d'air.

— Je ne me suis pas fait *marquer*, comme tu le dis si bien. Je fais une surprise à l'homme que j'aime, c'est tout !

— Ridicule !

Elle se remet sur pied et me fixe.

— Je sais que tu souffres énormément en ce moment, Abby, mais ce n'est pas une raison pour traiter ta meilleure amie de conne sans cervelle !

— Mais tu agis comme une conne sans cervelle ! Mon Dieu, tu agis comme Megan, enfin !

Dans un soupir, Becca secoue la tête et s'éloigne de mon lit.

— Tu sais, Cole m'a raconté ce qui s'est passé entre vous, souffle-t-elle en se retournant sur le pas de la porte. Il m'a avoué ce qu'il t'avait dit au *Black Horse*… et ta réaction. Étrangement, je n'ai pas été surprise.

— Je ne vois pas de quoi tu parles. Il n'y a jamais rien eu d'autre qu'une profonde attirance sexuelle entre nous.

Becca secoue la tête et se rapproche de moi.

— Je suis sincèrement désolée pour ta jument, Abby. J'imagine sans peine ta douleur, mais…

Je la coupe en hurlant.

— Non ! Tu ne peux pas imaginer la douleur que je ressens ! Toi, tu as toujours l'amour de ta vie près de toi ! Ton monde ne vient pas de s'arrêter de tourner ! Moins de six heures, Becca ! Voilà le temps que ça prend de détruire quelqu'un. J'ai perdu le seul être que j'aie jamais aimé, le seul être qui m'ait jamais aimée ! C'est terminé, elle n'est plus là ! Elle ne reviendra pas dans cinq ans en m'adressant un sourire charmeur ! Mon âme sœur est partie pour de bon ! Alors que t…

Je m'interromps quand mon amie essuie une larme sur sa joue.

— Tu crois que je n'ai pas souffert quand j'ai perdu mon fils ?! Quand l'infirmière a déposé son petit corps sans vie entre mes bras ?! Will est peut-être l'amour de ma vie, Abby, mais il ne pourra jamais remplir ce vide que mon enfant a laissé dans mon cœur. Jamais.

C'est comme recevoir une gifle en plein visage. Comment ai-je pu lui dire de telles horreurs ?! Bien sûr… si une personne peut comprendre ma douleur, c'est bien Becca. Je me lève et fais un pas vers elle, mais d'un signe de la main, elle me stoppe et recule.

— Je sais que tu es en colère. Je le comprends. Je l'ai vécu. Mais bordel, Abby, cesse de repousser les personnes qui t'entourent et qui t'aiment ! Donne une chance à Cole de se frayer un chemin jusqu'à toi. Arrête de toujours penser que tout tournera mal !

— Je n'y arrive pas, soufflé-je.

— Tu n'essaies même pas ! Tu repousses les gens par peur du mal qu'ils pourraient te faire. Tout le monde n'est pas Clifford Olson, Madyson ou Megan Hamilton !

Elle passe le seuil de ma chambre et, avant de disparaître, me fait face une dernière fois.

— Je sais que la vie est une chienne, Abby. Elle nous arrache des êtres chers et nous écrase au sol. Mais elle ne met personne sur notre route sans raison. Même si tu ne partages pas ses sentiments, laisse-le au moins venir à toi…

Puis ma meilleure amie s'éclipse dans le couloir sans dire un mot de plus.

Et j'ai cette impression de mourir de nouveau. Les bras autour de mon corps, je me laisse glisser sur le sol.

Pourquoi est-ce si difficile ? songé-je alors que mes sanglots reprennent de plus belle.

Pourquoi tout mon univers éclate-t-il au même moment ?

Pourquoi faut-il que je souffre autant ?!

Chapitre 31

Cole

Treize jours se sont écoulés depuis la mort soudaine d'Athéna, deux depuis la venue de Becca qui est repartie d'ici en pleurs. Je n'ai pas revu Abby après le retour de sa mère. Elle ne mange plus avec nous, ne sort plus de la maison et ne met plus les pieds dans l'écurie. Les derniers mots que nous avons échangés me pèsent. Je ne peux pas rectifier la situation tant qu'elle persiste à rester repliée sur elle-même.

Je suis encore dans l'impossibilité de m'expliquer la gaffe que j'ai faite en lui avouant ce que je ressens pour elle. Je savais pourtant déjà ce qui se passerait. Brisée comme elle l'est, aucune alternative ne lui était possible, autre que le rejet. Cependant, Abby me manque, son amitié, son contact, sa chaleur et son sourire, tout cela me manque tellement.

Les journées sont interminables et j'accomplis mes tâches sans entrain. Heureusement, avoir le troupeau près de l'écurie nous épargne beaucoup de travail. J'ai décidé de prendre soin de Ghost avec Tara. Cela me réconforte de me dire qu'il n'a pas été totalement abandonné, lui. Pas comme moi…

Après le dîner, je repars dans la grange pour m'occuper de Dexter, Fire et Ghost. Les heures passent sans que j'en aie conscience. Je m'applique seulement à éloigner la solitude qui m'oppresse de plus en plus. Je n'ai jamais été seul en plus de quatre ans ! C'est étrange, et je me demande comment Josh vit cet isolement de son côté.

La nuit est tombée depuis un bon moment quand je regagne la

maison pour aller me chercher un en-cas de dernière heure. Je m'oriente à la seule lumière du téléviseur. Je m'arrête net quand je reconnais les paroles d'une chanson. Je crois rêver lorsque mon regard se pose sur l'écran ! Depuis quand les crabes chantent-ils ?!

« *Regarde bien le monde qui t'entoure, dans l'océan parfumé. On fait carnaval tous les jours : mieux, tu ne pourras pas trouver*[7] *!* »

Les paroles me happent et je m'avance vers Abby que je découvre, allongée sur le canapé. Dès que mon ombre se profile au-dessus d'elle, la jeune femme sursaute et met le dessin animé sur pause.

— Tu regardes vraiment *La petite sirène* ? souris-je.

Je suis tellement heureux de la voir enfin, que peu m'importe l'accueil qu'elle me réservera. Elle pose sur moi un regard laconique et mon cœur se serre en remarquant son teint pâle et ses traits tirés.

— Si tu avais arrêté de m'appeler comme ça, aussi, je ne l'aurais pas dans le crâne à longueur de journée, me reproche-t-elle d'une voix chagrinée. Et puis, un crabe qui chante, c'est censé remonter le moral, non ?

Je la fixe en silence. Puis je décide que j'en ai assez de toute cette distance. Je fais le tour du sofa et lui pousse les jambes pour qu'elle me laisse m'asseoir. Elle me dévisage comme si je venais de commettre un meurtre sous ses yeux !

— Quoi ?! Je ne l'ai jamais vu, déclaré-je en lui volant la télécommande.

Le silence règne entre nous. Abby se redresse et je m'attends à la voir se lever et partir, mais elle ne fait que prendre place plus confortablement.

— Tu sais où est ma mère ?

— Euh…

Comment lui avouer que j'ai vu Tara entrer dans le bungalow avec Aaron il y a plus d'une heure, et qu'ils n'en sont toujours pas ressortis ?

7　Paroles de la chanson Under the Sea (Sous l'Océan), tirées du film La petite sirène. Musique de Alan Menken et paroles de Howard Ashman. Interprétée en français par Henri Salvador dans sa première version de 1989.

— Avec Aaron, je crois…

Laissant ma phrase en suspens, je redémarre le dessin animé depuis le début, ignorant la mine déconfite de ma rouquine.

J'aimerais tant l'attirer contre moi et tenter d'apaiser son mal. Le contact de sa peau contre la mienne me manque. Je suis comme un drogué qui essaie de se libérer d'une dépendance qu'il ne peut contrôler. Nous regardons tranquillement le film et je finis par passer mon bras par-dessus les épaules d'Abby. Elle ne bouge pas à mon contact, et respirer me semble tout à coup moins pénible. Durant le générique de fin, je me tourne vers elle. Toute cette tristesse sur son visage me serre le cœur. C'est sans doute cette constatation qui me pousse à me mettre soudain sur mes pieds et à lui tendre mes deux mains. Elle lève les yeux vers moi. Se doute-t-elle un seul instant que, même dans cet infâme pyjama, elle m'attire toujours autant, comme une sirène…? Je prends sur moi de réprimer mon désir et m'avance d'un pas.

— S'il te plaît, Abby. Fais-moi un peu confiance, murmuré-je.

Elle soupire et finit par poser ses paumes dans les miennes. Je la fais se lever vivement et, sans plus penser à rien, l'entraîne de force vers la porte d'entrée. Je n'ai aucun mal à lui faire passer le seuil, malgré sa volonté depuis des jours de rester dans la maison.

— Cole, ne fais pas ça ! Je ne suis pas prête à y remettre les pieds, me supplie-t-elle toutefois en tentant de me stopper dans la cour.

— Et moi, je te dis que si. Et puis, j'ai besoin de te revoir là-bas, moi. Traite-moi d'égoïste si ça te chante.

Abby à ma suite, je traverse la cour et pénètre dans la grange. La lune brille si fort dans le ciel que je n'ai pas besoin d'allumer sur notre passage. J'ouvre la porte du box de Ghost, la pousse doucement à l'intérieur et referme le loquet derrière nous. Elle se tient face à moi dans l'espace restreint et son parfum me fait tourner la tête.

Reprends-toi, Cole ! songé-je en m'asseyant dans les copeaux.

Je tapote la place à mes côtés et je la vois résister entre l'envie de me rejoindre et celle de sortir d'ici. C'est moi qui l'emporte ! Elle s'installe non loin de la porte. Ghost vient sentir ses boucles. L'animal souffle contre son visage et la pousse du nez. C'est à cet instant qu'elle éclate en sanglots en posant son front contre celui du cheval.

Je caresse son dos pour la réconforter autant que je le peux. J'ai conscience que ce n'est qu'une petite victoire insignifiante et que, dans quelques heures, elle s'enfermera sans doute de nouveau dans sa chambre, mais je suis heureux de la voir avec Ghost.

Abby a du mal à reprendre sa respiration. Elle s'adosse aux planches de bois derrière nous et essuie ses larmes.

— Je te déteste, marmonne-t-elle.

— Je sais.

J'encaisse.

— Non, je veux dire… que je te déteste de m'avoir forcée à venir ici… C'est si difficile, murmure ma sirène.

Le silence plane sur nous et nous observons Ghost dans la clarté de l'astre lunaire.

— Je me suis disputée avec Becca, m'avoue Abby après quelques instants. Alors qu'elle était venue pour m'apporter son réconfort.

— J'avais deviné en la voyant partir. Elle semblait… bouleversée.

Elle tourne son visage épuisé vers moi et me fixe.

— Je lui ai dit des choses vraiment affreuses, Cole. Je…

— Les mots ont dépassé ta pensée, Abby, tenté-je de la consoler. Elle le sait et ne t'en voudra pas, ce n'est pas ta meilleure amie pour rien.

— Je l'ignore. J'ai été ignoble avec elle… et avec toi aussi…

— Abby…

La jeune femme me coupe la parole d'un geste de la main en secouant vivement la tête. Intrigué, Ghost revient vers nous au même moment.

— Je suis désolée pour tout ce que je t'ai dit.

— Ce n'est rien, Ariel.

— Si. Tu n'es pas responsable de la mort d'Athéna.

— Mais j'ai tout bousculé dans ta vie. Depuis le départ.

J'en suis conscient maintenant. J'ai forcé une porte qui ne voulait pas me laisser passer, et j'ai brisé quelque chose en elle.

Encore plus qu'avant. Elle ne dit rien, mais continue de me dévisager.

— Ce n'est pas ça, commence-t-elle.

— Tu n'as pas à te justifier, Abby. Tu avais raison. J'aurais dû garder mes sentiments pour moi. Je n'ai fait que bousiller ce qu'il y avait de si magique entre nous. Et je ne supporte pas l'idée d'avoir perdu ton amitié.

Je vois bien qu'elle ne sait pas quoi dire, alors je cesse de parler. J'ai merdé, voilà tout. Fin de l'histoire. Je me suis brûlé les ailes en tentant de trop m'approcher du soleil. Je soupire de lassitude, quand les phares d'un pick-up illuminent l'intérieur de l'écurie et qu'un moteur s'éteint dans la cour.

— Qui peut bien venir ici à cette heure ? s'étonne Abby en fronçant les sourcils.

— Je l'ignore. Aaron et ta mère sont dans le bungalow. Tes amis débarquent souvent à l'improviste en pleine nuit ?

Elle grogne son agacement en se relevant dans la stalle. Quand les lumières de la grange s'allument brusquement, je suis ébloui un instant et Abby se plaque en vitesse contre moi, toujours au sol, faisant sursauter Ghost.

— Qu'est-ce…

La rouquine met brutalement sa main contre ma bouche et m'intime le silence.

— C'est Megan, articule-t-elle.

— Ici ?!

Abby hausse les épaules et se redresse doucement pour tenter d'y voir quelque chose entre deux planches du box.

— Je ne les trouve pas ! s'irrite la voix claire de Megan.

Je me tourne également pour observer la cousine d'Abby dans l'interstice de la porte. Elle est passée dans l'abri où est entreposé le foin. La jeune femme à mes côtés sursaute quand une seconde voix résonne puissamment depuis le haut-parleur d'un portable, posé non loin de notre cachette.

— Ce sont celles avec les cordes rouges, Megan ! Ouvre les yeux un peu !

Je reconnais la voix de Marc, l'oncle d'Abby. Cette dernière me dévisage un instant, perdue. J'entends Megan jurer dans l'autre pièce.

— Tu ne pouvais pas les faire plus lourdes encore ?!

Elle transporte une botte de foin près de l'entrée du petit hangar.

— Cesse de te plaindre et dépêche-toi ! rugit la voix de son père.

— Tu n'avais qu'à venir le faire toi-même, comme les autres fois.

Abby fouille dans les poches de mon jean et je sursaute à son contact.

— Ça ne va pas ?! murmuré-je.

— Donne ton téléphone.

Je m'exécute, mais je prends soin de couper la sonnerie de l'appareil avant de lui tendre. Ma sirène commence une vidéo et glisse la lentille du portable dans l'espace sous la porte du box, qui se trouve juste en face de l'abri à foin.

— Ils sont tellement bêtes qu'ils empoisonnent leurs propres chevaux sans même s'en rendre compte, rigole la voix de Marc.

— Pour l'instant, ça n'a pas vraiment fait de dégâts, je te rappelle.

— Maintenant que tout le troupeau est près de la grange, les chevaux vont tous manger le même fourrage. Donc ils avaleront tous de la prêle demain ! Allez, magne-toi un peu !

— Et ? Tara va simplement appeler Emily et ils seront sur pied en un rien de temps !

— Sais-tu combien ça coûte de traiter un seul cheval ? C'est dispendieux ! Alors, imagine un troupeau entier ! Tara est incapable de rentabiliser le ranch, elle va se retrouver sur la paille.

Sidéré, je m'apprête à me relever, mais Abby me flanque un coup de pied dans les chevilles pour m'interdire de bouger.

— J'enregistre.

Je vois Megan lever la tête et regarder suspicieusement en direction de Ghost.

— Megan, qu'est-ce que tu fiches ?! questionne la voix de son père.

— J'ai cru entendre quelque chose.

— Ne te fais pas surprendre !

— Même si tante Tara me trouvait ici, elle goberait n'importe quelle excuse que je pourrais lui donner. Cesse de me taper sur les nerfs !

Nous la voyons remettre son portable dans l'une des poches arrière de son jean et poursuivre sa tâche afin de changer les ballots de place. Cela prend un certain temps. Il faut dire aussi que la princesse n'a pas pour habitude de fournir le moindre effort ! Je suis fou de rage. Abby est toujours aplatie dans les copeaux de bois et filme la scène sous la porte. C'est alors seulement que je remarque que je l'ai obligée à sortir de la maison en chaussettes ! Non, mais quel con je suis !

Quand Megan a terminé sa sale besogne, elle ouvre une des balles et, une bonne part de foin entre les mains, elle s'avance vers la stalle de Ghost. La cousine d'Abby balance le fourrage au cheval qui s'approche d'elle, manquant de nous marcher dessus. Je suis plaqué contre la paroi du box, priant pour qu'elle ne me découvre pas.

— Si tu pouvais crever toi aussi… crache-t-elle vers l'animal qui penche la tête vers moi pour manger le foin qui vient de m'atterrir dessus. Bon appétit !

Nous entendons ses pas décroître, la lumière s'éteint et le moteur de son pick-up démarre en douceur. Abby se lève vivement et expulse le repas de son cheval dans l'allée de l'écurie.

— C'est…

— On doit aller montrer ça à Tara. Elle n'aura d'autre choix que de te croire avec la vidéo ! J'espère que le son sera assez fort.

— Déplaçons d'abord les ballots de foin contaminés.

J'acquiesce et nous sortons du box pour mettre à l'écart la vingtaine de bottes de foin cerclées de cordes rouges.

Décidément, les membres de cette famille sont complètement marteaux !

Chapitre 32

Abby

Après que j'aie glissé le portable de Cole dans la poche de mon affreux pyjama, nous nous dépêchons de faire rouler à l'extérieur de la grange les ballots de foin que Megan a déplacés. Je n'en reviens pas ! Je suis tellement reconnaissante envers Cole de m'avoir traînée de force dans l'écurie maintenant ! S'il n'avait pas agi ainsi, demain matin, tous les chevaux du ranch auraient eu une ration de fourrage contaminé. Comment un homme tel que mon oncle Marc peut-il faire une chose pareille ?! C'est à n'y rien comprendre…

Cole se coltine le plus gros du travail, car je dois bien avouer que je n'ai plus la moindre force. Je m'alimente si peu depuis la perte d'Athéna. Je reste en retrait, sans trouver quoi dire à mon ami pour lui exprimer tout ce que je ressens. Tout le temps que nous avons passé dans le box de Ghost, j'ai cherché de quelle manière lui dire combien je suis désolée. Désolée de ne pouvoir lui retourner ses sentiments, mais surtout, désolée de l'avoir tenu éloigné de moi.

Nous sortons de l'écurie et gagnons l'aile des invités. J'ignore quelle heure il peut bien être, toutefois nous devons absolument montrer cette vidéo à ma mère. J'entre en coup de vent dans le bungalow et Cole allume derrière moi. Avec hésitation, je toque au battant de la chambre d'Aaron, aucune réponse. Je soupire, une main posée sur la poignée.

— Qu'est-ce que tu attends ?

— Je… Vas-y, toi !

— Quoi ?!

Perdu, mon ami me dévisage.

— Je n'ai aucune envie de découvrir ma mère dans le lit d'un homme ! C'est… c'est beaucoup trop gênant !

— Je peux savoir pourquoi on parle tout bas au juste ? Le but, c'est de les réveiller, non ?

Je lève les yeux au ciel. Quel emmerdeur quand il s'y met !

— Cole, s'il te plaît, le supplié-je en pointant la porte du doigt.

— Pas question ! C'est tout aussi embarrassant pour moi !

— Mais…

— C'est ta mère, c'est à toi d'y aller !

Il croise les bras sur son torse et me défie du regard. Je n'ai pas la force de m'obstiner plus longtemps.

— Très bien !

J'inspire un grand coup et ouvre la porte, qui grince sur ses gonds. Je ne vois pas très bien la pièce, mais manque de me casser la figure en glissant sur un vêtement ! C'est le jean d'Aaron qui traîne sur le plancher. Je me force à ne pas imaginer la scène que cela pourrait m'inspirer…

— Maman ! soufflé-je dans le noir.

Pas un bruit.

— Maman ! m'exclamé-je plus fort.

Une silhouette sursaute sous les couvertures. Sans plus de cérémonie, la lumière fuse et Cole entre dans la chambre à son tour.

— Debout là-dedans ! On a un énorme problème sur les bras, rugit la voix du tatoueur.

— Bon sang, Cole, mais qu'est-ce que tu fiches debout à cette heure ?!

La voix rauque et ensommeillée d'Aaron résonne dans la pièce. J'aperçois ma mère qui se redresse avec un cri de surprise et maintient un drap contre son corps visiblement dénudé. Décidément, je déteste cette situation !

— C'est important, argumente Cole. On doit vous parler, Tara.

En temps normal, je me serais moquée de la tête de ma mère, qui ne sait clairement plus où se mettre. Mais pour l'heure, je veux seulement régler le cas de mon oncle et de sa fille, avant de retourner faire mon deuil sous ma couette.

— Vous pouvez au moins nous attendre à l'extérieur ? demande Tara d'un ton plutôt calme malgré ses joues écarlates.

Cole reste planté là alors que je me retourne. Je pousse contre son torse pour le faire sortir et referme la porte sur notre passage. Dans le petit salon, je m'affale sur le canapé, répandant les copeaux de la stalle de Ghost partout sur le sol. Je tente de passer mes doigts dans mes boucles, mais ne réussis qu'à lâcher un grognement de douleur tant mes cheveux sont emmêlés. Je sors le téléphone de ma poche et le tends à Cole qui prépare la vidéo pour ma mère.

Dès que le petit couple nous honore enfin de sa présence, Cole s'approche de Tara et résume la situation.

— Nous étions dans l'écurie, tout à l'heure, et nous avons involontairement assisté à une scène pour le moins intéressante…

Il confie son portable à ma mère, après avoir démarré la vidéo et mis le son au maximum afin que tout le monde entende les paroles qui incriminent mon oncle et Megan. Je vois les yeux de ma mère s'agrandir de stupeur lorsqu'elle prend conscience de la situation. Les faits sont là, pourtant même Aaron semble surpris. Le cow-boy pose un bras sur les épaules de sa compagne dans un geste de réconfort. Quand il lève les yeux vers moi, le soulagement semble se refléter dans ses iris. Tara se laisse tomber à mes côtés sur le canapé et me regarde, déconcertée.

— Comment… Pourquoi ?

— C'est aussi ce qu'on se demandait, Abby et moi, intervient Cole en reprenant son téléphone.

Il manipule l'écran un instant, avant de nous annoncer :

— J'ai tout enregistré dans mon Cloud, histoire de garder cette preuve en sécurité.

— C'est bien, gamin, l'appuie Aaron. Je crois que tu vas devoir confronter ton ex-beau-frère, Tara.

Ma mère lève les yeux vers son amant et acquiesce en silence.

— Je vais lui téléphoner demain matin et lui demander de passer dans la journée.

— Cela me semble un bon plan, approuve Cole.

Tara passe un bras dans mon dos et nous nous levons dans un même geste. Elle me serre un instant contre elle.

— Maintenant, Abby et moi allons rentrer. On se retrouve au petit-déjeuner, annonce-t-elle.

Elle avance vers Aaron qui l'embrasse doucement et je reste

plantée là alors que Cole me fixe. L'intensité de son regard m'a manqué, pourtant je me détourne pour suivre ma mère. Après ce qui va suivre demain, je sais que je vais retourner me terrer dans mon trou. Je veux retrouver cette solitude dont il m'a privée au moment où il est venu s'installer près de moi pour regarder *La petite sirène* et son crabe chantant.

L'air frais de la nuit nous accueille, ma mère et moi. Dans la pénombre de la cour, elle me prend la main et nous rentrons chez nous. Je pars directement m'enfermer dans ma chambre. Le calme qui règne dans la pièce m'apaise en un instant.

Malgré les éclats de voix dans le salon, je reste dans mon lit aussi longtemps que possible, le lendemain matin. Je n'ai pas plus envie de voir des gens qu'hier et les jours précédents. J'aimerais passer le reste de mes jours sous mes couvertures, toutefois je sais que je vais devoir sortir aujourd'hui. Affronter cette situation étrange au côté de ma mère. Aucune de nous deux ne s'est montrée à la hauteur des attentes de l'autre jusqu'ici. C'est le moment ou jamais de faire front commun, pour la première fois.

Quand je me décide à quitter mon antre, en fin de matinée, je découvre Cole et Aaron qui éventrent les ballots de foin un à un dans l'allée centrale de l'écurie, et ma mère qui fouille à l'intérieur. Je m'approche d'eux.

— Alors ?

— De la prêle séchée. Il y en a dans chacune des bottes aux cordes rouges. De quoi rendre malades tous les chevaux sur le ranch.

Elle me tend une fleur séchée. Voilà donc le facteur déclencheur de toutes ces intoxications. Une plante à l'aspect ordinaire que l'on peut confondre avec n'importe quelle autre !

— Tu as trouvé une raison qui aurait poussé oncle Marc à agir ainsi ?

— Non, aucune… soupire-t-elle. Mais nous saurons très bientôt de quoi il retourne.

Par précaution, les deux hommes et moi débarrassons le hangar de tout le fourrage qu'il contient et ma mère téléphone à un autre fournisseur pour être livrée au plus vite. Je n'imagine pas la catastrophe qui aurait eu lieu si le foin mis en avant par Megan avait été distribué au troupeau ce matin.

Il est quatorze heures trente quand le pick-up de mon oncle apparaît enfin dans l'allée du ranch. Je reste immobile, accoudée à la porte de l'écurie. Je peux sentir le regard de Cole qui se tient derrière moi. Seulement je n'ai encore ni la force ni le courage de l'affronter. En m'avouant ses sentiments, il m'est soudain devenu complètement inaccessible.

Quand ma cousine et Marc sortent de leur véhicule, ce dernier salue chaudement ma mère avant de se diriger vers moi. Il s'arrête net quand il aperçoit les ballots de foin éventrés.

— Tu pourrais m'expliquer ? le questionne froidement ma mère.

— T'expliquer quoi ?

Son ton innocent me donne envie de vomir. Finalement, il n'est pas différent de sa fille. Cette dernière m'observe avec mépris, comme toujours. Rien de nouveau sous le soleil !

— Pourquoi y a-t-il de la prêle séchée dans toutes ces bottes de foin ?!

— Comment pourrais-je le savoir ?

— Parce que tu es mon fournisseur, Marc ! Tu as tenté de provoquer une intoxication de masse au sein de mon élevage, s'écrie Tara.

L'expression démunie qu'il abordait s'évanouit d'un coup. Laissant place à la même expression que sa fille a pour moi. Chargée de haine et de dédain. Voire de jalousie…?

— Pourquoi ?

Il rit si fort à la question de ma mère que je sursaute.

— Pourquoi ?! Mais tu es réellement idiote, ma parole ! Ce ranch, voilà pourquoi ! hurle-t-il en désignant tout ce qui nous entoure.

— Je ne comprends pas…

— C'est à moi que ces terres auraient dû revenir quand Richard t'a plaquée comme la moins que rien que tu es ! Ce sont les terres de ma famille depuis des générations et ce crétin sans couilles t'a tout laissé, à toi ! C'est à moi ! Ce ranch m'appartient !

Ma mère le fixe maintenant avec colère.

— Ce ranch m'a été transmis en toute légalité, Marc. Richard me l'a cédé durant la procédure de divorce, rétorque-t-elle sur un ton froid.

— Mais il appartient aux Hamilton ! Pas à une sombre minable qui a su se faire épouser par un crétin sans le moindre courage !

Tara s'approche dangereusement de mon oncle. La rage brille dans son regard.

— Ma fille est une Hamilton ! C'est elle, et elle seule, qui héritera de ces terres et de cet élevage !

Megan s'interpose alors et, d'une voix mielleuse, prononce ses premiers mots depuis leur arrivée.

— Tu oublies que tu as deux filles, tante Tara. Et puis, quelles preuves as-tu pour ainsi accuser mon père d'un tel acte ?

Comme si des preuves étaient nécessaires après les échanges que viennent d'avoir son père et ma mère.

— Eh bien, nous avons ici une très jolie vidéo de toi, Megan. Qui change les bottes de foin de place, durant la nuit d'hier, tout en parlant à ton père au téléphone. Ce n'était pas très brillant de l'avoir mis sur haut-parleur, intervient la voix placide d'Aaron.

Près de moi, Cole agite son portable.

— Pour ce qui est de Madyson, il y a une chose que tu sembles ignorer, Megan. Bien que cela ne te regarde en rien, sache qu'elle ne fait pas partie de mon testament, dévoile ma mère. Elle ne s'est jamais investie pour ce ranch, je n'en voyais donc pas l'intérêt. Elle héritera de son père, et Abby, de moi. C'est un accord entre nous deux. Jamais, vous ne remettrez la main sur ces terres !

Un lourd silence pèse sur le groupe que nous formons dans la cour du *Heaven's*. La colère et la haine sont tangibles entre les membres de chaque clan.

— Maintenant, Marc, tu vas sortir de ma vie. De notre vie à toutes les deux, ajoute ma mère en me désignant. Quittez ma propriété, ta fille et toi, et n'y remettez plus *jamais* les pieds, sinon la vidéo de la nuit dernière et tes aveux d'aujourd'hui finiront entre les mains de la police de *Black Valley*.

Cette fois, c'est Aaron qui dévoile son téléphone, qui s'est chargé de tout enregistrer depuis l'arrivée de mon oncle et de sa fille. Vive la technologie !

— Je ne t'ai pas demandé de venir avec ta remorque sans raison. Prenez Sparrow et dégagez de *mes* terres ! conclut Tara.

Megan se tourne vers moi et fonce dans ma direction. Sans que personne ne puisse l'anticiper, elle m'attrape par le col de mon tee-shirt et me plaque violemment contre le pan de mur de la grange. J'ai le souffle coupé sous le choc.

— Nous avions demandé à Cliff d'aller beaucoup plus loin. De pousser l'humiliation à son maximum. Une pauvre loque violée, c'est ce que tu serais devenue ! me crache-t-elle au visage. Mais ce crétin s'est dégonflé quand tu as perdu connaissance !

Je ne parviens pas à retrouver ma respiration tant cet aveu me donne la nausée. Je voudrais disparaître de la surface de la Terre.

Aaron la dégage brusquement et la soulève à bout de bras, tandis que Cole empêche Marc d'intervenir. Tout se passe très vite. Sa prise sur moi s'envole et je m'effondre dans l'allée. Ma mère me rejoint en courant et me prend dans ses bras.

— Oh mon Dieu, ma chérie ! Mais qu'est-ce que j'ai fait ? murmure-t-elle en pleurant avec moi.

Je reste là sans voir défiler le temps. Prostrée dans les bras de ma mère qui me berce doucement. Je n'ai pas conscience du départ de Marc et sa fille. Ni du passage de Sparrow devant nous. Un brouillard semble avoir envahi mon cerveau ou voiler mes yeux. En fait, je n'en sais trop rien.

Je ne sais plus à quel moment l'obscurité est apparue…

Cole

Quand Abby s'effondre sur le sol de la grange, entre les bras de Tara, mon cœur se serre. Les paroles de Megan résonnent dans ma tête comme la voix du Diable. Comment deux personnes peuvent-elles vouloir autant de mal à une jeune fille de seize ans qui appartient à leur propre famille ? C'est impensable ! Moi qui croyais que mon père avait été un salaud, ce n'est rien comparé à toutes les horreurs qui se sont tramées chez les Hamilton.

Aaron sort Sparrow de l'écurie et le fait monter dans la remorque de Marc. Ce fumier est passé très près de recevoir mon poing au visage quand il a voulu empêcher Aaron d'intervenir entre les deux cousines. L'effroi dans le regard d'Abby m'a coupé le souffle et j'ai été soulagé de voir le cow-boy faire rapidement disparaître Megan. Avec moi, elle aurait terminé enterrée au fond du jardin, peu importe le nombre de témoins !

Aaron et moi regardons le pick-up et ses occupants descendre l'allée du ranch, quand la voix paniquée de Tara retentit :

— Abby ?! Abby !

En me retournant, je constate que le corps de ma sirène est avachi entre les bras de sa mère. Nous accourons pour rejoindre les deux femmes et je m'agenouille devant elles. D'une main tremblante, je repousse les cheveux d'Abby vers l'arrière. Ses yeux restent clos.

— Elle a perdu connaissance.

Tara étouffe un sanglot et je la déleste du corps inconscient de sa fille. Elle ne pèse rien entre mes bras. Avec précaution, j'avance

vers la maison, la jeune femme fermement serrée contre moi. Dès que Tara m'ouvre la porte d'entrée, je m'engouffre à l'intérieur et prends la direction de la chambre d'Abby.

Je dépose son corps inerte sur le matelas à l'instant où sa mère arrive avec une compresse d'eau froide. Elle la passe avec douceur sur le visage de son enfant. Je relâche enfin mon souffle, n'ayant même pas conscience de l'avoir retenu jusqu'ici, quand la rouquine ouvre finalement les paupières. Elle semble quelque peu égarée, mais au moins, elle a repris connaissance.

Je m'éclipse de la pièce avec Aaron qui était resté sur le pas de la porte. En fermant derrière moi, je me passe rageusement une main sur le visage.

— Tout va bien aller, me souffle alors le cow-boy.

— Elle a l'air si fragile, si… faible.

— Elle ne se nourrit pas bien. Ça va passer, fiston. C'est beaucoup de choses en même temps qui lui arrivent là.

— Je ne sais pas comment l'aider. Elle ne veut pas de moi pour la soutenir.

Il pose une main sur mon épaule et me pousse vers la cuisine.

— C'est une battante, Cole. Et il y a des situations que l'on doit traverser seul dans la vie. Quand elle aura besoin de toi, elle te fera signe, m'assure-t-il de sa voix paisible.

Bon sang, j'adore ce type. Je l'envie de savoir rester calme à tout moment. Moi, mes nerfs s'emballent et je perds trop vite le contrôle de mes émotions.

Et ces derniers temps, elles sont mises à rude épreuve.

Les jours passent… Ma sirène n'a pas remis les pieds dans la grange depuis cette fameuse journée. Tara a bien tenté de la faire sortir de la maison, mais le plus loin qu'elle accepte d'aller, c'est jusqu'à l'une des chaises installées sur la terrasse. Elle reste là pendant des heures, soit le regard fixé sur l'horizon, soit un livre entre les mains. Et moi, je ne peux que l'observer, impuissant.

Impossible de faire taire ce besoin que j'ai de la serrer contre moi pour recoller les morceaux brisés à la seule force de mes sentiments.

J'en ai marre de la voir assise là sans pouvoir l'atteindre. Aaron m'a assuré qu'elle avait repris des couleurs et des forces depuis que Tara surveille son alimentation. Son malaise est semble-t-il de l'histoire ancienne. Il m'a aussi dit qu'elle me ferait signe quand elle aurait besoin de ma présence à ses côtés. Alors j'ai désespérément attendu ce foutu signe qui ne vient pas ! Et j'ai finalement décidé de prendre les choses en main, aujourd'hui. Tant pis si je me fais hurler dessus !

Une fois Fire et Dexter harnachés, je retrouve Aaron entre la maison et le manège. La jeune femme ne lève même pas les yeux sur moi, plongée dans sa lecture.

— Tu peux me les tenir un instant ? demandé-je au cow-boy.

— Bien sûr. Tu es sûr de ce que tu fais ?

Il a deviné et je m'en contrefiche. Je hausse les épaules en me détournant.

— Je risque quoi ? Un nouveau rejet ?!

Sur ses brillantes paroles, je rejoins Abby. Je grimpe les marches qui nous séparent et m'adosse à une poutre. Elle ferme doucement son bouquin et lève son regard vers moi.

— Ma mère est partie en ville. Je peux faire quelque chose pour toi ? s'informe-t-elle d'un ton laconique.

— En fait, c'est moi qui vais faire quelque chose pour toi.

Perplexe, elle fronce les sourcils. Je fais un pas vers elle et la mets de force sur ses pieds, après m'être assuré qu'elle porte des chaussures cette fois-ci !

— Qu'est-ce que…

Sa voix s'étrangle au moment où je la balance sur mon épaule comme un vulgaire sac de pommes de terre.

— J'en ai plus qu'assez de te voir là depuis des jours, lui expliqué-je.

J'avance doucement vers ma destination sans lâcher mon fardeau.

— Cole, repose-moi ! Tout de suite ! hurle la furie en me rouant de coups de poing dans le dos.

— Il n'en est pas question ! J'étais inquiet pour toi, Abby ! Tu n'es même pas venue me voir pour me dire que tu allais bien. J'ai dû demander à ta mère de me donner de tes nouvelles, bon sang !

— Cela ne te donne pas le droit de me traiter de la sorte !

— Et pourquoi pas ?! Je ne suis qu'un *Néandertalien*, après tout !

Elle me frappe de plus belle.

— Tu tapes comme une gonzesse, ris-je sans ralentir.

— Peut-être parce que je *suis* une gonzesse !

Aaron ne semble même pas surpris de la situation. Je pose Abby sur le sol et elle dégage ses cheveux avec agacement avant de me faire face, le visage rouge de colère.

— Mais qu'est-ce que tu me veux à la fin ?

— C'est plutôt évident, non ? lui révélé-je en la tournant vers Dexter.

Elle recule entre mes bras et me heurte brusquement.

— Non ! Cole, je…

Je ne la laisse pas terminer sa phrase. Je saisis en vitesse son genou qui flanche et la hisse sur le dos de mon cheval. Je n'ai pas honte de me servir de ma force contre elle. Elle tente de descendre aussi sec.

— Tu peux rentrer Fire ? demandé-je finalement à Aaron avant de me hisser derrière Abby. On ne prendra que Dexter, puisque *Madame* fait la capricieuse.

Le cow-boy s'éloigne en riant vers l'écurie avec le cheval couleur de feu.

— Tu comptes prendre les rênes, ou je vais devoir faire ça aussi ? murmuré-je à la jeune femme.

— Je veux descendre, Cole.

— Eh bien… pas moi.

Je claque de la langue et referme mes bras autour du corps d'Abby pour me saisir des rênes et guider Dexter qui prend aussitôt le pas. Par chance, j'ai une totale confiance en ma monture !

Nous empruntons le sentier longeant les pâturages où les chevaux ont retrouvé leur place depuis que l'origine des intoxications a été découverte. Aucun de nous deux ne parle. Je laisse avancer mon destrier à son rythme. Plus loin, je le guide dans le sous-bois et nous nous trouvons bientôt à l'endroit où j'ai découvert Abby, il y a déjà des semaines de cela. Le chant du ruisseau entre les rochers nous accueille quand je mets pied à terre. Obstinée, la rouquine ne semble plus vouloir descendre désormais. Je l'empoigne donc par la taille en soupirant et lui fais vider les étriers, la portant telle une princesse jusqu'à la souche la plus proche. Sa mine boudeuse manque de me faire éclater de rire. Je retire sa bride à mon cheval et le laisse vagabonder comme bon lui chante. Il ne va jamais bien loin de toute manière !

— Tu vas m'adresser la parole ou on reste ici à observer la sublime nature qui nous entoure ? la questionné-je en prenant place à ces côtés.

— Je pourrais rentrer à pied.

Voilà la seule réponse que j'obtiens ! La colère commence à monter en moi et je dois inspirer profondément avant de prendre la parole.

— Tu sais que je me suis fait du souci pour toi après ta perte de connaissance dans l'écurie ?

Mon ton est beaucoup plus sec que je ne l'aurais voulu, mais je n'y peux rien. Son attitude fermée au monde entier commence à me taper sur le système !

— J'ai fait un malaise ! Il n'y a rien d'alarmant là-dedans ! s'exclame-t-elle finalement. Je ne me nourrissais pas assez, c'est tout. Je vais bien, maintenant.

Je tourne mon visage vers elle et la détaille. Son teint me semble pourtant toujours aussi pâle et des cernes s'étendent sous ses yeux émeraude.

— Et moi, je suis *Mary Poppins*, tiens ! grogné-je en réponse à son énorme mensonge.

Elle croise les bras sur sa poitrine et soupire longuement, frustrée. Cependant, je préfère de loin la voir en colère que triste. Je prends mes aises et allonge mes jambes devant moi. L'eau claire du ruisseau chantonne pour nous et les trilles estivaux des oiseaux l'accompagnent. Après plusieurs jours d'orages, le soleil brille à nouveau haut dans le ciel.

— Je ne vois pas ce que tu attends de moi, Cole, finit-elle par reprendre.

— Rien. Je voulais seulement que tu changes un peu d'air.

— Je n'ai pas besoin de…

— Tu passes tes journées dans la maison, Abby. C'est malsain !

Du coin de l'œil, je la vois lever les yeux au ciel. J'esquisse un sourire.

— Je veux seulement être là pour toi, Ariel, chuchoté-je encore. Être un soutien pour toi, au milieu de toute cette pagaille, au milieu de ta douleur.

Elle ne dit pas un mot, toutefois elle change de position pour s'installer plus confortablement. Dexter s'approche de nous et vient sentir les chaussures d'Abby. La jeune femme étire le bras et lui flatte le bout du nez.

— Comment se porte Ghost ? me questionne-t-elle.

Voilà ! Enfin un sujet de conversation.

— Bien. Il semble apprécier que je m'occupe de lui. Je crois pourtant que tu devrais aller le voir. Il est un peu fougueux à force de rester cloîtré à l'intérieur, sinon, tout me semble correct.

Fougueux est un euphémisme ! Le hongre a l'air de penser qu'il est une licorne et saute partout dans les airs quand nous devons le faire marcher. Il est juste explosif !

— Tant mieux alors.

Sa voix n'est qu'un murmure qui se perd dans l'immensité de la forêt autour de nous. Incapable de rester en place plus longtemps, je me remets sur mes pieds et m'avance vers la rive. Je ramasse quelques petites pierres et tente de les faire rebondir sur l'eau trop mouvementée pour la manœuvre. Il est temps. Je n'en peux plus de garder ça pour moi. Je dois lui poser la question qui me trotte dans la tête depuis trop longtemps déjà, et obtenir une réponse. Ma santé mentale en dépend, nom de Dieu !

— J'ai une proposition à te faire, Abby, commencé-je sans savoir comment elle va réagir.

— Si c'est encore une histoire d'amitié avec bonus, Cole, je ne crois pas que ce soit une bonne idée.

— Ça n'a rien à voir.

Mon regard se perd dans le scintillement des reflets du soleil sur l'eau qui bondit devant moi.

— Je pensais reprendre la route en laissant Dexter et Fire ici, continué-je.

Je l'entends se mettre debout dans mon dos.

— Tu pars ? Je croyais que tu allais rester ici jusqu'en novembre.

Un petit tremblement résonne dans sa voix.

— En fait… je voulais te proposer de venir avec moi. De m'accompagner aux États-Unis jusqu'en novembre.

Le silence. Voilà tout ce que j'obtiens comme réponse. Un silence terrible, lourd et pesant.

Je me retourne et l'observe un instant. Abby me dévisage sans un mot. Puis elle ramasse la bride de mon cheval et me la tend. Je peux voir son regard se fermer, elle recule d'un pas quand j'avance pour m'en saisir.

— Je voudrais rentrer.

Et c'est là que ça se produit. Ce que j'ai ressenti quand elle m'a rejeté dans ce bar n'est rien en comparaison de ce que j'éprouve en cet instant.

Mon cœur explose, et ça fait un mal de chien !

Abby

Je le regarde passer le mors à Dexter, figée sur place. Je suis peinée de découvrir son regard éteint, probablement autant que le mien. Pourtant, il devait bien se douter de la façon dont je réagirais à sa proposition, non ? Oui, j'ai toujours rêvé de partir d'ici, seulement c'est impossible. Surtout maintenant, avec tout ce qui s'est passé, tout ce qui a été dévoilé. Rien n'est jamais simple. Je me sens infâme de le repousser encore, et j'ai conscience que cette fois, il n'y aura plus de retour en arrière.

Terminé ce *nous*, quoi qu'il ait été…

Sans un mot, Cole se hisse sur sa monture et me tend la main sans même poser les yeux sur moi. Je grimpe derrière lui et il engage le cheval sur le chemin du retour. N'osant pas le toucher, mes doigts se serrent sur le dossier de sa selle et je me laisse bercer par la foulée de Dexter. Le retour me paraît interminable, alors que tant de distance règne entre nous. Entre nous qui avons succombé au désir tant de fois. Entre nous qui nous sommes consumés l'un dans l'autre. Entre nous qui nous sommes malheureusement brûlé les ailes…

Lui, sur l'armure de flammes dont je suis vêtue.

Moi, sur ses sentiments que je ne sais pas rendre.

Au loin, j'aperçois Aaron qui guette notre retour. Il nous attend, sans bouger, au milieu de la cour. Mon cerveau fonctionne au ralenti. Quand Cole descend de son cheval, il me tourne le dos, attendant que j'en fasse de même. Le cow-boy près de nous fronce les sourcils. Je mets pied à terre et le tatoueur disparaît en silence dans l'écurie avec son destrier.

— Tout va bien, Abby ? me questionne Aaron.

Je secoue la tête négativement.

Non, plus rien ne va…

Je pénètre à mon tour dans l'écurie et mon cœur se serre de douleur à la vue de la stalle vide d'Athéna. Pourtant, je m'approche de mon cheval qui m'observe depuis son box. Ghost semble heureux de me voir. Je lui flatte l'encolure avec amour. Son doux regard me réconforte. J'observe Cole qui desselle Dexter et une boule se forme dans ma gorge, rendant ma respiration difficile. Quand il passe près de moi avec son équipement, je fais un pas vers lui.

— Cole, je…

Mais le cow-boy ne s'arrête pas. Dos à moi, il poursuit son chemin vers la sellerie. Je l'entends déposer sa selle avec fracas.

Disparu, le Cole insouciant. Disparu par ma faute…

Les bras autour de mon corps, je regagne la maison. Je n'ai plus rien à faire près de lui.

Je ne lui fais que du mal…

Il ne me parle plus.

Depuis des jours maintenant, Cole ne m'adresse plus la parole. J'ai repris mes habitudes dans l'écurie, dont les soins à mon cheval. Et même si je passe des heures dans la grange, nous n'échangeons pas un seul mot. Le lendemain de sa soudaine proposition, il est parti du ranch sans rien dire. J'ai cru qu'il ne reviendrait pas. Je me suis trompée. Comme je ne cesse de le faire depuis des mois.

J'ai cru que nous pourrions avoir une relation basée uniquement sur notre attirance physique. Je n'avais pas songé qu'il pourrait développer des sentiments autres qu'une profonde amitié. N'est-ce pas le contraire qui se passe dans tous les romans que je lis ? Pourquoi faut-il toujours que, lorsque l'impensable se produit, cela me tombe dessus ?

Je ne cesse de me poser mille et une questions.

Ma mère est heureuse de voir que je participe enfin de nouveau à la vie du ranch. Que je mange de nouveau normalement, même si je sais qu'elle s'inquiète toujours de mon état. C'est la première fois que je la vois se faire du souci pour moi. C'est étrange, et là aussi, je ne sais pas comment gérer ce surplus d'attention de sa part.

Ce soir, je n'ai goût à rien. Aaron et Cole sont venus manger avec nous pour ensuite regagner l'aile des invités. Moi, je suis restée assise à table devant ma tasse de café brûlant. La chaleur qui s'en dégage entre mes mains est réconfortante. Elle apaise mes nerfs, mais ne calme pas le flot ininterrompu de mes pensées, toutes plus confuses les unes que les autres. C'est sans doute en voyant ma mine tracassée que ma mère décide de s'installer en face de moi. Je lève les yeux vers elle.

— Tu veux me parler de ce qui ne va pas ?

Sa question me prend au dépourvu. Je soupire en fixant le bois de la table. Sa main vient chercher la mienne.

— Abby, tu peux tout me dire.

Le regard que je lui adresse en dit long.

— Vraiment ?

C'est à son tour de baisser les yeux en prenant une grande inspiration.

— Jamais je ne me pardonnerai de ne pas t'avoir crue. J'ai longtemps été une mère épouvantable, j'en suis parfaitement consciente.

— Non, Maman…

— Laisse-moi parler, ma chérie, s'il te plaît, me coupe-t-elle. Je me suis laissé manipuler par ta sœur et Megan. J'aurais dû être là pour toi et j'ai lamentablement échoué. Pour cela, je m'en voudrai toute ma vie. Tu as souffert et je n'étais pas là pour te tenir la main comme aujourd'hui. J'aimerais pouvoir effacer mes erreurs, seulement je sais que c'est impossible.

J'essuie une larme qui roule sur ma joue. Mais bordel, quand vont-elles cesser d'apparaître n'importe quand, celles-là ?!

— C'est du passé, tout ça, murmuré-je.

— Non. Non, Abby, ce n'est pas du passé. Cette histoire t'a

transformée et je n'ai rien voulu croire. Cette agression… ce viol t'a brisée.

Depuis le soir où j'ai raconté cette histoire à Cole, je considère moi aussi qu'il avait raison. Ce n'était pas juste une agression, c'était bel et bien un viol. J'ai mis des années avant de pouvoir me l'avouer à moi-même. Il m'aura fallu quelqu'un comme lui pour m'ouvrir les yeux.

— Le décès d'Athéna a achevé de t'anéantir, ajoute doucement ma mère. Pourtant, je veux que tu saches que je suis là, maintenant. Je serai présente pour toi, quoi que tu décides de faire.

Tara m'a annoncé, il n'y a pas longtemps, qu'elle m'appuierait auprès de la police si je décidais de relancer les poursuites d'agression sexuelle contre Clifford. Toutefois, je ne veux pas revivre toute cette horreur encore et encore. Ma vie ne se résume pas à ce que j'ai subi dans ce sous-sol.

— Cole aussi t'apportera son soutien, de même qu'Aaron. Nous sommes là pour toi. Tous les trois…

Un rire amer m'échappe entre deux larmes.

— Je doute que Cole fasse quoi que ce soit pour moi, désormais, rectifié-je.

— Pourquoi dis-tu cela ?

Je repousse mes cheveux derrière mon épaule et relève la tête vers ma mère.

— Il m'a avoué qu'il était amoureux de moi, durant la soirée qui a précédé la mort d'Athéna.

— Et ? me questionne-t-elle. Qu'est-ce qu'il y a de mal à ça ? Tu le désires aussi, non ?

Je me sens presque mal à l'aise de parler de tout cela avec ma mère. C'est une situation vraiment étrange.

— Non. Enfin… si, mais pas de cette façon ! Je ne ressens pas les mêmes sentiments. J'ignore comment on aime quelqu'un, Maman. J'ai passé tant d'années à n'être qu'une façade. Je ne sais plus vraiment être moi-même. Or c'est ce qu'il attend de moi… Il veut tout connaître de moi, seulement je ne suis pas prête à m'ouvrir. Je ne sais pas voir le bien à l'intérieur des gens.

Je prononce ces derniers mots en songeant aux paroles de Becca.

Pour moi, les gens sont tous des Madyson, des Megan ou des Clifford.

— Ce sont des choses qui s'apprennent, ma chérie, chuchote ma mère.

— Je suis une cause perdue.

Dans un soupir, je me lève pour déposer ma tasse encore pleine dans l'évier et gagne la salle de bains. Enfermée dans la pièce, je me fais couler un bain chaud. La vapeur envahit lentement les lieux, et quand j'entre dans la baignoire, je me laisse descendre dans l'eau jusqu'au cou. Mes cheveux flottent autour de mes épaules, tandis que ces foutues larmes reviennent à la charge !

Même le bain brûlant ne parvient pas à réchauffer mes os glacés. Je reste longtemps dans l'eau, attendant qu'elle devienne tiède pour m'en extirper. Puis je rejoins ma mère au salon, enroulée dans ma vieille robe de chambre. Elle éteint la télévision à mon arrivée et m'invite à venir m'asseoir près d'elle. Je ne me fais pas prier et vais me blottir contre son flanc. Même à vingt-sept ans, ce contact qui m'a été refusé si longtemps réussit à apaiser un peu ma tristesse. Elle fait doucement glisser ses doigts dans mes boucles humides et je ferme les yeux.

— Il m'a demandé de partir avec lui, lui avoué-je enfin.

— Quoi ?

— Cole, il voulait que je parte avec lui jusqu'en novembre, aux États-Unis. Je l'ai repoussé une nouvelle fois. Une fois de trop…

Tara se redresse et m'observe un instant.

— Que lui as-tu répondu ?

— Non. Que voulais-tu que je lui réponde ?

— Que tu allais y réfléchir.

— Mais…

Ma mère prend mon visage en coupe entre ses mains et son regard s'ancre au mien.

— Ma chérie, je sais que vivre ici t'a toujours pesé. Alors, si c'est ce que tu veux, fais-le. Je ne t'en empêcherai pas, me souffle-t-elle.

Je reste sans voix.

— Je n'ai pas d'argent pour partir écumer les routes avec lui, Maman. Je n'ai jamais travaillé ailleurs qu'ici. C'est toi qui as toujours subvenu à mes besoins en échange d'un coup de main sur le ranch.

— Abby, crois-tu que je n'ai jamais mis un seul sou de côté pour toi ? Pour chaque cheval que j'ai vendu depuis le divorce, j'ai gardé une part de la recette à ton intension. Les deux années de pension que ton père m'a payées après son départ, elles sont restées sur un compte épargne.

— Pourquoi tu ne m'as jamais rien dit ?

— Nous n'avons jamais parlé d'argent, toutes les deux.

Elle a raison sur ce point. Et j'entrevois soudain la possibilité de partir avec Cole. De faire enfin le vide dans mes pensées, de m'évader de cet endroit.

— Ma chérie, je crois qu'il est grand temps que tu utilises ce passeport qui dort dans l'un des tiroirs de ta commode, sourit ma mère.

— Je ne veux pas te laisser seule ici.

Tara caresse ma joue.

— Je ne serai pas seule. Il y a Aaron, et crois-moi, je compte tout faire pour le garder sur ce ranch.

Malgré mes pensées qui partent dans tous les sens, je ris. Pour la première fois depuis des semaines, mon cœur s'allège un peu et je perçois enfin la lumière au sein de mes ténèbres.

— Je ne veux pas donner de faux espoirs à Cole, Maman. Il est tellement bon avec moi… Je ne veux pas qu'il souffre d'être avec une personne qui ne ressent pas la même chose que lui. Et puis, peut-être n'a-t-il plus envie de partir avec moi après tout ce que je lui ai déjà fait endurer.

— Il n'y a qu'une façon de le savoir. Tu dois mettre cartes sur table. Être la plus transparente possible.

Je soupire en fixant mes mains.

— Je ne sais pas quoi lui dire, soufflé-je.

— Laisse juste parler ton cœur. Lui saura quoi dire.

— Il est brisé en mille morceaux, Maman.

À nouveau, elle m'attire contre elle et m'offre une étreinte rassurante, alors que de nouvelles larmes dévalent mes joues.

— Je sais qu'il est brisé, ma chérie. Je sais, soupire-t-elle à mon oreille. Mais tu dois le faire. Tu dois le faire pour toi, pour ton bonheur.

J'acquiesce et la serre contre moi un instant, avant de me lever et d'aller enfiler des vêtements. Je me retrouve bientôt devant la porte du bungalow. Je reste plantée là, dans la nuit noire, incapable de toquer à la porte ou de l'ouvrir.

Figée sur place, j'observe juste le battant qui se dresse devant moi.

Puis je compte dans ma tête.

Un. Deux. Trois.

Et je lève enfin la main.

Chapitre 35

J'ai précipité les choses. C'était loin d'être le moment opportun pour lui faire cette offre. Pourtant, j'avais espoir – un tout petit espoir – qu'elle me dirait oui. Ce second rejet m'a broyé de l'intérieur. C'est sans doute pour cette raison que je roule en ce moment dans les petites rues de *Black Valley*, à la recherche de l'adresse que Josh m'a laissée. L'endroit qu'il a déniché pour travailler. Pourquoi Diable tout se ressemble-t-il ici ?!

Je me balade entre l'agglomération de commerces et les quartiers de banlieue qui l'entoure. Il semble faire bon vivre dans cette ville. Un peu comme ma commune natale, en plus petit. Je repère mon vieux camping-car dans l'arrière-cour d'une maison, mais ce n'est pas l'adresse que le militaire m'a donnée. Je suis soulagé quand j'aperçois non loin l'échoppe où il travaille maintenant. Je gare mon pick-up et, à l'instant où je m'apprête à entrer, mon compagnon de route sort de la boutique, un sac entre les mains. Il a meilleure mine que lors de notre dernière rencontre. Cette fameuse nuit où tout a basculé. Je remarque toutefois qu'il a toujours cet air tourmenté qui ne l'a jamais quitté en quatre ans.

— Viens t'asseoir, me propose-t-il en pointant un banc devant la boutique.

— Tu as l'air d'aller bien.

Nous nous posons côte à côte, pas le moindre passant dans les rues. Je sais que le soleil a déjà disparu, mais il n'est tout de même pas si tard que ça !

— J'allais fermer boutique. Les petits commerces ferment tôt ici, m'explique mon camarade.

— J'ai vu mon camping-car tout à l'heure, derrière une grande maison.

Mon ami détourne le regard quelques secondes.

— Ouais. Je t'avais dit que j'avais trouvé un endroit où m'installer provisoirement, non ?

Il reste très évasif sur le sujet et je sais d'expérience que rien ne le fera parler.

— Toi, par contre, tu as l'air d'une vraie loque, poursuit-il.

Comme si je ne le savais pas !

— Je pense reprendre la route quelque temps, annoncé-je de but en blanc.

— Pour quelle raison ?

Je hausse les épaules, tentant d'afficher mon habituel comportement nonchalant.

— Tu sais que rester trop longtemps au même endroit, ce n'est pas fait pour moi.

— Je croyais pourtant que tu te plaisais au *Heaven's* ? Tu semblais même dire que cet endroit pourrait te satisfaire.

Comment lui avouer que je me suis piégé moi-même ? Que j'ai été repoussé du revers de la main par Abby ?

— Que s'est-il vraiment passé, McKnight ?

— Rien, je…

Oh, et puis à quoi bon ?!

— Je lui ai dit que j'étais amoureux d'elle, soupiré-je. Ce n'est pas ce qu'elle ressent pour moi.

— Et c'est une raison suffisante pour partir ?

Je retire ma casquette et ébouriffe mes cheveux.

— Je lui ai proposé de partir avec moi. Je sais que c'est ce qu'elle désire. Pourtant, elle m'a repoussé à nouveau. Et bordel, je t'avoue que ça fait un mal de chien.

Je ne m'attarde pas sur tout ce qui s'est déroulé au ranch et dans la vie de la jeune femme. Il y a des choses qu'elle n'aimerait pas que je dévoile et je le respecte. Si elle m'a confié ses secrets, je compte bien les garder pour moi.

— Cole, ne sois pas trop impulsif. Prends le temps de mettre les choses au point dans ta tête. Elle ne l'a pas eue facile depuis le début du mois.

En silence, j'acquiesce et me lève pour regagner mon véhicule. Le militaire me suit jusqu'à la portière et me tend le petit sac qu'il a sorti de la boutique.

— Donne-lui ça pour moi, tu veux bien ?

J'attrape le sac et le pose sur le siège passager.

— Je te tiens au courant de ce que je décide, le salué-je en démarrant.

Mes idées partent dans tous les sens, je n'arrive plus à me concentrer. C'est pour cette raison que, à peine de retour au ranch, je m'enferme dans ma chambre avec mon cahier à dessins. Mes yeux s'arrêtent sur *son* dessin. Je l'arrache du bloc de papier et le pose sur la table de nuit.

Mon regard refuse cependant de s'en détacher. Il m'appelle.

Plusieurs jours se sont écoulés depuis ma demande au bord du ruisseau. J'ai beau tenter de prendre sur moi, je suis tellement mal que je n'arrive pas à lui adresser un mot. De toute manière, je ne saurais pas quoi lui dire ! Alors j'accomplis en silence mes tâches quotidiennes avec Aaron. Je suis néanmoins heureux de constater que j'ai au moins réussi à lui faire franchir le pas qui la séparait de l'écurie. Elle a repris les soins de Ghost et passe de plus en plus de temps avec lui. Le travail est monotone et mon envie de quitter ces lieux ne se tarit pas, en fait, elle ne cesse de s'accroître de jour en jour. Parce qu'au fond de moi, je crois encore que je cesserai de souffrir si je ne la vois plus.

Je ne suis qu'un idiot ! Je sais pourtant que même à des milliers de kilomètres d'ici, je l'aurai toujours dans la peau ! J'ignorais que l'amour pouvait faire souffrir autant. Et je me rends compte aujourd'hui que je n'ai jamais véritablement aimé Cassie. Cette furie rousse a tout chamboulé en croisant ma route !

La nuit est déjà bien avancée. Je suis toujours assis à la petite table dans le salon du bungalow. Mon cahier ouvert devant moi. Je griffonne quelques trucs ici et là, mais rien n'est à la hauteur d'un tatouage que je pourrais graver sur la peau de quelqu'un. J'ai besoin d'air !

Je m'empare de mon blouson et ouvre la porte à la volée. Figé sur place, je tombe nez à nez avec Abby, le poing levé. Nous nous fixons en silence.

— Je ne suis pas la fille qu'il te faut, Cole, me dit-elle pour commencer, en rabaissant doucement le bras.

Elle attend que je dise quelque chose, mais je reste planté là à l'observer. Comment peut-elle savoir ce qu'il me faut ? Même moi, je l'ignorais il n'y a pas si longtemps !

— Quand vas-tu cesser de penser pour moi, Abby ?!

Ma voix résonne comme un coup de fouet et je m'en veux en la voyant reculer d'un pas, prête à se détourner à nouveau de moi. Mais il n'en est pas question ! Pas cette fois ! Je lui attrape le poignet et me perds dans son regard.

— Ne me tourne pas le dos une nouvelle fois, s'il te plaît, soufflé-je.

Je la supplie intérieurement de ne pas partir encore.

— J'ai des choses à te dire, Cole. Mais…

— Entre, la coupé-je en m'écartant de la porte.

Sans un mot, elle pénètre dans le salon. Je suis tellement obnubilé par sa présence tout près de moi, que j'en oublie les bonnes manières et nous restons debout, entre la cuisine et l'entrée.

— Ce que tu m'as dit au *Black Horse*…

— Que je t'aime.

— Oui, soupire-t-elle en commençant à marcher de long en large. Je ne ressens pas ce sentiment.

— Ce n'est pas grave, Abby.

Elle s'arrête et me fixe.

— Tu ne comprends pas… Je ne *sais* pas ressentir ce genre de sentiment. Pas pour les gens, du moins.

— Pourtant, tu aimes tes amis, la contré-je.

— Non. J'ai confiance en mes amis, tout comme j'ai confiance en toi.

J'ignore où elle veut en venir.

— Je ne veux pas que tu souffres par ma faute. Parce que je suis incapable de te rendre cet amour, incapable de te dire ces trois petits mots sans nous mentir à tous les deux.

— Abby, je souffre de ne plus t'avoir près de moi comme amie.

J'avance vers elle et prends son visage en coupe entre mes mains. Sa peau est si chaude, si vivante que mon cœur rate un battement.

— Je peux m'accommoder du fait que tu ne me dises jamais je t'aime. Je peux faire avec, ou plutôt sans, je t'assure. Ce que je ne peux envisager plus longtemps, c'est cette distance glaciale qu'il y a entre nous.

— J'ai si peur, Cole.

— De quoi as-tu peur, Ariel ?

Prononcer de nouveau ce surnom stupide m'enivre.

— Peur d'avancer seule dans l'inconnu. J'ai ce vide immense qui dévore mon cœur depuis la mort d'Athéna. Je ne vois plus son ombre à mes côtés. Elle a toujours été là pour me rattraper après chaque déception, pour m'aider à poursuivre mon chemin dans cet enfer. Et maintenant… je suis seule, murmure-t-elle en plongeant son regard brillant de larmes dans le mien.

C'est plus fort que moi, je dépose mes lèvres sur les siennes.

— Tu n'es pas seule, Abby. Je suis là pour t'aider à te relever, Athéna est toujours là à veiller sur toi. Son ombre n'est peut-être plus à tes côtés, mais elle fait partie de la tienne, maintenant.

Le goût salé de ses larmes parvient à mes lèvres et je l'embrasse avec toute la douceur que je possède, tout en caressant ses joues humides de mes pouces.

— Tu me manques tellement, Abby, chuchoté-je.

— Je ne serai peut-être jamais en mesure de te rendre tes sentiments, Cole.

— Je m'en fiche ! Je nous aimerai pour deux !

Je prononce ces mots tout contre sa bouche et je sens son corps se détendre enfin contre le mien.

Mes doigts descendent jusqu'à l'ourlet de son tee-shirt et je me détache d'elle un instant. Lui demandant son accord muet. En réponse, elle fait passer le tissu par-dessus sa tête elle-même. Nous entrons dans ma chambre en échangeant des baisers, tantôt voraces, tantôt remplis de douceur.

Nos vêtements tombent à nos pieds, je l'allonge sur les couvertures et, alors que je m'apprête à retirer mon boxer, cela me traverse l'esprit ! Je me relève précipitamment et hésite un instant à la laisser nue sur mon lit.

— Je reviens dans une minute, juré-je en lui volant un baiser. Une minute, promis !

Je sors de la chambre puis du bungalow, pieds nus et en sous-vêtements. J'ouvre vivement la portière de mon véhicule et m'empare du sac que Josh m'a laissé pour la jeune femme. Au pas de course, je retourne dans ma chambre. Ma sirène s'est enroulée dans un drap et m'attend. Elle me sourit presque timidement quand je vais prendre place près d'elle. Je sors une petite boîte du sac et la lui tends.

— Qu'est-ce que c'est ? s'inquiète-t-elle, incertaine.

— Ça vient de Josh. Je ne l'ai pas ouvert.

J'ignore totalement ce qui se trouve sous le couvercle lorsqu'elle le soulève. Elle défait un papier de soie et porte la main à sa bouche en voyant l'objet apparaître sous ses yeux. Dans la boîte se trouve un bracelet. Un bracelet tressé avec les crins de sa jument. Un petit médaillon est accroché en breloque et le nom d'Athéna y est gravé. Comme elle ne bouge pas, je sors le bijou et l'attache à son poignet. Elle le caresse doucement.

— Comment ?

— C'est Josh. Ne pose pas trop de questions.

Elle me sourit à travers ses larmes et attire mon visage à elle.

— Je te veux, Cole, susurre sa voix de sirène à mon oreille.

Abby fait descendre ses mains dans mon dos et je savoure ce contact qui m'a tant manqué au cours des dernières semaines. Mon dernier vêtement s'envole et je dévore son corps. La tension entre nous est comme un volcan au bord de l'éruption. Nos soupirs résonnent dans la pièce et je me moque éperdument de réveiller Aaron. Je la retrouve enfin entre mes bras. Son goût sur ma langue est comme une dose de vitalité. Je veux la posséder, corps et âme ! Juste avant de ne faire qu'un avec elle, je la regarde droit dans les yeux :

— Je t'aime, murmuré-je en me perdant dans sa chaleur.

Elle s'agrippe à mes épaules comme un naufragé à une bouée de sauvetage et je l'embrasse quand elle se cambre sous moi.

Abby repose dans mes bras quand j'entends la porte du bungalow se fermer. Aaron est sorti. Elle bouge contre moi et ouvre lentement les yeux avant de me sourire en plaquant son visage contre mon torse.

— Bonjour.

— Bonjour, me répond-elle.

J'embrasse ses cheveux et caresse sa joue. La jeune femme lève le regard vers moi.

— Tu sais, j'étais venue te voir pour une raison précise, m'avoue-t-elle.

Je fronce les sourcils.

— Pour quelle raison ?

— J'accepte, dit-elle simplement.

Confus, je ne comprends pas.

— J'accepte de partir avec toi, Cole.

— Tu…

— Si tu veux toujours faire ce voyage, évidemment, ajoute-t-elle aussitôt.

Je ris.

— Bien sûr que je veux toujours faire ce voyage avec toi, m'exclamé-je en l'embrassant.

— Où pensais-tu aller ?

— Et si on laissait le hasard décider de notre destination ?

Elle me sourit.

— Tu parles d'une carte et d'une fléchette ?! demande-t-elle, joyeuse.

J'acquiesce. L'aventure avec elle. Quoi de mieux ?

Quelques heures plus tard, nous nous trouvons devant le mur de la seule pièce vide de l'aile des invités. Une carte des États-Unis est épinglée en face de nous. Je lui tends une fléchette qu'elle a déniché Dieu sait où et elle la lance en direction de la carte. Le projectile se

plante dans le mur, puis je m'approche pour découvrir notre destination.

— La Louisiane ! Tu as du goût, ma belle !

— C'est un bon choix ? me questionne-t-elle.

— C'est le meilleur choix. Et puis, je connais un super restaurant à *La Nouvelle Orléans* ! *Le Vieux carré* est un endroit superbe !

Abby me dévisage un instant, puis s'approche de moi pour m'enlacer.

— Tu es très enthousiaste, dis donc !

— Je connais aussi un tatoueur hors pair là-bas et j'ai un projet bien précis en tête depuis quelque temps, lui expliqué-je.

Elle sait que je parle de son croquis. Abby ouvre grand les yeux, surprise.

— Tu es sérieux ?!

— Oui !

Je l'embrasse pour la faire taire. Après tout, je peux bien me faire tatouer ce que je veux sur le corps.

— Cole, souffle-t-elle contre mes lèvres. J'ai justement un truc à te demander à ce sujet.

Intrigué par ses paroles, je l'entraîne dans le salon et elle m'explique son idée. Elle tente de me la montrer en esquissant un truc dans mon cahier.

— Tu en es encore au stade des gribouillis, mais tout le monde n'a pas mon talent, que veux-tu ! ris-je.

— Ne te moque pas ! Tu crois que tu peux le faire ?

Je suis honoré qu'elle me demande de la tatouer, alors j'acquiesce et vais chercher ma mallette. Nous nous installons à la table de la cuisine pour que je puisse dessiner ce qu'elle m'a demandé. Quand je le lui montre, elle approuve.

Je désinfecte la table, installe mon matériel avec minutie et ajuste ma machine. J'étampe le dessin sur la peau délicate à l'intérieur de son avant-bras gauche et laisse sécher le tout. Jamais je n'aurais imaginé que tatouer la fille que j'aime serait aussi troublant. Même si elle ne me rend pas encore mes sentiments, elle me fait suffisamment confiance pour me laisser marquer sa peau à vie. Je considère cela comme une preuve d'amour en soi.

Le son de ma machine me met en transe et j'oublie ce qui

m'entoure, ne reste que l'aiguille qui laisse l'encre paraître sur son passage et la musique qui résonne en fond sonore. J'en ai besoin pour travailler. Le vide se fait dans ma tête tandis que le dessin prend forme. Durant deux heures, je reste concentré sur ma tâche afin d'obtenir un résultat plus que parfait. Quand j'essuie la peau légèrement rougie d'Abby une dernière fois, l'œuvre m'apparaît enfin dans toute sa splendeur.

La jeune femme observe attentivement la rose des vents, traversée d'une flèche, qui trône au centre d'un fer à cheval. L'ensemble est parfait. Le nom de sa jument est dissimulé dans le fer et on ne peut le voir que si on sait ce que l'on cherche. Satisfait, j'applique un onguent et couvre le tatouage d'une pellicule plastique.

— Tu aimes ?

— C'est magnifique, Cole ! Merci.

Comme je suis heureux d'être à l'origine du sourire qui orne son visage !

Trois jours plus tard, Aaron m'aide à débarquer nos bagages à l'aéroport de Calgary. C'est aujourd'hui le grand jour, le jour de notre départ pour la Louisiane. Abby semble fébrile à l'idée de quitter le Canada pour la première fois, néanmoins elle m'a répété un nombre incalculable de fois qu'elle me faisait confiance. Je ne compte pas la décevoir !

Becca est venu dire au revoir à son amie. Elles se sont longuement parlé durant ces deux derniers jours. Les mots terribles qu'elles ont échangés après la mort d'Athéna semblent n'être plus qu'un mauvais souvenir.

Tara serre son enfant dans ses bras, et je vois bien qu'elle retient ses larmes. Elles viennent tout juste de se retrouver, et sa fille quitte déjà la maison.

— Maman, nous serons de retour pour Noël. Ce n'est que pour quelques mois, souffle Abby en dissimulant son désarroi derrière un rire.

Aaron me dévisage un instant puis se rapproche de moi.

— Prends bien soin d'elle, surtout, m'avertit le cow-boy.

— Ne t'inquiète pas pour ça.

Il me sourit.

Nous les abandonnons tous les trois sur le parking bondé et pénétrons dans l'aéroport. Une fois nos bagages enregistrés, nous gagnons la salle d'embarquement.

— Prête ? lui demandé-je en lui tendant la main.

— Prête.

— Alors, en route pour l'aventure !

Épilogue

Abby

À notre retour, la neige a recouvert l'Alberta. Je meurs de froid dans le taxi qui nous conduit au ranch. Seuls les souvenirs de notre périple en Louisiane me réchauffent un peu. Un voyage en totale immersion dans une région sublime. La chaleur et l'humidité de *La Nouvelle Orléans* me manquent déjà. L'ambiance festive des lieux également. Je me tourne vers l'homme assis à mes côtés sur la banquette arrière.

— Je n'en reviens pas que tu aies acheté cette horreur !

— Ce n'est pas une horreur ! C'est une voiture de collection. Et puis, j'ai laissé le pick-up de Will à Josh. Je ne vais pas passer mon temps à t'emprunter ta voiture…

Je soupire en fixant Cole.

— Et comment crois-tu que ta poubelle de collection va gravir les pentes glissantes durant l'hiver ?!

— Euh… J'avoue que je n'avais pas songé à cet aspect des choses, marmonne Cole. Je te demanderai ton pick-up alors !

— Avoue au moins que tu l'as acheté seulement pour les beaux yeux de la vendeuse ! dis-je en faisant rouler ma poitrine.

Mon compagnon rit à gorge déployée et je me renfrogne.

— Non, ma belle ! J'ai acheté une *Dodge Démon* de 1972 ! Et toi, tu es ma démone. Alors je me suis dit que vous feriez un bel ensemble. Et puis, je peux bien dépenser l'argent de la vente de ma boutique comme je le désire, non ?! Je suis un mec… c'est dans mes gènes, les voitures !

— Il est d'un vert affreux !

— Il est jaune, soupire-t-il en m'attirant à lui sur la banquette.

Il m'embrasse fougueusement et je ne résiste pas, je fonds entre ses bras, comme toujours.

— N'empêche que je ne conduirai pas cette chose !

— Alors c'est moi qui te conduirai comme la princesse que tu es, conclut-il en plaquant de nouveau ses lèvres sur les miennes.

Mes doigts glissent dans ses cheveux trop longs.

— Pas de ça dans mon taxi ! s'insurge le chauffeur.

Je pouffe et regagne sagement mon côté du siège. À notre arrivée, ma mère et Aaron nous accueillent dans la cour. Dès que je mets le pied à l'extérieur de la voiture, Tara vient me serrer dans ses bras. Je suis contente de la revoir. Elle m'a manqué. Ma maison m'a manqué !

— Bon retour chez toi, ma chérie, me dit ma mère.

— Vous avez l'air en forme !

Aaron m'étreint à son tour et salue Cole d'une poignée de main virile.

— Alors, comment c'était là-bas ?

Tara m'entraîne à l'intérieur en me posant mille questions. Nous laissons les deux hommes décharger le taxi derrière nous. La chaleur et un festin nous attendent dans la cuisine. Les rires fusent durant toute la soirée.

— Au fait, nous interrompt ma mère, j'ai fait aménager l'aile des invités pour vous deux. J'ai laissé la carte accrochée dans la chambre du fond !

Je dévisage Cole un instant. Ce dernier hausse les épaules.

— Pourquoi ?

— En fait… j'ai pensé que vous aimeriez avoir un endroit à vous quand vous êtes ici. Et…

— …et moi, j'ai emménagé dans la maison, termine Aaron.

Je suis très heureuse pour ma mère. Cependant, j'ignore comment réagir au fait que Cole et moi avons désormais notre propre *chez nous*. Car entre nous, règne toujours cette ambiguïté concernant les sentiments que je lui porte.

Après le repas, je sors de la maison, emmitouflée dans mon épais manteau. Quelques flocons de neige virevoltants m'accueillent. Je gagne l'écurie et entrouvre la porte coulissante. J'allume sur mon passage avant de rejoindre Ghost. Mon cheval me fixe avec intérêt. Je le caresse longuement. J'entends Cole qui entre dans la grange peu après moi et Dexter qui lui fait la fête. Mon regard se pose sur la stalle inoccupée d'Athéna. Sous mon vêtement, je passe doucement mes doigts sur le bracelet composé de ses crins.

Le vide de son absence ne s'estompe pas. Ce manque d'elle refuse toujours de s'atténuer malgré les mois qui passent. Mon cœur est toujours brisé en mille morceaux.

— Ça va ? s'inquiète Cole.

J'acquiesce difficilement.

— Elle me manque.

— Je sais, Ariel. Mais elle veille sur toi, je n'en doute pas.

Je pose mon front contre son torse et inspire son odeur. Elle me réconforte. Il passe un bras sur mes épaules tandis que nous quittons l'écurie. Quand nous entrons dans l'ancienne aile des invités, je reste bouche bée en découvrant les changements effectués par ma mère. C'est devenu un véritable petit cocon !

— Ça me rappelle l'appartement qu'on a loué dans le *Vieux carré* à notre arrivée, chuchote Cole en m'emprisonnant entre ses bras puissants.

Il a raison. C'était un peu avant que l'on trouve cette sublime demeure au bord du bayou, avec son immense saule pleureur.

— Cole, murmuré-je en me tournant pour lui faire face, je…

— Chut.

Il pose un doigt sur mes lèvres.

— Je t'aime. Pour nous deux, souffle-t-il.

— J'ai de la chance. J'ai tellement de chance que tu m'aies aidée.

— Je ne t'aide pas, Abby. Je t'aime, c'est tout.

— Pourtant tu m'aides à me reconstruire. Chaque jour un peu plus.

Je l'embrasse tendrement en me mettant sur la pointe des pieds.

— Tu sais ce qu'il nous reste à faire, maintenant ?

J'acquiesce. Nous faisons le tour de nos nouveaux quartiers et entrons dans la dernière chambre. Comme ma mère nous l'a assuré, la carte et sa première fléchette sont toujours épinglées au mur.

— À ton tour, annoncé-je à Cole en lui tendant une nouvelle fléchette.

— Voyons voir…

Il prépare son lancer avec la plus grande concentration et j'observe le tatouage qui orne depuis peu l'intérieur de son avant-bras. Mon dessin. Chaque fois que je le vois sur son corps, mon cœur manque un battement. Il lance, et c'est moi qui vais voir où nous partirons bientôt.

Je ris devant la carte.

— Quoi, je nous ai fait atterrir dans l'océan ?

— Non. Au Colorado, lui révélé-je en le dévisageant. Nous pourrions aller chez ta mère pour le Nouvel An ! Tu en penses quoi ?

Le cow-boy me fixe si intensément que je sens la chaleur de son regard monter à travers tout mon corps.

— Que c'est une excellente idée.

Il avance vers moi d'une démarche féline. D'un mouvement rapide, il me soulève dans ses bras.

— Et maintenant, il est temps d'inaugurer chacun recoin de ce petit paradis, gronde-t-il contre ma bouche.

Je sais parfaitement qu'il ne parle pas de la nouvelle décoration !

— Je te veux, Cole, soufflé-je contre ses lèvres.

Son sourire joueur m'annonce une nuit agitée.

Grâce à cet homme, mon cœur commence lentement sa guérison.

FIN.

Alors que j'écris ces mots, cela fait un peu plus de huit mois que j'ai perdu l'amour de ma vie. De la même manière qu'Abby a perdu Athéna, j'ai dû dire adieu à ma Sara. Une jument qui n'était pas seulement un cheval à mes yeux. Elle était moi, elle était toute ma vie. Je ne me souviens pas de mon existence avant son arrivée.

Malheureusement, je ne sais désormais plus comment avancer seule dans la vie. La moitié de mon âme s'est envolée cette nuit-là. Comme Abby, j'aurais tant voulu que mon cœur cesse de battre au son de ce *clac* qui résonne encore à mes oreilles, tous les matins. Avoir une relation comme celle qui m'unissait à ma Sara ne se retrouve jamais. Ni avec un animal, ni avec un être humain. Elle était moi, et j'étais elle, une seule et même âme. Je ne retrouverai jamais l'amour qui m'unissait à mon ange, même si elle fait partie de moi, comme Athéna marque la peau d'Abby. De ce fer à cheval et de cette rose des vents.

Je cherche toujours son ombre à mes côtés, mais elle n'est plus là. À jamais, elle a disparu, comme la moitié de mon cœur et de ma vie.

Ce tome lui est entièrement dédié.

Car elle a toujours su guider mes pas…

« La brise te salue, tu es en balade en pleine forêt. Les couleurs sont magnifiques, la température parfaite ; fraîche avec un soleil réconfortant. Tout à coup, sur le chemin où tout

est calme, tu marches sur une mine. Tu entends le petit déclic de
celle-ci, mais croyant que ce n'est que le son des feuilles
ou d'une brindille sous tes pieds, tu continues d'avancer...
Et c'est là qu'elle explose en mille morceaux, ta vie...
Puis quand tu penses être enfin de retour sur tes pieds,
tout recommence à nouveau. »

Elisabeth Thibert

Tout d'abord, j'aimerais dire merci à toutes les personnes qui m'ont soutenue durant ce second volet. Vous êtes de plus en plus nombreux à me suivre, et cela me fait chaud au cœur.

Il est encore une fois impératif que je remercie en premier lieu mon fidèle compagnon et ma plus grande source de motivation, jour après jour, durant tout le processus d'écriture, mon chien Cash ! Mais également ma famille qui m'apporte son soutien avec amour.

Ma très chère Cindy, qui a su me montrer qu'avec le temps, malgré la douleur, je vais pouvoir remonter la pente. Doucement, lentement, douloureusement, mais sûrement.

Merci à mes fidèles relectrices, Roselyne, Elisabeth et Valérie qui a rejoint l'aventure d'*Alberta Road*. Qu'aurais-je fait sans vos commentaires ?! Cynthia, Kerberos, Isabella, comme toujours, vous avez su me pousser dans mes derniers retranchements pour offrir le meilleur de moi-même et m'appuyer durant cette période d'écriture difficile.

Merci à ma correctrice, Sabine, qui m'a permis de trouver le ton juste dans ce roman qui me tenait énormément à cœur, tout comme l'histoire d'Abby et Cole.

À Virginie, ma graphiste, qui sait toujours trouver exactement les couleurs parfaites pour donner vie à ce que j'ai en tête. Sans oublier Brigitte, qui m'évite de balancer mon ordinateur par la fenêtre.

Et merci à ceux et celles qui liront ce livre, cette partie de moi que je dévoile entre ces pages.

Mychele S.

Retrouvez tous les héros d'Alberta Road et
plus particulièrement Josh,
dans : Le jour où tu es apparu

Suivez l'auteur sur Facebook
www.facebook.com/MycheleS.Auteur

www.ingramcontent.com/pod-product-compliance
Lightning Source LLC
LaVergne TN
LVHW050853200726

843508LV00011B/2011